हिन्द पॉकेट बुक्स

कमलेश्वर

की यादगारी कहानियां

कमलेश्वर हिन्दी लेखक कमलेश्वर बीसवीं शती के सबसे सशक्त लेखकों में से एक समझे जाते हैं। कहानी, उपन्यास, पत्रकारिता, स्तंभ लेखन, फिल्म पटकथा जैसी अनेक विधाओं में उन्होंने अपनी लेखन प्रतिभा का परिचय दिया। कमलेश्वर का लेखन केवल गंभीर साहित्य से ही जुड़ा नहीं रहा, बल्कि उनके लेखन के कई तरह के रंग देखने को मिलते हैं। उनका उपन्यास 'कितने पाकिस्तान' हो या फिर भारतीय राजनीति का एक चेहरा दिखाती फ़िल्म 'आंधी' हो, कमलेश्वर का काम एक मानक के तौर पर देखा जाता रहा है। उन्होंने मुंबई में जो टीवी पत्रकारिता की, वो बेहद मायने रखती है। 'कामगार विश्व' नाम के कार्यक्रम में उन्होंने ग़रीबों, मज़दूरों की पीड़ा-उनकी दुनिया को अपनी आवाज़ दी। कमलेश्वर की अनेक कहानियों का उर्दू में भी अनुवाद हुआ है।

कमलेश्वर

की यादगारी कहानियां

कमलेश्वर

हिन्द पॉकेट बुक्स
पेंगुइन रैंडम हाउस इम्प्रिंट

हिन्द पॉकेट बुक्स

यूएसए | कनाडा | यूके | आयरलैंड | ऑस्ट्रेलिया | सिंगापुर
न्यू ज़ीलैंड | भारत | दक्षिण अफ्रीका | चीन

हिन्द पॉकेट बुक्स, पेंगुइन रैंडम हाउस ग्रुप ऑफ़ कम्पनीज़ का हिस्सा है,
जिसका पता global.penguinrandomhouse.com पर मिलेगा

पेंगुइन रैंडम हाउस इंडिया प्रा.लि.,
चौथी मंजिल, कैपिटल टावर 1, एमजी रोड,
गुरुग्राम 122002, हरियाणा, भारत

पेंगुइन
रैंडम हाउस
इंडिया

प्रथम संस्करण हिन्द पॉकेट बुक्स द्वारा 2011 में प्रकाशित
यह संस्करण हिन्द पॉकेट बुक्स में पेंगुइन रैंडम हाउस द्वारा 2022 में प्रकाशित

10 9 8 7 6 5 4 3 2

इस पुस्तक में व्यक्त विचार लेखक के अपने हैं, जिनका यथासंभव तथ्यात्मक सत्यापन किया गया है, और इस संबंध में प्रकाशक एवं सहयोगी प्रकाशक किसी भी रूप में उत्तरदायी नहीं हैं।

ISBN 9789353490782

मुद्रक : मणिपाल टेक्नॉलजीस् लिमिटेड, भारत

www.penguin.co.in

FSC www.fsc.org MIX Paper | Supporting responsible forestry FSC® C043100

This is a legitimate digitally printed version of the book and therefore might not have certain extra finishing on the cover.

अनुक्रम

और कितने पाकिस्तान

कितना लम्बा सफर है। और यह भी समझ में नहीं आता कि यह पाकिस्तान बार-बार आड़े क्यों आता रहा है। सलीमा! मैंने कुछ बिगाड़ा नहीं तेरा ...तब तूने क्यों अपने को बिगाड़ लिया? तू हँसती है...पर मैं जानता हूँ, तेरी इस हँसी में जहर-बुझे तीर हैं। यह मेंहदी के फूल नहीं हैं सलीमा, जो सिर्फ हवा के साथ महकते हैं।

हवा! हँसी आती है इस हवा को सोच कर। तूने ही तो कहा था कि मुझे हवा लग गई है। याद है उन दिनों की?

तुम्हें सब याद है। औरतें कुछ नहीं भूलतीं, सिर्फ जाहिर करती हैं कि भूल गई हैं। वे ऐसा न करें तो जीना मुश्किल हो जाए। तुम्हें औरत या सलीमा कहते भी मुझे अटपटा लगता है। बन्नो कहने को दिल करता है। वही बन्नो जो मेंहदी के फूल लाती थी। उन साँसों की याद है बन्नो, जिनमें तुम्हारे मुँह की गन्ध और मेंहदी के फूलों की खुशबू मिली रहती थी। जब मेरी नाक के पास मेंहदी: के फूल लाकर तुम मुँह से उन्हें फूंका करती थीं कि महक उड़ने लगे और कहा करती थीं...'इनकी महक तभी उड़ती है जब हवा चलती है।'

सच पूछो तो मुझे वही हवा लग गई। वही हवा बन्नो! पर अब तुम्हें बन्नो कहते मन झिझकता है, पता नहीं खुद तुम्हें यह नाम बर्दाश्त होगा या नहीं। और अब इस नाम में रखा भी क्या है।

मेरा मन हुआ था कि उस रात मैं सीढ़ियों से फिर ऊपर चढ़ जाऊँ और तुमसे कुछ पूछूं...कुछ याद दिलाऊं। पर ऐसा क्या था जो तुम्हें याद नहीं होगा...

ओफ! मालूम नहीं कितने पाकिस्तान बन गए। एक पाकिस्तान बनने के साथ-साथ, कहाँ-कहाँ, कैसे-कैसे, सब बातें उलझ कर रह गईं। सुलझा तो कुछ भी नहीं।

वह रात भी वैसी ही थी, पता नहीं पिछवाड़े का पीपल बोला था या बदरू मियाँ–'कादिर मियाँ! बन गया साला पाकिस्तान...भैयन बन गया पूरा पाकिस्तान...'

कितनी डरावनी थी वह चाँदनी रात! नीचे आँगन में तुम्हीं पड़ी थीं बन्नो-चाँदनी में दूध नहाई और पिछवाड़े पीपल खड़खड़ा रहा था और बदरू मियाँ की आवाज जैसे पाताल से आ रही थी-'कादिर मियाँ...बन गया साला पाकिस्तान...'

इस लम्बे सफर के तीन पड़ाव हैं-पहला, जब मुझे बन्नो मेंहदी के फूलों की हवा लग गई थी-दूसरा, जब इस चाँदनी रात में मैंने पहली बार बन्नो को नंगा देखा था और तीसरा तब, जब उस कमरे की चौखट पर बन्नो हाथ रखे खड़ी थी और पूछ रही थी, "और है कोई?"

हाँ, था, कोई और भी!...कोई...

बन्नो, एक थरथराते अन्धे क्षण के बाद तुम हँसी क्यों थीं? मैंने क्या बिगाड़ा था तेरा! तू किससे बदला ले रही थी? मुझ से? मुनीर से? या पाकिस्तान से? या किसे जलील कर रही थी-मुझे, अपने को, मुनीर को या-

यह पाकिस्तान हमारे बीच बार-बार आ जाता है। यह हमारे या तुम्हारे लिए कोई मुल्क नहीं है, एक दुःखद सच्चाई का नाम है। वह चीज या वजह है जो हमें ज्यादा दूर करती है; जो हमारी बातों के बीच एक सन्नाटे की तरह आ जाती है। जो तुम्हारे घरवालों-रिश्तेदारों या धर्म वालों के प्रति दूसरों के एहसास की गहराई को उथला कर देती है। तब उन दूसरों को उनके दुःख उतने बड़े नहीं लगते जितने वे होते हैं, उनकी खुशी उतनी खुशी नहीं लगती जितनी वह होती है। कहीं कुछ कम हो जाता है। एहसास की कुछ ऐसी ही आ गई कमी का नाम पाकिस्तान है-यानी मेंहदी के फूल हों, पर हवा न चले, या कोई फूँक मार कर उनमें गन्ध न पैदा करे। जैसे कि फूल हों, रंग न हो, रंग हो गन्ध न हो, गन्ध हो हवा न हो। यानी एहसास की रुकी हुई हवा ही पाकिस्तान हो।

सुनो, अगर ऐसा न होता तो मुझे चुनार छोड़कर दरवेश क्यों बनना पड़ता? वही चुनार जहाँ मेंहदी फूलती थी। मिशन स्कूल के अहाते के पास...जहाँ से हम गंगा घाट के पीपल तले आते थे और राजा भरथरी के किले की टूटी दीवार पर बैठकर इमलियाँ खाया करते थे।

वह शाम मुझे अच्छी तरह याद है जब कंपाउंडर जामिन अली ने आकर मेरे दादा से कहा था-"और तो कुछ नहीं है, पर लोग मानेंगे नहीं। मंगल बेटे को कुछ दिनों के लिए कहीं बाहर भेज दीजिए, यहाँ रहेगा तो बन्नो वाली बात बार-बार उखड़ेगी, शादी तो नहीं हो पाएगी, दंगा हो जाएगा।"

कोई नहीं सोच सकता कि सुनकर मुझ पर क्या बीती थी! चुनार छोड़ दूँ...फिर छूट ही गया...कैसी होती थी चुनार की रातें...गंगा का पानी, काशी जाती नावें, भरथरी के किले की सूनी दीवारें और गंगा किनारे चुंगी की वह कोठरी, जिसके छप्पर के नीचे बैठकर मैं बन्नो के आने-जाने का अन्दाज लगाया करता था। पानी की धार में फटी जमीन वाली वह नालियाँ-जिनसे बन्नो बार-बार गंगा किनारे आने की कोशिश करती थी और आ नहीं पाती थी। इंतजार... इंतजार...

हमें तो यह भी पता नहीं चला था कि कब हम बड़े मान लिए गए थे। कब हमारा सहज मिलना-जुलना एकाएक बड़ी-बड़ी बातों का कारण बन गया था।

बस्ती में तनाव पैदा हो जाएगा, इसका तो अन्दाज तक नहीं था। यह कैसे और क्यों हुआ बन्नो? पर तुम्हें भी क्या मालूम होगा। फिर हमने बात ही कहाँ की?

तीनों पड़ाव ऐसे ही गुजर गए-कहीं रुककर हम बात भी नहीं कर पाए। न तब, जब मेंहदी के फूलों की हवा लगी थी, न तब, जब उस चाँदनी रात में तुम्हें पहली बार नंगा देखा था; और न तब, जब चौखट पर हाथ रखे तुम पूछ रही थी-और है कोई।

मेंहदी के फूल।

चुनार! मेरा घर तुम्हारा घर! मेरे घर से गुजरती थी ईंटोंवाली गली-जो शहर बाजार को जाती थी। जो गंगा के किनारे-किनारे चल कर भरथरी महाराज के किले के बड़े फाटक तक पहुँचाती थी।

जहाँ से सड़क किले की ओर मुड़ती थी, वहीं थी चुंगी। गंगा घाट पर लगने वाली नावों से उतरे सामान पर महसूल लगता था। मछली, केंकड़े, कछुए आते थे, मौसम में उस पार से आम भी आते थे। चुंगी वाले मुंशी जी दिन-भर राम नाम जपते और महसूल के बदले में जिंस लेते रहते थे। वे दिन में दस बार पीपल

तले के महादेव को गंगा जल चढ़ाते थे और छप्पर में बैठकर तीन-चार लड़कों को पढ़ाया करते थे।

चुंगी के पास कोहनी जैसा मोड़ था। बाईं तरफ खरंजे की सड़क किले को जाती थी, बाईं तरफ से आकर जो सड़क मिलती थी, वह कच्ची थी। उस कच्ची सड़क पर नालियों ने रास्ते बना लिए थे, जिनका पानी गंगाघाट की रेत में सूखता रहता। इसी कच्ची सड़क पर कई गलियाँ नालियों के साथ-साथ उतरती थीं- बहते पानी के कटी-फटी गलियाँ। यहीं बन्नो की गलियाँ थीं।

जहाँ बन्नो की गलियाँ खत्म होती थीं, वहाँ से पथरीली सड़क मिशन स्कूल तक जाती थी-जहाँ अँग्रेजों की पुरानी कोठी थी। यहीं पर थी मेंहदी की बाड़ और धतूरों का मैदान।

इस धतूरे के मैदान ने मुझे बड़ा दुःख दिया था। जब बस्ती में मुझे और बन्नो को लेकर तनाव पैदा हो गया था तो एक बार बन्नो जैसे-तैसे चुंगी तक आई और बोली थी–'मौलवी साहब के साथ वाले अगर ज्यादा बदमाशी करेंगे मंगल, तो मैं धतूरे खाकर सो जाऊँगी! तुम शहर छोड़कर मत जाना-तुमने शहर छोड़ा तो गंगा जी यहीं हैं, सोच लेना...'

ज्यादा बात नहीं हो पाई थी। वह चली गई थी। मैं कुछ बता भी नहीं पाया था कि मेरे घर में क्या कोहराम मचा हुआ है, कि कैसे रोज बाजार में दादाजी को वे लोग धमकियाँ दे रहे थे जिन्हें वे पहचानते तक नहीं थे। सभी को डर था कि कहीं किसी दिन मेरी हत्या न कर दी जाए या रात-बिरात कहीं मुसलमान घर में न घुस पड़े।

पाकिस्तान तो बन चुका था बन्नो, उसके बाद भी तुम्हारे अब्बा भरथरीनामा लिख रहे थे–

माता जी पिछले तप से नृप बना, अब नृप से बनूं फकीर।
आखिर वक्त वफात के, हर होंगे दिलगीर।।
तेरे अपनी खल्क सुपुर्द करी उनके सिर पर गरदान किया।
बर्बाद सब सल्तनत करी बन जोगी मुल्क वीरान किया।।

लोग कहते थे ड्रिल मास्टर का दिमाग बिगड़ गया है जो भरथरीनामा लिख रहे हैं। यह तुरक नहीं है, यहीं का कोई काछी-कहार है। तभी हमें पता चला था कि मुसलमान वही हैं जो ईरानी-तूरानी हैं, यहाँ का मुसलमान असली नहीं है–ड्रिल मास्टर साहब को सबने अलग-सा कर दिया था, पर उन्हीं की बन्नो की बात लेकर सब खड़े हो गए थे। जैसे वे मजहब के ज्यादा बड़े सरपरस्त थे।

तुम्हें नहीं मालूम, पर मुझे मालूम है बन्नो, ड्रिल मास्टर साहब ने कुछ भी नहीं कहा था, इसके सिवा कि जो मौलवी साहब और बाकी लोग ठीक समझें, वही ठीक होगा। वे खुद कुछ सोच ही नहीं पा रहे थे, एक दिन छुप कर आए थे और दादाजी के पास रो पड़े थे। उस दिन के बाद वे भरथरीनामा तो लिखते रहे थे पर किसी को सुनाने की हिम्मत नहीं करते थे। वे लिखते रहे, इसका पता मुझे उस वक्त मिला था जब घरवालों की घबराहट और खुद कुछ न समझ पाने, तय न कर पाने के कारण मैं शहर छोड़ रहा था और चुंगी वाले मुंशी जी ने मुझे चुपचाप विदाई देते-देते एक पुरजा मेरे पसीने से तर हाथ में थमा दिया था।

वह रात बहुत डरावनी थी। बस्ती पर काल मंडरा रहा था। सब दहशत के मारे हुए थे। पता नहीं कब क्या हो जाए! कब 'या अली या अली' की आवाजें उठने लगें और खून-खराबा हो जाए। गंगा भी उस दिन घहरा रही थी। तट का पीपल भी अशांत था। बहुत तेज हवा थी। किला सांय-सांय कर रहा था और पाँच-सात हिंदुओं के साथ-हाँ, कहना पड़ता है बन्नो, हिन्दुओं के साथ-दादा मुझे स्टेशन छोड़ने आ रहे थे ताकि मैं जिऊं-जागूं कहीं भी परदेश में रहकर, पहले सोचा गया कि मामा के यहां जौनपुर चला जाऊँ, पर फिर पता नहीं कैसे यह तय हुआ कि बम्बई जाऊँ और वहाँ रेलवे वर्कशाप कुर्ला में काम कर रहे मौसा के पास रहूँ...वहीं नौकरी ढूँढ़ लूँ।

कैसी थी वह रात बन्नो। और कितना बेइज्जत होकर मैं निकल रहा था। दिमाग में हजारों हथौड़े बज रहे थे। एक मन करता था कि लौट पड़ूँ घर से गंड़ासा उठाऊँ और तुम्हारे उन मुसलमानों पर टूट पड़ूं। खून की होली खेल-खेल कर तुम्हें जीतूं और न जीत पाऊँ तो तुम्हें भी मारकर गंगा में जलसमाधि ले लूँ।

पर कहीं दहशत भी होता था और यह ख्याल भी आता था कि ड्रिल मास्टर साहब ने तो कुछ भी नहीं कहा है। मुखालफत भी नहीं की है-सिवा इसके कि वे चुप रह गए हैं। उन्हें भरथरीनामा लिखना है। अब लगता है कि वे भरथरीनामा न लिख रहे होते तो शायद इतना विरोध न होता...

शहर को साँप सूंघ गया था। दादा को बता दिया गया था कि अगली सुबह मेरी शक्ल न दिखाई दे, आधी रात तक सोचना-विचारना चलता रहा, फिर आखिरी गाड़ी रह गई थी पार्सल, जो मुगलसराय जाती थी।

हाँ, पाँच-सात हिन्दुओं के साथ मुझे स्टेशन पहुँचाया गया। हम बाजार वाली सड़क से भी नहीं आए। किले वाले सुनसान रास्ते से स्टेशन की सड़क पकड़ी

थी। मुंशीजी लालटेन लिए पक्की सड़क तक आए थे और तभी वह पुरजा उन्होंने पसीजी हथेली में थमा दिया था। वहाँ तो रोशनी थी नहीं, स्टेशन पर सब साथ थे। पार्सल ढाई बजे रात को छूटी थी। दादाजी कितने परेशान-बेहाल थे। सब बहुत डरे हुए, अपमानित थे और शायद इसीलिए बहुत खूंख्वार भी हो रहे थे। लग रहा था कि मुझे शहर से हटा देने के बाद दंगा जरूर होगा। अब ये लौटकर जाने वाले हिन्दू दंगा करेंगे। ढलती रात में ये सोते हुए मुसलमानों को चींथ-फाड़ डालेंगे। हिन्दू का हिन्दू होना भी कितना तकलीफदेह है बन्नो। यह होते ही कुछ कीमती घट जाता है।

बहुत तकलीफदेह थी वह बिदाई, उतरती रात की हवा में खुनकी थी और स्टेशन का पत्थर का फर्श काफी ठंडा था। सामने विंध्या की पहाड़ियाँ और ताड़ के पेड़ चुपचाप खड़े थे।

अब तुम्हें क्या बताऊँ...क्या कभी सोचा था कि इस तरह मेरा घर छूट जाएगा? अपने शहर से बेइज्जत होकर कोई कहीं भी चैन नहीं पाता। मुझे वे गलियाँ याद आ रही थीं जिनसे बन्नो आने की कोशिश करती थी। मैं चुंगी पर बैठकर कितनी प्रतीक्षा करता था। आखिर हारकर डरते-डरते उन गलियों की ओर जाता था, जहाँ मेंहदी के फूल बिखरे दिखाई देते थे, समझ लेता था कि बन्नो यहाँ तक आ पाई है। आगे नहीं बढ़ पाई। किसी ने देख लिया होगा, टोका होगा या रोका होगा। सच कहता हूँ तुमसे, उसी दिन से एक पाकिस्तान मेरे सीने में शमशीर की तरह उतर गया था। लोगों के नाम बदल या अधूरे हो गए थे। बस्ती में हवा का बहना बन्द हो गया था, और लगा था कि बन्नो घिर गई है। शर्म, डर, गुस्सा, आँसू, खून, बदहवासी, पागलपन, प्यार–क्या-क्या उबल-धधक रहा था मेरे भीतर। सच कहूँ तो यह सब होने के बाद अगर बन्नो मिल भी जाती तो कुछ नहीं होता। जो होना था हो चुका था!

पार्सल गाड़ी में बैठकर वह पुर्जा पढ़ा था। तुम्हारे पास वही कहने को था जो मास्टर साहब के पास था। उसी पुरजे से पता चला मास्टर साहब भरथरीनामा लिखते जा रहे हैं-

क्यों बनता दरवेश छोड़ दल लश्कर फोज रिसाले को।
क्यों बनखंड में रहता है तज गुल नरगिस गुललाले को।।
क्यों भगवा वेष बनाता है तज अतलस शाल दुशाले को।
क्यों दर-दर अलख जगाता है तज कामरु ढाके बंगाले को।।
क्यों हुआ सौदाई! छोड़ सब बादशाही।।

हाँ...सौदाई ही कह लो–अतलस शाल-दुशाले और नरगिस गुलेलाल-सब कुछ तो था सचमुच! नीम आक, मेंहदी और धतूरे के फूल किस नरगिस से कम थे बन्नो? पर उस पाकिस्तान का हम क्या करते?

गाड़ी चली आई और मैं चुपचाप दरवेश हो गया। फिर कभी घर लौटने का मोह नहीं हुआ।

मैं जानता था कि मास्टर साहब की साँस भी चुनार में घुट रही होगी। बन्नो की साँसों का कुछ पता नहीं था। बस, इतना भर लगता था कि उसने या तो गंगा में डूब कर जान दे दी होगी या वह होगी, कहीं होगी। किसी के साथ हँसती, रोती, कलपती, खुश होती होगी। रातों में किसी का बिस्तर गर्म करती होगी। प्यार करती होगी, मार खाती होगी। जिनह को बर्दाश्त करती होगी। बीवी की तरह पूरी ईमानदारी से मन्नतें मानती होगी, मेंहदी रचाती होगी। बच्चों का गू-मूत करती होगी। सुखी होगी, पछताती होगी। सब भूल गई होगी। जो नहीं भूल पाई होगी-वह रुका हुआ वक्त उसका पाकिस्तान बन गया होगा। उसे सताने के लिए...

खैर बन्नो...जो हुआ सो हो गया, मैं मुगलसराय से इलाहाबाद आया और इलाहाबाद से बम्बई, कुर्ला की रेलवे वर्कशाप में मौसा ने कुछ काम दिला दिया। कुछ दिन वहीं गुजरे ...फिर मैं पूना चला गया। अस्पताल की लिंब फैक्टरी में जहाँ लकड़ी के हाथ-पैर बनते हैं। मुझे मालूम था कि अब कोई भी चुनार नाम की जगह में जी नहीं पाएगा–न मेरा घर न तुम्हारा घर। पर यह पता नहीं था कि दादा इतनी दूर चले आएँगे और साथ में कई घरों को लेते आएँगे।

सच पूछो तो चुनार में रह ही क्या गया था? जब पाकिस्तान बन जाता है तो आदमी आधा रह जाता है। फसलें तबाह हो जाती हैं, गलियाँ सिकुड़ जाती हैं और आसमान कट-फट जाता है। बादल रीत जाते हैं और हवाएँ नहीं चलतीं, वे कैद हो जाती हैं।

दादा के खत से मालूम हुआ था, कई बरस बाद, कि कुछ घर जुलाहों, बढ़ई के साथ लेकर वे फसलों, गलियों, आसमान, बादल और हवा की तलाश में निकल पड़े थे और भिवंडी आ गए थे। यह नहीं मालूम था कि बन्नो का घर भी साथ आया था। ड्रिल मास्टर क्या करते आकर? यह मैंने भी सोचा था। दादा का आना तो ठीक था, वे सूती कपड़े का व्यापार करते थे। आठ घर मुसलमान जुलाहों, दो घर हिन्दू बढ़इयों को लेकर वे भिवंडी आ गए थे। पता नहीं शुरू-शुरू में उन्हें क्या परेशानी हुई।

बन्नो, तुम्हारे बारे में मुझे तब पता चला जब दादा एक बार मुझसे पूना मिलने आए। तब बहुत मामूली तरह से उन्होंने बताया था कि ड्रिल मास्टर साहब का घर भी आया है। उन्हें भिवंडी स्कूल में जगह मिल गई है और यह भी कि उन्होंने बन्नो की शादी कर दी है। दामाद वहीं उनके साथ वाले मुहल्ले में रहता है, करघे चलाता है। रेशम का बढ़िया कारीगर है।

जिस तरह दादा ने खबर दी थी, उससे लग रहा था कि वे जान-बूझकर इसे मामूली बना देने की कोशिश कर रहे थे।

लेकिन मुझे यह नहीं मालूम था बन्नो कि वाजे मुहल्ले में दादा और तुम्हारा घर एक ही है, कि ऊपर वे रहते हैं और तुम लोग नीचे। बाकी लोग बंगालपुरा और नई बस्ती में हैं, शायद मास्टर साहब पिछले पछतावे को भूल सकने के लिए ही ऐसा कर बैठे हों। मन तो बहुत हुआ कि जल्दी से चलकर तुम्हें देख आऊँ पर सच पूछो तो मन उखड़ा हुआ था। यह सब सुन कर और भी उखड़ गया था कि तुम भी यहीं हो और शादी-शुदा हो, और फिर बातों-बातों में दादा जी ने घुमा-फिराकर यह भी कह ही दिया था कि मैं भिवंडी न आऊँ तो बेहतर होगा... क्योंकि उन्हें मास्टर साहब का ख्याल था। वे जानते थे कि मास्टर साहब ने कुछ नहीं किया था, और दादाजी उन्हें मेरी उपस्थिति से दुःखी या जलील नहीं करना चाहते थे। कितनी अजीब स्थिति थी यह–क्या यह नहीं हो सकता था कि यह घर ऐसा ही रहता और इसमें रहने को मुझे भी जगह मिलती। हम और तुम एक न होते पर साथ ही होते!

मन में तरह-तरह के ख्याल आते थे–दबा हुआ गुस्सा कहीं फूट पड़ा तो?

अगर मेरे भीतर का धधकता हुआ पाकिस्तान फूट पड़ा तो? अगर मैंने तुम्हारे आदमी को तुम्हारे साथ न सोने दिया तो? अगर भिवंडी से उसे भी मैं उसी तरह निकाल सका, जैसे कि कभी मैं चुनार से निकाला गया था, तो? किसी रात मैं बर्दाश्त न कर पाया और तुम्हारे कमरे में घुस पड़ा तो?

मुझे मालूम है, दादा और मास्टर साहब–दोनों एक दूसरे को अपने मासूम होने का भरोसा दे रहे थे। पर मेरे पास क्या भरोसा था? उनका क्या बिगड़ा था, बिगड़ा तो मेरा था। मैं तभी से एक नकाब लगाए घूम रहा था, हाथों में दस्ताने पहने और कमर में खंजर दबाए।

लेकिन बन्नो, भिवंडी में भी दंगा हो गया। मेरी-तुम्हारी वजह से नहीं–उसी एहसास की कमी की वजह से। सुना तो मैं सन्न रह गया। पता नहीं अब क्या हुआ होगा? पाँच बरस पहले तो मैं वजह हो सकता था, पर अब तो मैं वहाँ

नहीं था। गया तक नहीं था, इसी वजह से कि तुम दिखाई दोगी और मैं दंगा शुरू कर दूँगा।

पर तुम मुझे दिखाई दीं तो इस हालत में।

मैं जब भिवंडी पहुँचा तो दंगा खत्म हुए दस-बारह दिन हो चुके थे। घुसते ही बस्ती में जगह-जगह काले चकत्ते दिखाई पड़ते थे। कुछ घर, फिर एक काला मैदान, फिर मकानों-घरों का एक सहमा हुआ झुंड और उसके बाद एक काला मैदान, उड़ती हुई राख, आग और अंगारों की महक अब नहीं थी–राख की एक अलग महक होती है, बुझे हुए शोरे जैसी, बहुत तेज, जो नथुनों से होकर भीतर तक काटा करती है।

सुनो, तुमने भी इस महक को जरूर महसूस किया होगा, ऐसा कौन है इस देश में जो राख की महक को न पहचानता हो। जब मैं एस. टी. स्टैण्ड (बस अड्डे) पर उतरा, शाम हो रही थी। पुलिस गश्त से जो दहशत होती है वैसा कुछ नहीं था। वहाँ जहाँ पर सिनेमा के पोस्टर लगे हुए हैं, दो-तीन पुलिस वाले बतियाते खड़े थे। बसें ज्यादातर खाली थीं। वे चुपचाप खड़ी थीं। संगमनेर, अलीबाग, भीलवाड़ा या सिन्नर जाने वाली बसों की तो बात ही क्या, शिरडी जाने वाला भी कोई नहीं था।

बस अड्डे की टीन तले चार-पाँच पुलिस वाले और दिखाई दिए। खानाबदोशों की तरह छोटी-सी गृहस्थी जमाए हुए। अगर उनकी बन्दूकें गन्ने की ढेर के तरह एक जगह जमा न होतीं तो शायद यह भी नहीं मालूम पड़ता कि वे पुलिस वाले हैं।

दोनों सड़कें खाली थीं। डाक बंगले में जहाँ कलक्टर डेरा डाले पड़े थे, कुछेक लोग चल फिर रहे थे। थाना-कल्याण जाने वाली टैक्सियाँ भी नहीं थीं।

दंगाग्रस्त इलाकों से गुजरना कैसा लगता है, शायद इसका भी अन्दाज तुम्हें हो, मुझे बहुत नहीं था। एक खास किस्म का सन्नाटा...वीरान रास्ते और साफ-साफ दिखाई देने वाला खालीपन। कोई देखकर भी नहीं देखता। देखता है तो गौर से देखता है पर बिना किसी इन्सानी रिश्ते के। यह क्यों हो जाता है? एहसास इतना क्यों मर जाता है। या कि भरोसा इतना ज्यादा टूट क्यों जाता है। हिन्दुओं ने यह क्या कर डाला था...क्या इतने सन्नाटे में कोई इन्सान रह सकता है?

इतने छोटे-से कस्बे में वाजे मोहल्ले का पता पूछना भी दुश्वार हो गया।

खैर, जैसे-तैसे मोहल्ला मिला। घर भी मिला पर उसमें सन्नाटा छाया हुआ था।

मुझे मालूम था बन्नो, ड्रिल मास्टर साहब, तुम्हारा शौहर मुनीर–सब यहीं होंगे, मेरे घर वाले भी होंगे। पर ऊपर के खंड में अँधेरा था। चाँदनी रात न होती तो मैं घबरा ही जाता।

सचमुच, एक क्षण के लिए लगा कि अगर मैंने चुनार न छोड़ दिया होता, तो उसकी भी यही दशा हुई होती। फिर बन्नो, तुम्हारा ख्याल आया। कैसे तुम्हारे सामने पड़ूँगा। सारा खौलता हुआ खून ठंडा पड़ गया था। मैं जैसे चुनार की उन्हीं गलियों में आ गया था...उसी उम्र के साथ।

घर का दरवाज़ा खुला था। मैंने आहिस्ता से भीतर कदम रखा। एक आँगन-सा था। आँगन के एक कोने में दो-एक घड़े रखे थे। उन्हीं के पास दो सुरमई छायाएँ थीं। दोनों औरतें थीं। एक औरत कमर तक नंगी थी। दूसरी उसी के पास बैठी बार-बार उसके गले तक हाथ ले जाती थी और नंगी छातियों से कमर तक लाती थी। पता नहीं वह क्या कर रही थी। पर एक औरत की नंगी पीठ दिखाई दे रही थी। वे दोनों औरतें वहाँ बैठी क्या कर रही थीं, मैं समझ नहीं पाया। सहम कर बाहर आ गया।

बाहर खड़ा ही था कि ड्रिल मास्टर साहब दिखाई दिए। उन्होंने एक मिनट बाद ही पहचान लिया। लेकिन उन्होंने आवभगत नहीं की। वे सोच ही नहीं पाए कि मुझे किस तरह लें। किस बरस के किस दिन से बात शुरू करें। किस रिश्ते से करें, कहाँ से करें। वे कुछ कहें इसके पहले ही मैंने उबार लिया, जैसे किसी अजनबी से मैंने पूछा हो। वैसे ही दादाजी के बारे में पूछ दिया।

"वो तो चुनार चले गए परसों!" मास्टर साहब ने कहा।

"परसों..." मैं और क्या कहता।

'हाँ, रुके नहीं। बहुत से लोग वापस चले गए हैं।" वे बोले।

और मैं उसी क्षण समझ गया कि सब बातों के बावजूद दादाजी शायद फिर भी चुनार लौट सकते थे पर मास्टर साहब नहीं। मास्टर साहब के चुनार छोड़ने का सबब वह नहीं था, जो दादा जी का या मेरा रहा होगा। उनके यहाँ चले आना वक्त का दिया हुआ बनवास था। और वक्त के दिए बनवास से लौट सकना आसान नहीं होता। मुझे तो सिर्फ कुछ लोगों ने बनवास दिया था।

घरवाले वहाँ नहीं थे, इसलिए कुछ कह भी नहीं पा रहा था। दंगाग्रस्त शहर–कहाँ पनाह मिल सकती थी? मास्टर साहब अपने घर टिका लें, यह हो नहीं सकता था। वहाँ बन्नो होगी। अजनबी की तरह वे मुझे वहीं छोड़कर घर

में घुस जाएँ, उनकी आंखों का इतना पानी नहीं मरा था।

"सब सामान वगैरह भी ले गए हैं?" मैंने आगे पूछा।

"नहीं, ज्यादा सामान तो यहीं है..." वे बोले।

"ताला बन्द कर गए हैं?"

"हाँ, पर एक चाबी मेरे पास है।" उन्होंने मुझे सकुचाते हुए सहारा दिया।

"मैं एक दिन रुकूँगा, वैसे भी कल शाम चले जाना है।" मैंने ख्वामख्वाह कहा, क्योंकि कोई और चारा नहीं था। अजनबी बस्ती में रात पड़े मैं कहाँ जा सकता था।

मुझे छोड़कर वे घर में घुस गए। एक मिनट बाद वे एक मोमबत्ती और चाबी लेकर आए और बगल के जीने से ऊपर चढ़ा ले गए। ताला खोलकर मुझे पकड़ाते हुए बोले-"खाना-वाना खाया है?"

"हाँ," मैंने कहा और भीतर चला गया।

"कुछ जरूरत हो तो बता देना..." वे बोले और नीचे चले गए। भरथरीनामा का शायर काफी समझदार था।

बन्नो, कितनी विचित्र थी वह रात! तुम्हें मालूम भी नहीं था कि ऊपर मैं ही हूँ। मास्टर साहब ने बताया या नहीं बताया, क्या मालूम। कुछ भी कह दिया होगा। सुबह-सुबह पुलिस न आती तो तुम्हें जिन्दगी भर पता न चलता कि रात छत पर मँडराने वाली छाया कौन थी।

चारों तरफ सन्नाटा...सन्नाटा...

रात चाँदनी थी। हवा बन्द थी। मैं साँस लेने या शायद बन्नो को देख सकने के लिए खुली छत पर खाट डालकर लेटा था। कुछ देर आहट लेता रहा। शायद कोई आहट तुम्हारी हो बन्नो...पर फिर मन डूब गया। चाहे जितनी गर्मी हो पर औरत को तो आदमी के साथ ही लेटना पड़ता है।

पिछवाड़े वाला पीपल चाँदनी में नहाया हुआ था। मैंने खाट ऐसी जगह डाल ली थी जहाँ से आँगन में देख सकूँ-पर जो कुछ देखा वह बहुत भयावह था।

दो खाटें आँगन में पड़ी थीं। एक पर अम्मी थीं दूसरी पर बन्नो! बन्नो की खाट के पास लैम्प जल रही थी। कितना अजीब लगा था बन्नो को लेटा हुआ देखकर...

चाँदनी झर रही थी और बन्नो अपना ब्लाउज खोले, धोती कमर तक सरकाए नंगी पड़ी थी। उसकी नंगी छातियाँ पानी भरे गुब्बारे की तरह मचल रही थीं और वह अधमरी मछली की तरह आहिस्ता-आहिस्ता बिछल रही थी।

"हाय अल्ला..." यह बन्नो की आवाज थी।

"सो जा, सो जा," अम्मी बोली थी।

"ये फटे जा रहे हैं-" बन्नो ने कहा था और उसने अपनी दोनों छातियाँ कसकर दबा ली थीं जैसे उन्हें निचोड़ रही हो।

अम्मी उठकर बैठ गई-"ला मैं सूंत दूँ!" कहते हुए उन्होंने बन्नो की भरी छातियों को सूंतना शुरू कर दिया था। दूध की छोटी-छोटी फुहारें बन्नो की छातियों से झर रही थीं और वह हल्के-हल्के कराहती और सिसकारती थी। दूध की टूटी-टूटी फुहार जैसे इत्र के फव्वारे में कुछ अटक गया हो। फिर दस-बीस बूँदें एकाएक झलमलाकर टपक पड़ती थीं। दो-चार बूँदें उसके पेट की सलवटों में समा कर पारे की तरह चमकती थीं। उसकी नाभि में भरा दूध बड़े मोती की तरह जगमगा रहा था।

अम्मी उसकी छातियों का दूध अपनी ओढ़नी के कोने से सुखातीं और चार-छः बार के बाद वहीं किनारे की नाली में कोना निचोड़ देती थीं। मटमैली नाली में पनीले दूध का पतला साँप कुछ दूर सरककर कहीं घुस जाता था।

ओह बन्नो! यह मैंने क्या देखा? मैं दहशत के मारे सन्न रह गया था। सारा बदन पसीने से तर था। सिसकारियाँ और कराहटें और आसमान में लटकते दो डबडबाए स्तन! कुछ दहशत, कुछ उलझन, कुछ बेहद गलत देख लेने का गहरा पछतावा...

बहुत रात गए मैं छत पर टहलता रहा। जब नीचे शान्ति हो गई और मैंने देख लिया कि बन्नो धोती का पल्ला छाती पर डालकर लेट गई है, तब मैं भी लेट गया। यह कैसा दृश्य था? आसमान में जगह-जगह दूध भरी छातियाँ लटकी हुई थीं...इधर उधर...

आँख लगी ही थी कि एकाएक पिछवाड़े खड़खड़ाहट हुई। कोई रो रहा था और नाक पोंछते हुए कह रहा था-"कादिर मियाँ! बन गया साला पाकिस्तान!..., अब बन गया पूरा पाकिस्तान..."

फिर रोना रुक गया था। कुछ देर बाद वही आवाज फिर आई थी-"कादिर मियाँ, अब यहीं इहराम बाँधेंगे और तलबिया कहेंगे! अपना हज्ज तो हो गया, समझे कादिर मियाँ!"

अगर पिछवाड़े पीपल न होता तो शायद पाताल से आती यह आवाज सुनकर मैं भाग जाता। पर अब तो खुली आँखों को तरह-तरह के दृश्य दिखाई दे रहे थे–आसमान से गिरता खून, अँधेरे में भागती हुई लाशें। बीच बाजार खड़े हुए धड़ और कटी गर्दनों से फूटते हुए फव्वारे। लपटों में नंगे नाचते हुए लोग...

पीपल न खड़खड़ाता तो मैं बहुत डर जाता। उसके पत्तों की आवाज ऐसे आ रही थी जैसे अस्पताल के दफ्तर में बैठे हुए टाइप बाबू अपनी मशीन पर कुछ छाप रहे हों, बस यही आवाज जानी-पहचानी थी। बाकी सब बहुत भयानक था।

सुबह माथा बेतरह भारी था। आँखों में जलन थी। हाथ-पैर सुन्न थे। उठना पड़ा, क्योंकि पुलिस आई थी। मास्टर साहब ने आकर जगाया था। वे डरे हुए थे। बोले-"पुलिस तुम्हें पूछ रही है..."

"क्यों?"

"दंगे की वजह से बाहर वालों की तहकीकात करती है! हमसे पूछ रहे थे, रात कौन आया है, कहाँ से आया है, क्यों आया है?"

सुनते ही मुझमें आग लग गई थी। तुम्हीं बताओ, जब मैं घर से उस अँधेरी रात में निकाला गया था तो कोई पूछने आया था कि इस रात में कौन जा रहा है, कहाँ जा रहा है, क्यों जा रहा है?

पूरे आदमी को न समझना, सिर्फ उसके एक वक्ती हिस्से को समझना ही तो पाकिस्तान है बन्नो! जब पुलिस मुझे सुबह-सुबह जगाकर थाने ले गई तो मैं समझ गया कि अब हम और तुम-दोनों–पाकिस्तान में घिर गए हैं...पर यह घिर जाना कितना दुःखद था!

थाने पर मेरी तहकीकात हुई। मैं यहाँ क्यों आया हूँ? क्या बताता मैं उन्हें? आदमी कहीं क्यों आता-जाता है? पुलिस वाले मुझे बहुत परेशान करते अगर मास्टर साहब वहाँ खुद न पहुँच गए होते। उन्होंने ही सारी तफसील दी थी। उस वक्त उनका मुसलमान होना कारगर साबित हुआ था। एक मुसलमान हिन्दू के लिए निर्दोषिता का बयान दे, यह बड़ा सबूत था। पर मुझे लग रहा था कि उस मौजूदा माहौल में मास्टर साहब फिर तो वही गलती नहीं कर रहे थे जो उन्होंने भरथरीनामा शुरू करके चुनार में की थी।

थाने में सवालों के जवाब देना आसान भी था और टेढ़ा भी। आखिर वहाँ

से निकलकर हम सामने पड़े कटी लकड़ियों के ढेर पर बैठ गए थे। मास्टर साहब चाहते थे कि मैं होश-हवाश में आ जाऊँ, क्योंकि मेरा रंग फक हो गया था।

वहीं तीन बत्ती के पास दो-तीन लोग और बैठे थे। शायद किसी की जमानत या तफ्तीश के लिए आए थे। उनके चेहरे लटके हुए और ग़मज़दा थे। मौलाना की आँखों में खौफ था। वे साथ बैठे लोगों को बता रहे थे–"रसूल ने कहा है कि सूर तीन बार फूंका जाएगा। पहली बार फूंकेंगे तो लोग घबरा जाएँगे, सब पर खौफ बरपा हो जाएगा। दूसरी बार जब सूर में फूंक मारी जाएगी तो सब मर जाएँगे। तीसरी आवाज पर लोग जी उठेंगे और अपने रब के सामने पेश होने के लिए निकल आएँगे...यही होना है...सूर में अभी पहली बार फूँक मारी गई है..."

"भरथरीनामा लिख रहे हैं?" मैंने पूछा।

"हाँ...भरमता मन मेरा, आज यहाँ रैन बसेरा।"

कहो जल्द कटे रात, जल्द हो फजर सवेरा!..."

कहते-कहते मास्टर साहब उधर देखने लगे जहाँ छत की सूनी मुंडेरों पर घास के पीले फूल खिले थे। घनी घास में से अबाबीलें छोटी मछलियों की तरह उछलती थीं। घास की टहनी से पीले फूल चोंच से तोड़कर उड़ती थीं। चोंच से फूल गिर जाते थे तो उड़ते-उड़ते फिर तोड़ती थीं-अबाबीलों का उड़ते-उड़ते या घनी घास में से उछलकर फूलों तक आना, पीले फूलों को तोड़ना–चकराते हुए फूलों का गिरना और अबाबीलों का दूर आसमान से फिर लौटकर आना–

मास्टर साहब खामोशी से यही देख रहे थे। आखिर मैंने उन्हें टोका, "कल रात..."

"हाँ, वह बदरू है–पगला गया है। उसके चालीस करघे थे, जलकर राख हो गए। पिछवाड़े पीपल के नीचे ही तब से बैठा है। रात भर रोता है। गालियाँ बकता है..." मास्टर साहब बोले।

"घर में कुछ..." मैंने बहुत हिम्मत करके कहा तो जोगी की तरह मास्टर साहब बता गए–"हाँ, बन्नो को तकलीफ है। दंगे से तीन दिन पहले बच्चा हुआ था। डा. सारंग के जच्चा-बच्चा घर में थी। दंगाइयों ने वहाँ भी आग लगा दी। सीढ़ियों से उतरना मुश्किल हो गया तो जान बचाने के लिए दूसरी मंजिल से जच्चाओं को फेंका गया। बच्चों को फेंका गया। नौ जच्चा थीं। दो मर गई।

पाँच बच्चे मर गए। बन्नो का बच्चा भी गली में गिर कर मर गया। उस वक्त मार-काट मची हुई थी। सवेरे हम बन्नो को जैसे-तैसे ले आए। बच्चा तो रहा नहीं, अब उसके दूध उतरता है तो तकलीफ होती है..."

कुछ देर खामोशी रही। अबाबीलें घास के फूल तोड़ रही थीं। उड़ रही थीं। उठने का बहाना खोजते हुए मैंने कहा-"सोचता हूँ दोपहर ही पूना चला जाऊँ..."

"जा सको तो चुनार चले जाओ। अपने दादा को देख आओ।" मास्टर साहब बोले।

"क्यों, उन्हें कुछ हो गया है क्या?"

"हाँ, उनकी एक बाँह कट गई है। घर के सामने ही मारकाट हुई। वे न होते तो शायद हम लोग जिन्दा भी न बचते। हमला तो हम पर हुआ था। वे गली में उतर गए। तभी बाँह पर वार हुआ। बाईं बाँह कट कर अलग गिर पड़ी। लेकिन उनकी हिम्मत–अपनी ही कटी बाँह को जमीन से उठाकर वे लड़ते रहे–खून की पिचकारी छूट रही थी। कटी बाँह ही उनका हथियार थी–दंगाई तब आग के गोले फेंककर भाग गए। गली में उनकी बाँह के चिथड़े पड़े थे। जब उठाया तो बेहोश थे। दाहिने हाथ में कटी बाँह की कलाई तब भी जकड़ी हुई थी–पर उस खुदा का लाख-लाख शुक्र। अस्पताल में मरहम पट्टी हुई। आठ दिन बाद लौटे। दूसरे ही दिन चुनार चले गए।"

"तो उनकी बाँह का क्या हाल था?" मैं सुनकर सन्न रह गया था।

"ठीक था। चल-फिर सकते थे। कहते थे वहीं चुनार अस्पताल में पट्टी करवाते रहेंगे। या खुदा, रहम कर! बेहतर हो तुम देख आओ।" मास्टर साहब ने कहा और अपनी आँखें हथेलियों से ढांप लीं।

मेरी चेतना बुझ-सी रही थी। मैं किस जहान में था। ये लोग कौन थे, जिनके बीच मैं था? क्या ये जो कुछ लोग आदमियों की तरह दिखाई पड़ते थे–सच थे या कोई खौफनाक सपना? अब तो कटा-फटा आदमी ही सच लगता था। पूरे शरीर का आदमी देखकर दहशत होती थी।

मैं फिर आकर कमरे में लेट गया था। मास्टर साहब भीतर चले गए थे।

तभी नीचे से कुछ आवाजें आई थीं। अम्मी, मास्टर साहब, बन्नो का आदमी,

मुनीर और बन्नो–सभी थे। मुनीर कह रहा था–"यहाँ रहने की जिद समझ में नहीं आती–"

"तुम्हारी समझ में नहीं आएगी।" यह आवाज बन्नो की थी–"हम तो पहले इसी धरती से अपना बच्चा लेंगे, जिसमें खोया है। फिर सब जगह चले जाएँगे। जहाँ कहोगे–"

मैंने झाँककर देखा। दुबला-पतला मुनीर गुस्से से काँप रहा था। चीखकर बोला-"तो ले अपना बच्चा यहीं से–जिससे मन आए ले।"

मैं सकते में आ गया था–कहीं कुछ...कहीं इसमें मेरा जिक्र तो नहीं था. ..पर शायद मैं गलत समझा था। बन्नो भी बिफर कर बोली थी–"तू अब क्या देगा बच्चा मुझे!...तुझे अपना खून बेच-बेचकर शराब पीने से फुर्सत है?"

तड़ाक्!–शायद मुनीर ने बन्नो को मारा था। छोटा-सा कोहराम मच गया था।

बाद में बन्नो मुनीर को कोसती रही थी–"मुझे मालूम नहीं है क्या? जितनी बार बम्बई जाता है, खून बेचकर आता है। फिर रात-भर पड़ा काँपता रहता है..."

यह सब मैं क्या सुन रहा था बन्नो! तेरे भीतर भी एक और पाकिस्तान रो रहा था। सभी तो अपने-अपने पाकिस्तान लिए हुए तड़प रहे हैं। आधे और अधूरे, कटे-फटे, अंग-भंग!

ओफ्फ! कितना अँधेरा था उस रात–जब मैं भिवण्डी से उसी तरह चला जैसे एक दिन चुनार से चला था। अड्डे से एक टैक्सी थाना जा रही थी। उसी में बैठ लिया था। जब तक बस्ती रही, काले मैदान भी बीच-बीच में नजर आते रहे। राख की तेज महक भीतर तक उतरती रही। आसमान में डबडबाए स्तन लटकते रहे। चौराहों पर खड़े मुण्डहीन धड़ों से खून के फव्वारे छूटते रहे।

थाना! थाना से बस पकड़कर बम्बई। बम्बई से गाड़ी पकड़कर पूना, और पूना में फिर कई दिन बुखार से तपता पड़ा रहा।

मैं सब कुछ भूल जाना चाहता था बन्नो–सिर्फ अपने में सिमट आना चाहता था। उम्र का यह सफर कितना बेहूदा है कि आदमी कटता-फटता जाता है, लहूलुहान होकर चलता जाता है।

और ऐसे अकेलेपन में अगर कोई यह आवाज सुने कि 'और है कोई?' तो क्या बीत सकती है, इसका अन्दाज किसी को नहीं हो सकता। तुम्हें भी नहीं बन्नो–

"और है कोई?"

चार या पाँच महीने हो गए थे। दादाजी का खत मिल गया था कि वे फिर भिवण्डी लौट आए हैं। सिंधियों और मारवाड़ियों के कारण माल ज्यादा नहीं मिल पाता, इसलिए बाजार मंदा है। सब करघे चल भी नहीं रहे हैं। एक बाँह न रहने के कारण बदन का पासंग बिगड़ गया है। मजाक में उन्होंने यह भी लिखा था कि उनका नाम 'टोंटा' पड़ गया है।

बाकी कोई खबर उन्होंने नहीं दी थी सिवा इसके कि मुनीर बन्नो को लेकर बम्बई चला गया है। पता नहीं वे लोग बम्बई में हैं या पाकिस्तान चले गए। ड्रिल मास्टर नीम पागल हो गए हैं। घर में ड्रिल करते हैं, या कोई पोथी लिखते रहते हैं।

उस दिन मैं बम्बई न आता तो तुमसे मुलाकात भी न होती! बन्नो और कितनी तकलीफदेह थी वह मुलाकात। बाद में मैं पछताता रहा कि काश, मैं ही होता उसकी जगह। तुमने भी क्या सोचा होगा कि मैं यही सब करता हूँ? पर सच कहूँ बन्नो, करता तो मैं भी रहा हूँ पर तुम्हारे साथ नहीं। शायद तुम्हारे कारण करता रहा हूँ।

पूना का दोस्त नहीं था वह। वहीं बम्बई का था। उसका नाम केदार है। कुछ दिन पूना में साथ रहा था, तभी दोस्ती हुई थी। मैं भिवण्डी जाने के लिए बम्बई आया था। बम्बई में उतर कर मन उखड़ भी गया था कि क्या करूँगा वहाँ जाकर।

उस शाम से तुम्हारा कोई लेना-देना नहीं है बन्नो। वह शाम मैं और केदार साथ गुजारना चाहते थे। कुलाबा के एक शराब घर में हमने थोड़ी-सी पी थी। फिर वहाँ से टहलते हुए हैण्डलूम हाउस तक आए थे।

उसी के पास कोई गली थी। अब जाऊँ तो पहचान तो लूँगा पर यों याद नहीं है। केदार और मैं दोनों उसी में चले गए। शायद आगे चलकर दाहिने को मुड़े थे। वहीं पर एक सिगरेट वाले की दुकान थी। नीचे कारें खड़ी थीं। लगता था, बोहरा मुसलमानों की बस्ती है। बहुत शान्त, साफ-सुथरी।

उस बिल्डिंग में लिफ्ट था। यों सीढ़ियाँ भी बहुत साफ-सुथरी थीं। केदार के साथ मैं सीढ़ियों से ही ऊपर गया था। पाँच मंजिल तक चढ़ते-चढ़ते मेरी साँस फूल आई थी। उस वक्त घरों की खिड़कियों से खाना बनाने की गंध आ रही थी। छठी मंजिल एकदम वीरान थी। जिस फ्लैट की घंटी केदार ने बजाई वह उतना साफ-सुथरा नहीं लग रहा था।

दरवाज़ा खुला और हम हाँफते हुए एक सिंधी के सामने खड़े थे। वह हमें उस कमरे में ले गया जिसमें मामूली तरह के सोफे लगे हुए थे। वह सिंधी अब भी हाँफ रहा था। लगता था ज्यादा बात करेगा तो अभी उसकी साँस उखड़ जाएगी और फिर कभी लौटकर नहीं आएगी।

मुझे उलझन हो रही थी। मैं खुली हवा में साँस लेने के लिए खिड़की के पास खड़ा हो गया था। दूर-दूर तक गन्दी छतें नजर आ रही थीं। तरह-तरह के आकारों की। मेरे बारे में केदार ने बता दिया था कि मैं वहीं सोफे पर बैठूंगा और इंतजार करूँगा। उस हाँफते सिंधी ने कोका कोला की एक बोतल मँगवा कर मेरे लिए रख दी और केदार को लेकर अपनी मेज के पास चला गया। वहाँ वह केदार को एक गुंजला हुआ काला बुर्का दिखा रहा था। कह क्या रहा था, यह वहाँ से सुनाई नहीं पड़ा।

उसके बाद वे दोनों कहाँ गुम हो गए कुछ पता नहीं चला। दो-एक मिनट बाद केदार के हँसने की आवाज आई थी।

फिर केदार तो नहीं आया, वह सिंधी उसी तरह हाँफता हुआ आया और जोर-जोर से साँस छोड़ता हुआ बोला, 'बियर...' बाकी शब्द उसके हाँफने से ही साफ हो रहे थे-"पिएँगे, मँगवाऊँ?"

"पी लूँगा..." मैंने कहा तो उसने लड़के को हाँफकर बताया और वह बीयर ले आया। सिंधी ने नहीं पी। मैं ही बैठा पीता रहा।

"आप..." वह उसी तरह हाँफ रहा था, "बम्बई..." मतलब था..."नहीं रहते ..."

"नहीं, पूना रहता हूँ।" मैंने कहा।

"घूमने..." वह फिर हाँफा।

"काम से आया था।" मैंने उसे बता दिया।

"बिजनेस...", हाँफना बदस्तूर था।

"नहीं पर्सनल काम था। भिवण्डी जाऊँगा।"

फिर वह बैठा-बैठा तब तक हाँफता रहा जब तक केदार सामने आकर

नहीं खड़ा हुआ। उसे देखते ही सिंधी हड़बड़ाकर उठ खड़ा हुआ। मुझे भी उलझन हो रही थी। मैं गिलास खत्म करके फौरन केदार के पास आ गया। हम तीनों बीच वाले बड़े कमरे में आ गए थे। केदार मेरी बीयर के पैसे दे ही रहा था कि बगल का दरवाज़ा खुला। मैंने इतना ही देखा कि एक औरत के हाथ ने केदार को उसका कंघा और चाबियों का गुच्छा दिया और उस हाँफते हुए सिंधी के साथ मुझे खड़ा देखकर पूछा-"और है कोई?"

मैंने पलट कर देखा-दरवाज़े की चौखट पर हाथ रखे, पेटीकोट और ब्लाउज पहने तुम खड़ी थीं बन्नो! और पूछ रही थीं-"और है कोई..."

हाँ! कोई–कोई और भी था।

एक थरथराते अन्धे क्षण के बाद तुमने भी पहचान लिया था और तब कैसी टेढ़ी मुस्कराहट आई थी तुम्हारे होंठों पर। जहर बुझी मुस्कराहट। या वह घोर तिरस्कार की मुस्कराहट थी। यह सहज–कुछ भी नहीं मालूम।

पता नहीं यह बदला तुम मुझसे ले रही थीं, अपने से, मुनीर से या पाकिस्तान से?

मैं सीढ़ियाँ उतर आया था। आगे-आगे मैं था। पीछे-पीछे केदार। मन हुआ था सीढ़ियाँ चढ़ जाऊँ और तुमसे पूछूँ-बन्नो! क्या यही होना था? मेरा हश्र यही होना था?

अब कौन-सा शहर है जिसे छोड़कर मैं भाग जाऊँ। कहाँ-कहाँ भागता रहूँ जहाँ पाकिस्तान न हो। जहाँ मैं पूरा होकर अपनी तमाम हसरतों और एहसासों को लेकर जी सकूँ।

बन्नो! हर जगह एक पाकिस्तान है जो मुझे-तुम्हें आहत करता है, पीटता है। लगातार पीटता और जलील करता चला जा रहा है।

(मुम्बई, 1969)

आज़ादी मुबारक

हुआ यह कि मैं मंटो के साथ घूमने निकल पड़ा। मौका ही ऐसा था। आज़ादी की पचासवीं वर्षगाँठ मनाने का मौका। यह तो नहीं मालूम कि मुल्क कौन-सा था, पर इतना मालूम था कि दो मुल्कों में से कोई भी एक हो सकता था, भारत या पाकिस्तान, क्योंकि पचास साल पहले, एक ही मुल्क दो टुकड़ों में आज़ाद हुआ था। एक इण्डिया, दैट इज भारत और दूसरा पाकिस्तान।

तो आज़ादी की पचासवीं सालगिरह पर मंटो से मिलना लाजिमी था, क्योंकि पचास बरस पुरानी इस सभ्यता का असली विद्वान और इतिहासकार सिर्फ मंटो ही है। एक ऐसी सभ्यता, जिसने लहू की दीवारें और आँसुओं की नदियाँ ईजाद की थीं।

मंटो को देवेन्द्र इस्सर और बलराज मेनरा जानते हैं। टोबाटेक सिंह जानता है। अगर तुम नहीं जानते तो तुम बदनसीब हो। हमारे तुम्हारे बीच यह कहा-सुनी तो चली ही रहती है। तो खैर...

तो हम लारेंस बाग, नहीं-नहीं जिन्ना बाग वाले इलाके में ही कहीं थे। सामने थोड़ी दूर पर लहू की तरह गीली दीवार अब भी खड़ी थी। उसे देखकर मैंने पूछा–

मंटो साहब! क्या 'बेखबरी का फायदा' वाला हादसा यहीं हुआ था?

हाँ, यहीं कहीं...लहू की दीवार के इस पार या उस पार...उस हादसे में जो बच्चा मौजूद था, अगर वह अब भी जिन्दा है तो वह अब पचपन साल का होगा। हादसे के वक्त वह पाँच साल का था।

तभी एक पचपनसाला आदमी रुककर मंटो को देखने लगा।

इस तरह क्या देख रहे हो?

जी, आपको देख रहा हूँ...क्योंकि आपकी उस कहानी का बच्चा मैं ही हूँ और इत्तफाक से अभी तक जिन्दा हूँ।

यह तो ताज्जुब की बात है! कहते हुए मंटो ने मुझे और फिर उस पचपनसाला को बड़ी-बड़ी आँखों से अचरज से देखा। उस आदमी ने हम दोनों को खामोश देखा... तो वह पचपनसाला आदमी बीच में बोल पड़ा–

मुझे आपकी वह कहानी अब तक याद है, 'बेखबरी का फायदा।'

तुमने कब पढ़ी?

जब मैं बारह-तेरह साल का था उस वक्त घरों में आपकी कहानियों पर पाबंदी लगी हुई थी, क्योंकि आप तरक्कीपसन्द थे...और तरक्कीपसन्दों में आप पर पाबंदी लगी हुई थी क्योंकि आप अदब और इंसानपरस्त थे...आपके बारे में यही बताया था लोगों ने...

मंटो की बड़ी-बड़ी आँखें और बाहर निकल आईं। वो हैरत से बोले-अजीब इंसान हो तुम...इस तहजीब में पले-बढ़े हो, फिर भी कहानियाँ पढ़ते हो?

वह तो उस दौर में पढ़ ली थी, अब नहीं पढ़ता। आपकी कहानी तो मुझे जबानी याद है...सुनाऊँ...

मेरी दिलजोई के लिए तुम झूठ बोल रहे हो...

नहीं...हाथ कंगन को आरसी क्या! सुन लीजिए...और उसने कहानी सुनानी शुरू कर दी–

लबलबी दबी–पिस्तौल से झुंझला कर गोली बाहर निकली!

खिड़की से झाँकनेवाला आदमी उसी जगह दोहरा हो गया।

लबलबी थोड़ी देर के बाद फिर दबी–दूसरी गोली भनभनाती हुई बाहर निकली।

सड़क पर माशकी की मशक–फटी। औंधे मुँह गिरा और उसका लहू मशक के पानी में मिलकर बहने लगा।

लबलबी तीसरी बार दबी–निशाना चूक गया। गोली एक गीली दीवार में ज़ज़्ब हो गई।

चौथी गोली एक बूढ़ी औरत की पीठ में लगी–वह चीख भी न सकी और वहीं ढेर हो गई।

पाँचवीं और छठी गोली बेकार गई। न कोई हलाक़ हुआ न जख़्मी।

गोलियाँ चलानेवाला भिन्ना गया। उसी वक्त सड़क पर एक छोटा-सा बच्चा दौड़ता दिखाई दिया। गोलियाँ चलानेवाले ने पिस्तौल का मुँह उसकी तरफ मोड़ दिया।

उसके साथी ने कहा–यह क्या करते हो?

गोलियाँ चलानेवाले ने पूछा-क्यों?

गोलियाँ तो खत्म हो चुकी हैं!

तुम खामोश रहो, इतने से बच्चे को क्या मालूम?

कहानी सुनाकर वह पचपनसाला आदमी तारीफ पाने के लिए मंटो को देखने लगा–है न वही कहानी!

है तो वही! कहते हुए मंटो ने मेरी तरफ देखा।

करीब-करीब ऐसा ही कूचा कुण्डेवालान में हुआ था। अरे वही अजमेरी गेट के पास, जहाँ विष्णु प्रभाकर रहते हैं...हुआ यह था कि एक अँधेरी गली के सुनसान मोड़ पर एक आदमी पिस्तौल छुपाए खड़ा था। जी. बी. रोड का एक मुसाफिर सकीना बाई के साथ आधी रात गुजार कर वापस जा रहा था। मौका पाते ही उस आदमी ने पिस्तौल मुसाफिर के सीने पर रख दी और दबी आवाज़ में चीखा–

जो कुछ है, मेरे हवाले कर दो! और कोई चारा नहीं था। पिस्तौल सीने पर थी। चीखने-चिल्लाने का मौका भी नहीं था। सबीना बाई से जो पैसे बचे थे, वो–साथ ही सोने की चेन और घड़ी भी मुसाफिर को उतारनी पड़ी।

कच्छा पहने है? पिस्तौलवाने ने दबी आवाज़ में कड़क के पूछा।

क्यों? मुसाफिर ने डरते हुए सवाल किया।

पैंट उतार दे!

मुसाफिर अचकचाया–

पैंट...

हाँ, वहाँ भी तो उतारी होगी! उतार! पिस्तौलवाले ने धमकाया।

कोई चारा नहीं था। उसने पैंट भी उतार दी।

पिस्तौलवाले ने सामान समेटा और चलने लगा।

ऐ भाई...ये तमंचा हमें दे दो...

क्यों, क्या करेगा...इसकी लबलबी खराब है और नल्ली भी...

तो क्या हुआ... इसमें खौफ तो है!

पिस्तौलवाला हँसा और तमंचा फेंक के चला गया।

मुसाफिर ने तमंचा उठाया और उस अँधेरी गली के उसी मोड़ पर किसी और के गुजरने का इंतजार करने लगा।

इंतजार का यह सिलसिला आज़ादी के दिन से जारी है! मंटो ने कहा और खरामा-खरामा चलने लगे।

कुछ ही गजों के फासले पर एक जली हुई दुकान दिखाई दी। उसके अन्दर एक आदमी बर्फ़ की दो मोटी-मोटी सीलें रखे बैठा था! मंटो को जैसे कुछ याद आया तो पचपनसाला आदमी ने याद दिलाया–यह वही दुकान है मंटो साहब, जो आपने तब भी देखी थी।

मंटो बेसाख्ता बोले-तब जो मैंने कहा था, वही आज भी कह सकता हूँ। आखिर जली हुई इस दुकान को किसी तरह ठण्डक पहुँच ही गई।

कहते हुए मंटो की आँखों में सर्द कोहरा सा उभर आया।

मैंने चलते-चलते कहा–मंटो भाई, कहीं एक प्याला कॉफी हो जाए...

जरूर...जरूर...लेकिन कुछ और होता तो...

वो भी मुमकिन है...

क्या मैं आप लोगों के साथ चल सकता हूँ? पचपनसाला ने पूछा।

हाँ, हाँ, आओ...तुम तो इस पचाससाला आज़ादी के चश्मदीद गवाह हो...कहते हुए मंटो ने एकाएक उसके माथे को देखा।

मियाँ, तुम्हारे माथे पर घाव का यह गहरा निशान...

जी, ये सन्1984 में लगा था...

1984 में! मंटो ने हैरत से पूछा–1984 से तुम्हें क्या लेना देना? उस साल तो इन्दिरा गाँधी का कत्ल हुआ था...और सिखों का कत्लेआम..

जी, मैं उसी कत्लेआम में फँस गया था...

तुम उसमें...तुम उसमें कैसे फँस गए? मंटो ने और ज्यादा हैरत से पूछा।

जी, वो जीत आपा हैं न...

जीत आपा! तुम तो रावलपिंडी के हो, पर वो कत्लेआम तो दिल्ली में हुआ था।

जी, वो तो है, लेकिन जीत आपा भी रावलपिंडी की हैं...कदमी तौर पर...पार्टीशन में उन्हें दिल्ली भागना पड़ा था। उनके माथे पर भी घाव का इतना ही गहरा निशान है...

पहेलियाँ मत बुझाओ...

जी, यह पहेली नहीं हकीकत है...जीत आपा के माथे पर जो निशान है, वह सन्1947 में लगा था। उस पचपनसाला ने कहा।

हम दोनों उस पचपनसाला की बात में और उलझ गए थे, तो मंटो ने कहा–

तुम इस पचास बरसों के गवाह हो...जो कुछ हुआ है, वह मुझे तफसील से बताओ...यह तो समझ में आता है कि तुम्हारी किन्हीं जीत आपा के कोई घाव तक्सीम के दौरान लगा हो, लेकिन यह बात समझ में नहीं आती कि तुम सन्1984 के कत्लेआम के दौरान रावलपिंडी से दिल्ली कैसे पहुँच गए... ?

अदीबे आला! मुल्क टूट सकते हैं, यादें नहीं टूटतीं...लहू की बेशुमार दीवारें खड़ी हो सकती हैं, मगर दीवारें आवाज़ को तो नहीं रोक सकतीं।...अल्फाज़ों का फर्क हो सकता है, पर मैं पाकिस्तान में मुहाजिर था और जीत आपा हिन्दुस्तान में शरणार्थी...मेरा छोटा-सा कुनबा करनाल हरियाणा से रावलपिंडी पहुँचा था और जीत आपा का कुनबा रावलपिंडी छोड़कर दिल्ली। तब मैं पाँच साल का था और जीत आपा की उम्र शायद छह साल रही होगी। शायद कुनबे वाली बात मैं गलत कह गया। जीत आपा के कुनबे में कुल इक्कीस लोग थे। रावलपिंडी से तीन मील बाहर थी जीत आपा की बस्ती–ढेरी। वहाँ उनके ईंटों के भट्टे थे, जिन पर पच्चीस-तीस मजदूर दिन-रात काम करते थे। उनके भट्टे अव्वल नम्बर की ईंटों के लिए मशहूर थे। दोयम नम्बर की ईंटों को तुड़वा के मिट्टी में बदल दिया जाता था।

इतना ख्याल था उन्हें क्वालिटी कंट्रोल का?

जी हाँ, आँच कम न होने पाए, इसकी नाप-जोख भट्टियों के दहानों से हर घंटे की जाती थी। दहानों पर लोहे के तवे पड़े रहते थे जो जलते-जलते और आँच सहते-सहते पपड़ीदार मठरियों जैसे लगने लगे थे। उन्हीं में पड़े कुण्डों को लोहे की टेढ़ी लबियों से उठा-उठाकर आग की दहक को नापा जाता था...जरूरत पड़ते ही भट्टियों में लकड़ियाँ झोंकी जाती थीं...सर्दियों में कबाइली बंजारे भट्टों के पास ही डेरे डालते थे। भट्टियों की तपिश से आस-पास की धरती माँ के पेट की तरह गरम रहती थी...

तुम तो बिल्कुल कहानीकार की तरह सारी बातें बयान कर रहे हो।

तो और क्या करें जनाब! यादों के नाम पर कहानियाँ ही तो बची हैं हमारे पास...

बताओ, बताओ. ..आगे बताओ मंटो ने उस पचपनसाला आदमी को गहरी नज़रों से ताकते हुए कहा-मेरी ऐनक के शीशे पर भी यादों के बहुत से दाग

हैं... यादों के सारे गोदाम भर गए तो यह जहमत शीशों को उठानी पड़ी...अपनी बात हलके से कहकर मंटो ने उसकी तरफ देखा और बोले–दास्तान जारी रखो...

पचपनसाला आदमी ने गहरी सांस लेकर अन्दर कुछ जिन्दा किया और बोलने लगा–

यह सब तफसील से इसलिए दिमाग में अटका हुआ है, क्योंकि जीत आपा के घरवालों का एक भट्ठा हमारे अब्बा के हिस्से में आया था। बाकी तीन भट्ठों पर औरों ने कब्जा कर लिया था। पर यह तो बाद की बात है...जीत आपा ने ही बताया था–

हमने पचपनसाला की तरफ देखा। वह बोला–

उनके पड़ोसी थे बाज खाँ जो अलग-अलग मण्डियों से प्याज खरीद कर ईरान के साथ तिजारत करते थे। उनके शादीशुदा बेटे रियाज खाँ बीवी के साथ खुली छत पर रात गुजारते थे, इसलिए औलाद की आमद में देर हो रही थी...और एक बार तो ऐसी तूफानी आँधी आई थी, जो उनकी बीवी की सुथनी ही उड़ा ले गई थी। वह आँधी-उड़ी सुथनी सुबह किसी और की छत पर मिली तो मियाँ-बीवी में जबरदस्त झगड़ा हुआ। बात तलाक तक पहुँच गई...पर बाद में यह साफ हो गया था कि रियाज की बीवी की सुथनी आँधी उड़ा लाई थी...तब बात सधी और तभी से जीत आपा रियाज खाँ की बीवी को सुथनी भाभी कहकर पुकारती और चिढ़ाती थीं...

मंटो को हँसी आ गई, और आँखों में चमक। उन्होंने पूछ ही लिया–फिर सुथनी भाभी छत से कैसे उतरी?

आप तो मजाक करते हो... अब हमें क्या मालूम...उसने मंटो को देखते हुए कहा-जीत आपा ने हमें इतना ही बताया था...

तो फिर उसके बाद...

जीत आपा के पप्पा जी ने आँधी वाली रात के बाद बाज खाँ से पेशकश की कि बेटे और बहू के लिए वह एक कमरा छत पर डाल लें। ईंटें भट्टे से आ जाएँगीं...घर की बात है, पैसे-वैसे का सवाल ही नहीं उठता। दूसरे दिन ही बाज खाँ के घर के सामने अव्वल नम्बर की ईंटों का चट्टा लग गया...और शायद उसी दिन यह ऐलान हुआ कि मुल्क आज़ाद होने वाला है...पाकिस्तान बननेवाला है।

अरे वह तो हुआ ही। दुनिया ने देखा–आज़ादी कैसे आई...हमने भी दो आलमी जंगों के बाद आज़ादी को आते देखा...और फिर मेरी तरफ मुखातिब

होते हुए मंटो ने कहा-अरे भई, वो कॉफी का क्या हुआ...वैसे कॉफी से काम चलेगा नहीं, यह वक्त तो कड़वा शर्बत पीने का है।

तो चलिए...वही सही...सामने ताज पैलेस मौजूद है! मैंने कहा और हम तीनों होटल के सायबान से होते हुए लाबी में घुस गए। मंटो कुछ थके हुए थे, बोले–

तुम बार का पता करो, तब तक मैं सुस्ताता हूँ।

मैं बार का रास्ता मालूम करने के लिए मुड़ने ही वाला था कि मंटो ने सवाल किया–वो पचपनसाला कहाँ गया?

हम दोनों ने इधर-उधर नजरें दौड़ाई, पर वह कहीं नजर नहीं आया। पता नहीं वह कहाँ चला गया था।

छोड़ो...साथ रहता तो हम उसे भी कड़वे शर्बत के झील में नहला देते...आज उसे भी ऐश करा देते।

तभी लिफ्ट से निकलती, साथ वाले आदमी का हाथ छुड़ाती एक बेहद खूबसूरत औरत चीखी थी–छोड़ो...तुम क्या मुझे ऐश कराओगे।

जाहिर है, हम दोनों का ध्यान तेजी से उधर गया। वह कुलीन लगता आदमी बड़ी इज्जत और सलीके से उस बेहद खूबसूरत औरत को रोक रहा था। शायद वह चाह रहा था कि आलीशान होटल में कोई सीन क्रियेट न होने पाए...पर वह औरत अपनी रौ में उसका तिरस्कार करती तेजी से लॉबी की तरफ आई थी। बिफरती हुई।

होगा इंडस्ट्रियलिस्ट अपने घर का...ऐसे इंडस्ट्रियलिस्ट बहुत पड़े हैं दुनिया में...यह खुद को आखिर समझता क्या है...

क्या बात है शिवानी? होटल की वर्दी पहने एक निहायत आधुनिक औरत ने उसे आकर रोका और टोका। वह शायद होटल के फ्रंट डेस्क की इंचार्ज थी–

आखिर हुआ क्या है?

ये कपूर पागल हो गया है...ठीक है, ये मेरे हस्बैण्ड का परिचित है...यह भी ठीक है कि इसने हमें सोलन में कोठी ले के दी है... अरे...हम धीरे-धीरे उसका पैसा चुका देंगे...जब इसे करोड़ों के लोन की जरूरत थी तो ये मिनिस्ट्री के चक्कर काटता था। बंगले पर आकर मेरे हस्बैण्ड के तलवे चाटता था...आज मुझे जिम में मिला। लेडीज़ आब्जेक्टेड...फिर पूल पर मिला...मैं खुद पूल पर मिलने चली गई तो इसका मतलब यह तो नहीं कि आई हैड कंसेंटेड फार ऐनीथिंग...माई हस्बैण्ड डज़ंट माइण्ड दीज़ ट्राइफल थिंग्स, बट स्टिल...

तभी एक ओर शोर उठा। उन दोनों की बातें शोर में डूब गईं... आज़ादी की पचासवीं वर्षगाँठ पर नारे लग रहे थे और वहाँ 'आर्ट इण्डिया-50' का उद्घाटन करने कोई मिनिस्टर साहब चले आ रहे थे। अजीब-सी गहमागहमी। पूरे मैनेजमेंट ने मिनिस्टर साहब का स्वागत किया। भीड़ अन्दर आ गई। 'आर्ट इण्डिया-50' का उद्घाटन करने वे भीड़ और स्पेशल गार्ड्स के साथ बेसमेंट में उतर गए। वे जैड कैटिगिरी वाली सुरक्षा में नहीं थे।

हम जा के फ्रंट डेस्कवाली इंचार्ज लड़की के सामने बैठ गए।

क्या हुआ था आपकी दोस्त शिवानी को?

कुछ खास नहीं...डेस्क इंचार्ज लड़की ने कहा–ऐसा होता ही रहता है...

फिर भी, कुछ तो हुआ ही था मिस लोनी ओबेराय! मंटो ने उसकी पतली-सी नेम प्लेट पढ़ ली थी।

होना क्या था...शिवानी कम्स फ्राम अ फेमस फैमिली...उसका हस्बैण्ड गवर्नमेंट ऑफ इण्डिया में एडीशनल फाइनेंस सेक्रेटरी है। उसे पैसे की क्या कमी...एण्ड यू हैव सीन–शिवानी कैन लांच ए थाउजैण्ड शिप्स...

वह तो है। मैंने मंटो की तरफ देखकर कहा। मंटो ने सिर हिलाया।

पर वो स्टुपिड मैन कपूर...ही हैज अ क्रश ऑन शिवानी... फ्राम एजेज। वह चाहता है शिवानी मि. सरीन से डायवोर्स ले ले...

कपूर अनमैरिड है क्या?

इस उम्र में अनमैरिड कौन होता है? लोनी ओबेराय बोली–ही इज़ वैरी मच अ मैरिड मैन...चलो ये भी चलता है...पर पता नहीं किस झोंक में उसने स्विट्जरलैण्ड में इक्कीस एकड़ की ऐस्टेट और टैन थाउजेण्ड मिलियन पर्सनल एकाउंट की बात उठा दी...स्टुपिड पिग...शिवानी इज रीयल क्लास...एण्ड ह्वाट एन आंसर!

हम दोनों ने उत्तेजना से लोनी ओबेराय को देखा।

ह्वाट वाज़ हर आंसर?

लोनी ओबेराय खिलखिला के हँस पड़ी-शिवानी कुछ भी हो लेकिन शिवानी शिवानी है...उसने कहा-रंजीत कपूर! तुम्हारे पास जितनी दौलत है, ले आओ...उसे मेरी आँखों के सामने जलाते जाओ...जितनी देर वह जलेगी, मैं तुम्हारी रहूँगी।...ह्वाट एन आंसर! ब्रेवो शिवानी! ब्रेवो! जैसे लोनी ओबेराय शिवानी को शाबाशी दे रही थी–दिस ओनली अ शिवानी कैन से!...ओनली शिवानी!

तभी मिनिस्टर साहब के लौटने का शोर बरपा हो गया था...एक्सक्यूज़ मी कहते हुए लोनी ओबेराय उठ कर तेजी से उधर चली गई थी।

हम दोनों एक दूसरे का मुँह देखते बैठे रह गए थे...

हम किस दौर में हैं दोस्त? मंटों ने उदासी से पूछा था।

आज़ादी की आधी सदी के जश्न के दौर में मंटो भाई!

मंटो ने मेरी बात अनसुनी कर दी और साल गिरह के सिलसिले में होटल की चमकती दीवार पर गांधी जी के डांडी मार्च का जो मोटिफ बना था, उसे देखने में मशगूल हो गए। मंटो उस मोटिफ को बड़ी-बड़ी आँखों से लगातार देखे जा रहे थे।

इतने गौर से क्या देख रहे हो मंटो भाई?

यही कि गाँधी जी ने नमक कानून तोड़कर हमें नमकहलाली सिखा दी! बगैर किसी बारूदी जंग के गाँधी ने अंग्रेजों के घुटने तोड़ दिए थे...

मैंने उन्हें गौर से देखा। वह अपनी रौ में बोले जा रहे थे–

दोस्त! अंग्रेजों ने पार्टीशन का चूल्हा तो जला दिया था, लेकिन हाँडी तो सरहदी गाँधी के हाथों में थी। उन्होंने तक्सीम के खिलाफ रायशुमारी में शामिल होने से इनकार करके वह हाँडी खुद जिन्ना के हाथों में थमा दी। किसान और आम आदमी को तो पता भी नहीं था। वह अधपकी खिचड़ी नेहरू और जिन्ना ने आपस में बाँट ली... और उसी खिचड़ी का जश्न हम आज भी मना रहे हैं...छोड़ो यार...बार किधर है, वहाँ चलते हैं...

हम बार की तरफ बढ़ने लगे, तो मंटो साहब ने बताया–

दोस्त! एक बात मालूम है तुम्हें?

क्या?

मेरे डाक्टर ने बताया था कि मेरा जिगर छलनी हो चुका है, शराबनोशी छोड़ दूँ, तो मैंने उस नेक डॉक्टर के सामने अपना एक राज पेश किया था। मैंने उसे बताया था कि मैं जब अल्लामियाँ की कायनात से चला था तो एक दिल और एक जिगर स्पेयर लाया था। दिल तो साफिया के अलावा कहीं लगा नहीं, इसलिए बच गया, लेकिन जिगर अब साथ नहीं दे रहा है, इसलिए इसे बदल दीजिए...मैंने उसे स्पेयर जिगर दिया, लेकिन वह नहीं बदल सका...जाहिल डॉक्टर था...तो फिर हुआ यही कि उन्नीस सौ पचपन की अट्ठारह जनवरी को मैं मौत फरमा गया...मालूम नहीं था कि मौत के बाद भी जिन्दगी होती है. ..उसी जिन्दगी के तहत मैं जिन्दा हूँ...

अभी हम बार तक नहीं पहुँचे थे कि बीच में फिर एक हंगामा बरपा हुआ था। वही–आज़ादी की पचासवीं वर्षगांठ का मौका। तैयारियाँ तो कई महीने पहले ही शुरू हो चुकी थीं, और अब एम. टी. वी. की कूल्हे हिलाने वाली वीजेस लड़कियाँ और लड़के–गिटार पकड़े नहीं, क्रिकेट बैट थामे होटल की लाबी पर आक्रमण-सा करते चले आ रहे थे।

यह अजीब नजारा था।

हम दोनों समझ ही नहीं पाए कि इस दुनिया में, जो पचास बरसों में बिल्कुल बदल गई है...यह क्या हो रहा है?

पता चला कि पचास वर्ष पहले आज़ाद हुए पाकिस्तान की क्रिकेट टीम इंडिपेंडेंस कप मैच खेलने भारत आई हुई है और उसके सारे खिलाड़ी इसी ताज पैलेस होटल में ठहरे हुए हैं। और इससे पहले कि हम रिसेप्शन पर जाकर पता करते, तब तक पाकिस्तानी टीम के मैनेजर नसीम, कप्तान रमीज राजा, ऐजाज और इंजी... अरे वही, अपने मुल्तान का धाकड़ बल्लेबाज इंजमामुल हक–चारों कॉफी बार की ओर बढ़ते नजर आए।

मेरी भी उनसे मिलने की इच्छा थी। मैं भी मंटो के साथ उधर चल दिया।

मुलाकात हुई तो बहुत अच्छा लगा और मालूम हुआ कि वे हिन्दुस्तान के अपने पुराने घरों और इस वतन को देखना चाहते हैं, जो उनके पुरखों का वतन है।

तेइस साल के इंजी की आँखों में आँसुओं की हलकी परत उतर आई। उसी ने बताया–हम पुराने घर-गाँव देखना चाहते हैं। उसके लिए हमें परमीशन की जरूरत है। एक हिन्दुस्तानी अफसर आनेवाला है...यहीं कॉफी बार में, वो शायद परमीशन लेकर आ रहा है, हम उसी के इंतजार में हैं। मेरा घर-गाँव तो यहीं पास में है–हाँसी! हिसार के पास...

इसी रास्ते तो बाबर आया था और इसी रास्ते हुमायूँ शेरशाह सूरी से शिकस्त खा कर ईरान की तरफ भागा था...

वो सल्तनत जीतने आया होगा, हम तो मैच जीतने आए हैं। यह शायद टीम मैनेजर नसीम ने कहा था।

मैं यहाँ से पुराने घर-मोहल्ले की तस्वीरें उतार कर ले जाऊँगा...मैंने अपने अब्बाजान से वादा किया है। हाँसी में हमारी हवेली थी, एक मजार के पास। अब पता नहीं हमारे दादाजी पीरजादा जिया-उल-हक की किसी को याद भी होगी या नहीं...वहाँ कुछ मुसलमान तो शायद अब भी होंगे।

तो मंटो से रहा नहीं गया। वे बोल पड़े-

मियाँ इंजमामुल हक! यादें हिन्दू या मुलसमान नहीं होतीं...

इंजी ने फौरन बात संभाली–मेरा यह मतलब नहीं था...

मैं जानता हूँ...जानता हूँ बरखुरदार...और किन यादों के साथ आपको भेजा है आपके वालिद साहब ने!

जी, उन्होंने बताया था, हमारे मोहल्ले को लोग पीरजादगान कहते थे। कुछ लोग उसे मोहल्ला मुगलपुरा भी पुकारते थे...क्या पता, उस मोहल्ले का नाम भी अब बदल गया हो।

नहीं-नहीं, नाम-वाम नहीं बदले होंगे...मेरे रिश्तेदारों के शहरों-मोहल्लों के नाम भी नहीं बदले हैं... उनके खतों में वही नाम आते हैं और उन्हीं पतों पर हम उन्हें खत लिखते हैं! रमीज राजा ने कहा-हमारे ससुराल वालों के नजदीकी रिश्तेदार अब भी करनाल में रहते हैं। उन्होंने कहा था, मिल के आना...

इंजी बड़े गौर और उम्मीद से अपने कप्तान रमीज राजा को देख रहा था।

मेरे अपने खानदान के लोग जयपुर में हैं। रमीज राजा हल्की सी तंजिया मुस्कराहट के साथ बताने लगा-अब देखिए न, मैं लाहौर का हूँ, मेरी सास दिल्ली की, मेरे ससुर साहब करनाल के...लाहौर लाहौर है लेकिन दिल्ली की तहजीब मैंने अपनी बीवी से सीखी है...जो उसकी रगों में अपनी माँ के खून की वजह से पल रही है।

दो-एक पल ठहर-से गए।

ऐजाज ने वह ठहराव तोड़ा-जाना तो मैं भी जालंधर चाहता हूँ, अपने नजदीकी रिश्तेदारों से मिलने...लेकिन वक्त और परमीशन कहाँ है?

तभी वह हिन्दुस्तानी अफसर सरीन इन लोगों को पहचानता, हाथ बढ़ाए, लपकता हुआ आया और हाथ मिला कर अपनी खुशखबरी दी–आप लोगों को परमीशन मिल गई है।

–हुर्रे! की आवाज से कॉफी बार गूँज गई।

बाकी मौजूद लोग भी मुस्कराने लगे, उन्हें हुर्रे का कोई कारण तो पता नहीं था पर उनकी मुस्कराहटों से लग रहा था कि वे सब किसी अच्छी खबर के एहसास से मुस्करा रहे थे...

–अरे, नसीम भाई कहाँ हैं? इंजी ने कहते हुए उन्हें तलाशा तो देखा कि होटल का बैल-कैप्टिन उन्हें एक फैक्स मैसिज थमा कर वापस जा रहा है...उन्हें देखते ही तीनों करीब-करीब चीख पड़े–

–नसीम भाई ! सरकार ने परमीशन दे दी है।

मैनेजर नसीम कुछ मायूस से वह कागज थामे पास आए, तो इंजी ने बच्चों की तरह खुश होते हुए पूछा–नसीम भाई, अब तो मैं हाँसी जा सकता हूँ।

–शायद नहीं !

–क्यों ?

–मैंने क्रिकेट कंट्रोल बोर्ड से आप लोगों के लिए परमीशन की सिफारिश की थी...पर अभी कराँची से अपने क्रिकेट कंट्रोल बोर्ड का यह फैक्स मैसिज आया है। बोर्ड ने परमीशन देने से इनकार कर दिया है। कहते हुए मैनेजर नसीम ने फैक्स वाला कागज उनकी ओर बढ़ा दिया...

–आओ शिट ! कहते हुए उन्होंने कागज वहीं मेज पर फेंक दिया।

–पाकिस्तान जिन्दाबाद ! मंटो ने गूँजता हुआ नारा लगाया–कुछ ऐसे जैसे वे नशे में हों।

लोग एक बार फिर बुरी तरह चौंके। इस बार उनके चेहरों पर अचम्भा और मातम था।

–तुम लोग तो नामी-गिरामी हो...यहाँ और वहाँ लाखों मामूली लोग इसी तकलीफ से तड़प रहे हैं। कहते हुए मंटो की आँखें ऐनक के शीशों से बाहर आ रही थीं। फिर वो मुझसे बोले-चलो दोस्त ! बार में चलो, हम अपनी शाम क्यों खराब करें। चलो।

हम बार की तरफ चल दिए।

ताज्जुब कि सामने से हमारा पचपनसाला हमसफर आदमी हमारी तरफ ही चला आ रहा था। उसने दूर से हमें देखा।

उसके साथ एक अधेड़-सी औरत भी थी।

मंटो ने चलते-चलते गौर से उन दोनों को देखा, फिर मुझे। मंटो ने एक बार फिर पचपनसाला और उसके साथ वाली औरत को ताज्जुब़ से देखा।

बड़ा चालू लगता है। यह पचपनसाला किस औरत को पकड़ लाया ? मंटो ने कहा।

–न मालूम कौन है ?

–लिबास तो वर्दी जैसा लग रहा है ?

–इसी होटल में काम करती होगी...

–तब तो यह हमसे बाजी मार ले गया !

–अभी पता चल जाएगा, कौन है यह औरत...मैंने मंटो को तसल्ली देते हुए कहा।

तब तक वह दोनों हम तक पहुँच चुके थे।

पचपनसाला ने बड़े उत्साह से ऐलान किया-

–यही हैं हमारी जीत आपा।

–वो...वो ढेरी-रावलपिण्डी वाली।

–सत सिरी (अ) काल...जीत ने दोनों हाथ जोड़ दिए।

–इत्तफाक देखिए...ये यहाँ मिल गईं... इतने बरसों बाद। पचपनसाला ने उत्साह से कहा।

–आप यहीं काम करती हो?

–हाँ जी।

–क्या काम करती हो?

–जितना ब्रास का सामान है...कुण्डे, गमले, पैनल्स...उन्हें चमकाती हूँ।

–कब से हो आप यहाँ?

–सात-आठ महीने हुए।

–उससे पहले?

–उससे पहले मैं दिल्ली पुलिस की वर्दियाँ सिलती थी।

–कितने बरसों बाद मिले हो आप दोनों?

–चौरासी के बाद...

मैं उससे इधर-उधर के सवाल पूछ ही रहा था कि देखा मंटो बार-बार अपनी ऐनक साफ कर रहे थे। साफ करते थे, लगाते थे और उस पचपनसाला को देखते थे। फिर ऐनक उतारते, साफ करते और उस औरत को देखते। चौथी बार देखने के बाद वो पास खिसक कर औरत से बोले-

–तुम्हारे माथे पर घाव का यह गहरा निशान?

–जी, ये 47 में लगा था।

–इसी निशान के बारे में मैंने आपको बताया था। पचपनसाला बीच में बोला।

और हम देखते ही रह गए...हैरत से। उस पचपनसाला और इस औरत जीत–दोनों के माथों पर करीब-करीब एक से गहरे निशान थे। इसी बात की उसने अभी ताईद की थी और पहले भी बताया था।

अब, यह थोड़ी अजीब-सी बात लग रही थी–पर बात तो सामने थी और यही थी।

पनपनसाला के माथे पर सन् 84 का घाव और जीत के माथे पर सन् 47 का घाव। बात उलझ रही थी तो मैंने पचपनसाला से पूछ ही लिया–

–तुम यहाँ सन् 84 में कैसे पहुँच गए?

–जी, वो ऐसा था...

मंटो उसे गौर से देख रहे थे-हाँ बोलो...बोलो...

–जी, वो ऐसा था कि ढेरी-रावलपिण्डी में हमारे अब्बा को इन्हीं के घर का कब्जा मिला था। हमारे अब्बा मकान के दरवाजे पर लिख आए थे–"पाकिस्तान जिन्दाबाद! अलहमद उल्इल्लाह कि ये मकान सैयद अनवर हुसैन, मुहाजिर करनालवी के नाम एलाट हो गया है!' उसके तीसरे दिन हम उस घर में दाखिल हो गए थे....मुझे याद है, सबसे पहले अब्बा और अम्मी ने घर भर में फैले खून के चकत्तों को धोया था।

–अम्मी बार-बार शिकायत कर रही थीं–यह कहाँ उठा लाए बच्चों को...यह घर है कि बूचड़खाना...

जीत आँखों पर पल्लू लगाए धीरे-धीरे सिसक रही थी।

मंटों की आँखों में धुआँ भरा था। उन्होंने चश्मा फिर साफ किया–एक गहरी सांस ली, फिर धीरे से बोले–

–तुम्हारे साथ क्या हादसा हुआ था?

जीत ने आँखें सुखाईं–

–क्या बताऊँ...कैसे बताऊँ...दिल दहलता है...रुलाई रोक कर जीत ने बताया–हमारे घर वहीं थे ढेरी में...ईंटों के भट्टे थे हमारे। हमारा पूरा कुनबा वहीं आस–पास रहता था। बगल में बाज चाचा का घर था...

–उन्हीं की बहू थी तुम्हारी सुथनी भाभी!

सुनकर जीत के ओठों पर हल्की-सी मुस्कराहट आ गई–

–लगता है आप लोगों को सब कुछ बता दिया है इस बिब्बन ने!

–बिब्बन!

–जी, मेरा नाम है। पचपनसाला ने कहा।

–यही रहते हैं अब हमारे छोड़े हुए घरों में...जीत ने कहा।

–तुम लोग घर खुद छोड़ आए थे या छोड़ने पड़े थे?

–अपने घर कौन छोड़ता है...छोड़ने पड़े थे...हम लोग अमन-चैन से रह रहे थे। खुशहाल थे। तभी आज़ादी आई...सारा माहौल ही बदल गया। एक दिन बीस-बाइस लोगों का जत्था आया। वे आस-पास के गाँवों से आए थे। हम लोगों के दिलों में दहशत समा गई। उस वक्त बाज चाचा और पड़ोस के लोगों ने उन्हें समझा-बुझाकर वापस कर दिया। फिर हमारे कुनबे के सारे लोग रात को

ही घर में जमा हुए। कुल इक्कीस लोग थे हम...यही तय हुआ कि हम ढेरी छोड़ देंगे...

बोलते-बताते जीत की आवाज ठण्डी पड़ती जा रही थी। सपाट होती जा रही थी उसमें न दुःख था न दर्द।

–घर छोड़ने के लिए इंतजाम होना था। इसमें तीन-चार दिन लगने ही थे। लेकिन खतरा बहुत बढ़ गया था, इसलिए बाज चाचा ने अपनी हवेली में आने और रहने की बात कही। हम लोग उनकी हवेली में चले गए। कनक की बोरियाँ रख के उन्होंने हमारे लिए हिफाजत की दीवार बना दी। रात गुजर गई। सुबह हम अपने घर आ गए। रात बाज चाचा के घर में गुजारना ही ठीक समझा गया था। लेकिन फिर दूसरी रात नहीं आई। दिन-दोपहर में ही पास-पड़ोस के पन्द्रह गाँवों से पाँच सौ लोगों के जत्थे आ गए। उन्होंने हमारे घरों को घेर लिया। चीख-पुकार, नारे लगने लगे। उन हमलावर जत्थों में से किसी ने ऐलान किया–

–बाहर निकल आओ काफिरो। हलाल मीट खाओ और इस्लाम कुबूल करो तो हम तुम्हें बख्श देंगे।

–मेरे पापा जी ने यह मंजूर नहीं किया। उन्होंने भीतर से ही जवाब दिया–नहीं! हमें मौत मंजूर है...तभी ऊपर छत टूटने और आँगन में गोलियों की बौछार हुई। बेबे ने पप्पा जी के पैर पकड़ लिए–मंजूर कर लो! तो ताया जी ने यह कहते हुए कि यह कहना हराम है, उनकी गर्दन किरपान से काट दी। तीन महीने का मेरा छोटा भाई बेबे की गोद में था। वह खून से तर-बतर हो गया। तब तक पापा जी ने हम सबों को किरपानें थमा दी थीं। यह भी कह दिया कि हमलावर ऊपर से या दरवाजा तोड़ कर अन्दर आ जाएँ तो हम बाईं तरफ किरपान मार लें। इतना कहकर उन्होंने बेबे की खून भरी ओढ़नी तलवार पर उठाई और खुद ही नीम-पागल की तरह तेजी से बाहर निकल गए। चारों तरफ से उन पर चाकुओं, तलवारों और बरछों के वार हुए। वे वहीं ढेर हो गए। उनका यह हाल देख के तायाजी भी किरपान ले के बाहर भागे। उनका भी वही हाल हुआ। डॉक्टर वीर जी निकलने लगे तो भाभी ने उन्हें रोका–पहले हमें मार दो, तब बाहर जाओ। उन्होंने भाभी को मारा, अपने चार साल के बेटे को मारा। बहनों को मारा। मैं डरी हुई भीतर थी। वीर जी बाहर निकल गए...उनका भी वही हाल हुआ। तभी कोठरी से ताई जी मेरी बाँह थामे निकलीं, बोलीं–कैसी लड़ाई लड़ने आए हो! मुझे अपने बच्चों को एक बार देखना है!

तभी उन पर ईंटों की बौछार हुई...वहीं चट्टा लगा था। कुछ देर उन्होंने चोटें खाईं, फिर गिर पड़ीं। उन लोगों ने उनकी गले की माला, हाथों की चूड़ियाँ और कान की बालियाँ खींच लीं। वो वहीं मर गईं। उसी वक्त मेरे माथे पर वार हुआ। फिर क्या हुआ, ठीक से मालूम नहीं। पर बाज चाचा भी मार डाले गए। हमारे एक चाचा बचे थे, वह रावलपिण्डी से हमें ही लेने आ रहे थे। उन्होंने पूरे कुनबे को भट्टों की आग में जलाया और मुझे लेके जाने कैसे दिल्ली पहुँच गए।...फिर यहीं दिल्ली में रही। फिर शादी हो गई...फिर...

कहते हुए वह चुप हो गई...

कुछ देर के लिए सन्नाटा छाया रहा...किसी के पास कहने के लिए कुछ था ही नहीं। जीत की आँखों में रेत उड़ रही थी।

मैंने बहुत आहिस्ता से सन्नाटा तोड़ा–फिर?

जीत ने अपनी आँखें ओढ़नी से ढक लीं। वह शायद अब कुछ बोलना नहीं चाहती थी। मंटो ने पचपनसाला की तरफ देखा।

–मैं वहीं ढेरी में भट्टे पर बड़ा हुआ। जब हालात कुछ बदले तो धीरे-धीरे खबरें मिलनी शुरू हुईं। कौन कहाँ है। कौन नहीं है, कौन मरखप गया। कई साल बाद ऐसे ही खबर मिली कि ढेरी के भट्टेवाले सरदार जी की एक लड़की दिल्ली में है। कुछ अता-पता भी मिला। जब घर साफ किया गया था तो किसी मोखे में एक गुटखा ग्रन्थ साहब और कुछ टिपने के कागजात मिले थे...

–टिपने के कागजात? मंटो ने पूछा।

–जन्म पत्रियाँ...मैंने खुलासा किया।

मंटो का मुँह हैरत से खुला रह गया–मरने वालों की जनम-पत्रियाँ!

–जी हाँ! पचपनसाला बोला–अम्मी ने भी कहा था, इन्हें सम्भाल के रख दे, तेरे अब्बू को कभी करनाल जाने का मौका मिला तो इसी बहाने ढेरीवालों से भी मिल आएँगे...

–ढेरीवालों से...मैंने अम्मी से पूछा था–ढेरीवाले तो अब हम हैं...तो अम्मी ने बड़ी आसानी से समझा दिया था–नहीं बेटा...वो भट्टेवाले दूसरे मुल्क चले गए हैं...वतन तो उनका यही है...जैसे तेरा करनाल...मैं कुछ समझ पाया था, कुछ नहीं, पर सोच के अच्छा जरूर लगा था कि हमारा एक वतन भी है।

मंटो ने उसे गौर से देखा था।

–तो अब्बा तो नहीं आ पाए। उन्हें इजाजत नहीं मिली। सैंतीस साल बाद मुझे परमीशन मिली। तब मैं बयालीस का था। तब तक भट्टा हमारे हाथ से निकल

चुका था। नए मालिक लाहौर के थे। उन्होंने मेहरबानी करके मुझे थवई का काम दे दिया था। मैं मालिकाना हक छोड़कर अब ईंट थापने लगा था। साँचे में मिट्टी भरकर मैं नए मालिक का नाम कच्ची ईंटों पर थापता था...

इस बार पचपनसाला को देख के जीत ने धीरे से कहा–हम भी भट्टेवाले कहाँ रह गए। दारजी रिक्शा चलाते थे...तो मैं रिक्शेवाली हो गई...फिर दर्जिन और अब उनके बाद सफाई कर्मचारी...ये बिब्बन उन्हीं दिनों हमारे पास गुटका और जन्म पत्रियाँ ले कर आया था, जिन दिनों दंगे भड़के थे...

–हाँ टिपने लेके मैं इसीलिए आया था, ताकि इन्हें यकीन हो जाए कि मैं इन्हीं के घर से आया हूँ...एक दिन पहले ही इंदिरा गाँधी को मार डाला गया था। मुझे कुछ मालूम न था। इनकी गली पर जब हमला हुआ तो मैं इन्हीं के घर बैठा हुआ बतिया रहा था।

–पुलिस भी उस दिन हमारे खिलाफ हो गई थी...वही पुलिस जिसकी मैं वर्दियाँ सिलती थी...एक पुलिसवाले ने ही हमारे दोनों बेटों और दार जी को गोलियों से भून दिया था। कह के वह फिर आँखें दबा कर सिसकने लगी थी।

–वहीं किसी बलवाई ने मुझे मोना समझ के वार किया था...तभी यह घाव मुझे लगा था। मैं जैसे-तैसे जान बचा के भागा तो एक जगह आग में घिर गया था। जलते हुए घर के बाहर एक बूढ़ी सरदारनी हाथों में कई कड़े पहने, उन्हीं से अपनी छाती पीटते हुए पागलों की तरह विलाप कर रही थी-हाय रब्बा! मेरे तो आठों चले गए...भागते भागते सुनने का मौका तो था नहीं...पर दूर तक उस आवाज ने मेरा पीछा किया-हाय रब्बा! बारह तो मुलतान में दे आई...आठ यहाँ दे दिए...उसकी कलाई में उन आठों के कड़े थे, जो कत्ल कर दिए गए थे...कड़ों की वह आवाज मुझे आज भी सुनाई पड़ती है...दिल में दर्द-सा उठता है...

–इस माथेवाले घाव में दर्द नहीं होता? मंटो ने तभी बेसाख्ता पूछा।

पचपनसाला एकाएक हड़बड़ा गया, जैसे वह इस सवाल के लिए तैयार नहीं था। उसने जीत की तरफ देखा...फिर दोनों ने एक साथ हम दोनों की तरफ देखा।

दोनों मुझे एक पल के लिए हमशक्ल लगे...दोनों के घाव चमक रहे थे...

तभी मंटो चीख पड़ा-हिन्दुस्तान जिन्दाबाद! पाकिस्तान जिन्दाबाद! आज़ादी मुबारक!

ताज पैलेस की लॉबी बुरी तरह थर्रा गई...

एक हंगामा बरपा हो गया।

पचपनसाला और जीत के रोने की तेज आवाजें हमें सुनाई पड़ीं...मैंने पलट कर देखा, पर वे दोनों खामोश थे। मैंने मंटो से पूछा–आपने सुनीं...यह रोने की चीखें कहाँ से आई हैं...

–इस पार और उस पार.. दोनों से। मंटो ने नीम–पागल दार्शनिक की तरह कहा–मेरे दोस्त! सदियाँ बूढ़ी हो जाती हैं लेकिन दर्द कभी बूढ़ा नहीं होता!

तब तक मैनेजमेंट के सिपाही और वर्दीवाले चौकीदार हम पर हावी हो चुके थे। और एक कड़कती आवाज आई थी–ये कहाँ से घुस आए! निकालो इन पागलों को बाहर।

और हमें बाहर खदेड़ दिया गया। मैं उस बदहवासी में मदद के लिए मंटों को तलाश रहा था, पर वो गायब थे...वे शायद फिर कहानियों में पनाह लेकर किताबों में बन्द हो गए थे।

(दिल्ली, 1968)

रावल की रेल

कच्छ के रेगिस्तान का असीम विस्तार, रेत-ही-रेत। पानी कुछ ही दिन पहले सूखा था। रेत के महल पर पपड़ियाँ जमा थीं, जो पैरों के पड़ते ही रेत में बदल जाती थीं। कुछ कंटीली झाड़ियाँ। उसके बाद रेत का दिशाहीन साम्राज्य! वह इसी दिशाहीन विस्तार में फँस गया था। जहाँ दिशाओं का पता नहीं चलता था। रेत का अंतहीन विस्तार! उस रेत में पल-पल दिग्भ्रमित होता हुआ वह। बार-बार वह महसूस कर रहा था कि यहीं कहीं रेत की समाधि में वह समाधिस्थ हो जाएगा। जब धरती और दिशाएँ कहीं न पहुँचाएँ, तो चलते हुए किसी को भी उसी जगह घूमते हुए होने की प्रतीति होती है...दिशाभ्रम की ऐसी स्थिति में उसकी सांस घुट रही थी और वह समझ नहीं पा रहा था कि रेत के इस लोकतन्त्र से वह कैसे बाहर आए। रेत, रेत और रेत!...चारों तरफ शून्य और भयानक सन्नाटा...भीतर की कोई आवाज भी कच्छ के उस रेगिस्तानी शून्य को तोड़ नहीं पा रही थी। एक अजीब-सी विक्षिप्तावस्था...घबराहट और घुटती हुई सांसें। रुकती हुई सांसें। रेत का ऊसर। वह ऊसर जिसने कभी सरस्वती नदी के वेग को अपनी गोद में सम्भाला था-केतिश्वार और लखपत में, नखतराना, भुज और खावदा के अंचलों में, झंझार और माण्डली की बाँहों में! नदी को सम्भालना कठिन नहीं होता, कठिन होता है किसी नदी को रेगिस्तान बनने से बचाना...

तब कच्छ के उस दिशाहीन भीषण रेगिस्तान में उसे एक खानाबदोश मिला था...जो उस भयानक रेगिस्तान को पाकिस्तान से पार करता हुआ चला आ रहा था। लखपत के पास वह चमड़े की बोतल से पानी पीने के लिए बैठा ही था कि उसने पूछा था–

–तुम कब से रेगिस्तान में दिग्भ्रमित होकर भटक रहे हो?

–पता नहीं! उस खानाबदोश ने उत्तर दिया था।

–तो तुम ऐसे ही घूमते रहते हो?

–तो और क्या करूँ? अपनी चमड़े की बोतल से पानी पीने से पहले उसने अपने मुँह से एक छोटा-सा पहिया निकाला, उसमें एक तार बंधा हुआ था। उसे हाथ में लेकर वह गट-गट पानी पीने लगा।

–रेगिस्तान में तुम्हें पानी कहाँ से मिला?

–इसी पानी के लिए तो लखपत आता हूँ। नहीं तो इस रेगिस्तान में पानी कहाँ! अपने सफर पर जाने से पहले यह पानी यहीं से भरा था। अब पीकर यहीं से पानी फिर भरूँगा...फिर यहीं आकर पिऊँगा! फिर भरूँगा...फिर यहाँ से सिंध निकल जाऊँगा! मन किया तो खावदा चला जाऊँगा!...

–तुम्हें रास्ते मालूम हैं?

–नहीं।

–जो जहाँ पहुँचना होता है, वहाँ कैसे पहुँच जाते हो?

–जब कहीं पहुँच जाता हूँ तो पता लग जाता है कि कहाँ पहुँच गया हूँ।

–लेकिन यहाँ दिशा का पता तो लगता नहीं।

–फिर भी मौसम की उड़ती रेत कभी दिशा बता देती है, कभी ज्वार का पानी, हर मौसम में हवाएँ दिशाएँ बदलती हैं...नौ घड़ी बाद सागर का पानी चढ़ता या उतरता है...आता हुआ या उतरता हुआ पानी भी दिशा बता देता है... कहीं कंटीली झाड़ियाँ दिशा बता देती हैं!

–कंटीली झाड़ियाँ!

–हाँ, उनकी शाखों की बड़ी बाँहें हमेशा सागर को पुकारती हैं...और छोटी बाँहें रेत को!

–ये छोटा पहिया-सा क्या है? वह पूछता ही जा रहा था।

–ये! ये चंग है...

–इसका क्या करते हो?

–मरुस्थल पार करते हैं, तब कहीं कोई स्वर नहीं होता...तब जी घबराता है....धीरे-धीरे शरीर सन्नाटे से भरने लगता है। जब इसकी आवाज भीतर के सन्नाटे को तोड़ती है...चंग की आवाज भीतर ही गूँजती है...तब मरुस्थल पार हो जाता है! कहते हुए उस खानाबदोश ने अपनी बोतल भरी और उठकर चला गया।

खानाबदोश के जाते ही वह बहुत अकेला रह गया। वह समझ ही नहीं पा

रहा था कि अब क्या कहे। वहीं से गुजरते एक चरवाहे से उसने भुज का रास्ता पूछा। उसने हाथ के इशारे से बता दिया।

और वह करता भी क्या? उसी तरफ चल दिया। चलता रहा, चलता रहा। चलते-चलते आखिर वह भुज पहुँच ही गया। लेकिन रेगिस्तान अभी भी पूरी तरह नहीं छूटा था। उसे राहत मिली कि कुछ भी हो-आखिर वह शहर तक आ गया है–जहाँ धरती रेगिस्तान की तरह उजाड़ और अकेली नहीं थी। भुज में लगभग सब कुछ था।

स्टेशन पहुँचकर वह सुस्ताने लगा। दिशाओं का कुछ-कुछ ज्ञान उसे हुआ। वह राहत की साँस लेकर एक बेंच पर बैठ गया। सामने एक छोटी रेल खड़ी थी। तीन डिब्बों वाली रेल। एक इंजन जुड़ा हुआ था। उसे राहत मिली कि रेगिस्तान के लोकतन्त्र से वह निकल आया है। अब उसे दिशाओं का भ्रम नहीं होगा। और कुछ देर आराम करके अब वह इस रेलगाड़ी से गाँधीधाम की ओर निकल जाएगा। लेकिन वह इतनी छोटी-सी रेल देखकर चकित था। उसने किसी से पूछा–

–ये कैसी रेल है?

–ये बापू की रेल है।

–बापू...महात्मा गाँधी की?

–नहीं रावल की...राजा की।

–पर रावल और राजा तो खत्म हो गए!

–पर उनकी रेल अभी चलती है...यही तो लोकतन्त्र है!

–लोकतन्त्र!

–हाँ, तो और क्या?

–यह कहाँ तक जाती है।

–जहाँ तक तुम्हारा धीरज तुम्हें ले जा सके!

–धीरज...वह कुछ उलझते हुए बोला-मुझे गांधीधाम तक जाना है!

–वहाँ तक भी यह पहुँचा देगी!...तुम बहुत थके हुए लगते हो। तुम्हारे बदन में रेत-भरी हुई है। जाके धो लो। फिर कुछ आराम भी कर लो!

–तब तक रेल छूट तो नहीं जाएगी?

–नहीं...यह सात-आठ घण्टे बाद जाएगी।

हाथ-मुँह धोकर वह वहीं बेंच पर आराम करने लगा। आँख खुली तो रेल

का इंजन साँसें ले रहा था और यात्रियों की खासी भीड़ भी नजर आ रही थी।

वह रेल देखने के लिए उठा। देखा–तीन डिब्बों में से एक फर्स्ट-क्लास था, दूसरा सैकिण्ड क्लास और तीसरा थर्ड क्लास। उसने डिब्बों में घुसकर देखा–तीनों दर्जों में एक-सी सुविधाएँ थीं...वही गद्दे वाली बर्थें, वही खिड़कियाँ और सारी एक-सी आरामें...

टिकिट खरीदने गया तो उसने टिकिट बाबू से पूछा-

–तीनों दर्जों का किराया एक है?

–नहीं, फर्स्ट का सबसे ज्यादा, सैकिण्ड का उससे कम और थर्ड क्लास का सबसे कम!

–लेकिन तीनों दर्जों में सुविधाएँ तो बिलकुल एक-सी हैं! फिर किराए में यह फर्क क्यों? .

–क्यों? क्योंकि यह लोकतन्त्र की रेल है!

–लेकिन...

–ज्यादा बहस मत करो! टिकिट बाबू ने कहा–और जो कुछ जानना हो, गार्ड बाबू से जाकर जान लो! किस क्लास का टिकट दूँ?

–थर्ड का दे दीजिए! और वह कम पैसे देकर थर्ड क्लास का टिकट खरीद कर प्लेटफार्म पर आ गया। उसे अभी भी ताज्जुब हो रहा था कि तीनों दर्जों की सुविधाएँ एक होते हुए भी किराए के पैसों में इतना फर्क था। वह प्लेटफर्म पर आया तो गार्ड साहब सामने ही मिल गए। वह खुद को रोक नहीं पाया। पूछ ही बैठा...

–गार्ड साहब! यह तो बड़ी लोकतन्त्री रेल है। सुविधाएँ सब एक-सी, लेकिन निचले क्लास का किराया इतना कम! यह कैसे सम्भव हुआ?

–क्योंकि हमारी रेल भारतीय संविधान को मानती है। हमारे लोकतन्त्र में सबको समान अधिकार और समान सुविधाएँ प्राप्त हैं! इस लोकतन्त्री रेल में मनुष्य और मनुष्य के बीच कोई भेद-भाव नहीं है! गार्ड ने कहा।

–तो मैं फर्स्ट क्लास में बैठ जाऊँ?

–आपके पास टिकिट किस क्लास का है?

–थर्ड का!

–तब आपको थर्ड क्लास में ही बैठना पड़ेगा।

–ऐसा क्यों?

–क्योंकि लोकतन्त्र के कुछ उसूल होते हैं...उन उसूलों का पालन करना जरूरी है!

–लेकिन ऐसा क्यों? एक-सी सुविधाएँ...मेरी समझ में नहीं आता कि...

–ज्यादा बहस मत कीजिए...जाके अपनी बोगी में बैठ जाइए! रेल चलेगी तो सारी बात समझ में आ जाएगी!

वह जाकर शान से थर्ड क्लास में बैठ गया। काफी लोग पहले से बैठे हुए थे। सैकिण्ड क्लास भी भरा हुआ था और फर्स्ट क्लास भी। मन-ही-मन उसे हँसी आई –कितने पागल हैं यह ऊपर क्लास के लोग! झूठी शान में अकड़े हुए हैं।

तभी इंजन ने सीटी दी और गाड़ी चलने लगी...अब रेगिस्तान नहीं था। छोटी-छोटी झाड़ियाँ और ठिंगनी पहाड़ियों का सिलसिला जारी हो गया था। वह इस दृश्य को बड़े मन से देख रहा था। बंजर रेगिस्तान से उसका सफर हरियाली और खुशहाली की ओर शुरू हो चुका था।

रेल अब हरियाली के बीच आ गई थी, पर कुछ ही देर बाद चट्टानी हलका आने लगा। रेल की आवाज में भी फर्क आया। इंजन अब सीटी भी बार-बार बजा रहा था, मवेशियों के झुण्ड को पार करती रेल फिर एक पथरीले–बंजर से इलाके में आ गई थी।

–यह गाँधी धाम कब पहुँचेगी?

–जब मन होगा, पहुँच जाएगी! उसके सहयात्री ने अपनी पगड़ी ठीक करते हुए कहा।

–क्या इसका कोई टाइम नहीं है?

–टाइम इसके हिसाब से चलता है।

–आप कहाँ तक जा रहे हैं?

–जहाँ तक रेल जाएगी, चले जाएँगे!

–उसके बाद

–सीचेंगे...कहाँ जाना है...

वह फिर खुद को दिग्भ्रमित महसूस करने लगा। कोई प्रश्न या उस प्रश्न का उत्तर कहीं पहुँचाता ही नहीं था। बंजर प्रश्न। बंजर उत्तर। बातों का यही दिशाहीन रेतीला विस्तार...उसकी सांस फिर घुटने लगी थी। यहाँ तो कंटीली झाड़ियों की शाखें भी नहीं थीं, सागर या रेत की दिशा बताने वाली...वह चुपचाप बैठा रहा! आखिर और करता भी क्या...

तभी रेल की चाल में कुछ फर्क आया। पहियों में खड़खड़ाहट हुई । फिर इंजन सीटी बजा-बजाकर चीखा। इंजन की कुछ गर्म गहरी सांसों की आवाज-सी आई। लगा कि जैसे उसकी सांसें फूल रही थीं...चाल भी धीमी पड़ती जा रही थी। आखिर रेल एक गहरी सांस लेकर रुक गई। वह अचरज से बाहर देखने लगा। कोई स्टेशन नहीं था। इलाका पथरीला था। उसने खिड़की से झाँककर देखा...सामने चढ़ाई थी। इंजन के हाँफने की आवाज आ रही थी। उसने सोचा, शायद थोड़ा दम लेकर, ताकत बटोरकर इंजन फिर चल देगा। लेकिन ऐसा नहीं हुआ।

फिर एकाएक उसे गार्ड की सीटी सुनाई पड़ी। उसने गार्ड को नीचे उतरते देखा। वह रुक-रुककर सीटी बजा रहा था। फिर वह एक निकली हुई चट्टान पर खड़ा हो गया और ऐलान करने लगा–

–फर्स्ट क्लास वाले अपने डिब्बे में बैठे रहें!

फिर सीटी बजाकर उसने दूसरा ऐलान किया–

–सैकिण्ड क्लास वाले डिब्बे से उतरकर रेल के साथ-साथ चलें! तीसरी-सीटी के साथ तीसरा ऐलान हुआ–

–थर्ड क्लास वाले उतरें और रेल को धक्का लगाएँ!

हुकुम पर अमल हुआ। फर्स्ट क्लास वाले डिब्बे में बैठे रहे। सैकिण्ड क्लास वाले उतरकर खरामा-खरामा चलने लगे। थर्ड क्लास वाले रेल को धक्का लगाने में जुट गए। उसे भी धक्का लगाने में शरीक होना पड़ा। वह भी जुट गया।

चट्टान के पास से वह गुजरा। गार्ड अभी भी उस पर खड़ा था। उसने गार्ड को देखा। आँखें मिलीं। गार्ड मुस्कराया, और बोला–

–अब समझ में आ गया!

–हाँ! धक्का लगाते, अपने माथे का पसीना पोंछते हुए उसने कहा–समझ में आ गया।

–चढ़ाई चढ़कर इंजन ने गहरी साँस ली। सीटी दी। लोग अपने-अपने डिब्बों में समा गए। रेल चल पड़ी। इंजन बार-बार सीटी देते हुए चल रहा था। सीटी उसके भीतर के सन्नाटे को तोड़ रही थी...चंग की आवाज की तरह।

लखपत से खावदा की ओर जो खानाबदोश गया था, न मालूम वह कब और कहाँ से आकर उसके पास बैठ गया था। उसने उसे देखा तो खानाबदोश बोला–

–मैंने कहा था न...नौ घड़ी बाद सागर का पानी चढ़ता या उतरता है, वह पानी दिशा बता देता है! यहाँ तो सागर का पानी भी नहीं दिखाई देता...

–और न वह कंटीली झाड़ियाँ जो दिशा बता देती हैं! उसने खानाबदोश की बात को दोहरा दिया था।

–खैर...कुछ भी सही-सफर तो जारी है...कहीं रेल रुके तो पानी पी लेना! खानाबदोश बोला।

उसने बात सुनी। उसकी तरफ देखा, लेकिन वह खानाबदोश गायब था। सफर जारी था।

(दिल्ली, 1995)

आधी दुनिया

जहाज़ छूटने में कुछ देर थी। जेटी के कगार पर बैठे हुए पक्षी अजनबियों की तरह इधर-उधर देख रहे थे। जैसे वे उड़ने के लिए कतई तैयार न हों। खौलते पानी के बुलबुलों की तरह उनमें से एक-दो धीरे से फुदकते थे और फिर वहीं समा जाते थे। कहीं कोई हड़बड़ी नहीं थी। पास कंट्रोल का गेट अभी खुला हुआ था। ट्रेन जहाज़ में लद चुकी थी। बेड़ियों की तरह पड़ी जंज़ीरें उसे जकड़े हुए थीं। पास कंट्रोल के इर्द-गिर्द कुछ लोग रिक्त से खड़े थे।

दोपहर हो चुकी थी पर सब कुछ बुझा-बुझा-सा था। सूरज पर बादल नहीं थे। ऊपर तक छाया हुआ कोहरा था। सूरज जिलेटिन के गोल टुकड़े की तरह सिर्फ दिखाई दे रहा था। ठण्डा-ठण्डा। डोवर की सीधी सपाट चट्टानें चुपचाप खड़ी थीं। नम खड़िया का लेप-सा लगाए। चट्टानों पर उगी पतली घास समुद्री हवा से धीरे-धीरे काँप रही थी। कारों की आखिरी कतार भी अपना चक्कर काट कर अपरडेक गेराज में समा चुकी थी। अपरडेक गेराज में कोई खिड़की नहीं थी। वहाँ रुकना मुश्किल था। कोई रुक भी जाए तो साढ़े-तीन घंटे क्या करे? आखिर हम दोनों कार से उतर आए। अब उधर जाकर किसी खिड़की के पास बैठे-बैठे समुद्र देखते रहने के सिवा कोई चारा नहीं था।

लंदन से डोवर तक हम इतनी बातें कर चुके थे कि अब कोई खास बात करने को नहीं रह गई थी। उसे जांबिया में छूटी प्रेमिका की याद भी सता रही थी। नीग्रो प्रेमिका के बारे में जब भी वह बात शुरू करता तो काफी बनावटी लगता था, पर सात-आठ वाक्यों के बाद जब वह खामोश हो जाता, तो लगता था, उसकी बातों में ढोंग नहीं है।

गेराज से हम अभी ऊपर पहुँचे ही थे कि लगा, जहाज़ पानी पर धीरे से खिसककर फिसलने लगा है। दूसरे ही क्षण लगा कि जेटी पर बैठे पक्षियों की

कतार पीछे खिसक रही है। हम खड़े हैं, और वह ठिगनी फैली इमारत, जेटी और डोवर बन्दरगाह की चट्टानों वाली विराट दीवार पीछे खिसकती जा रही है।

हमें भूख लग आई थी। रेस्तरां में आने से पहले पैसे बदल लेना जरूरी था। असल में मार्था मुझे वहीं मिली थी। बैंक काउंटर के पास क्यू में खड़ी। उसे भी पैसे बदलने थे। अगर उसके साथ वे तीन खासे डरावने कुत्ते न होते तो शायद हमारी बात भी शुरू नहीं होती।

एक हाथ में दस्ताना पहने, वह तीनों की जंज़ीर पकड़े हुए थी। बहुत कसकर नहीं। मैं क्यू में खड़ा हुआ तो कुछ फासला छोड़कर। वह मेरी दिक्कत समझ गई थी। टूटी-अंग्रेजी में उसने कहा था, डरो मत, पास आ जाओ। ये बड़े मासूम हैं।

मैं कुछ पास चला गया था। क्यू में इंतजार करते-करते वह बोली-अपने देश जा रहे हो?

नहीं, अभी तो बेल्जियम। फिर आगे। मैंने कहा था।

बेल्जियम में रुकोगे। उसने पूछा तो मुझे लगा, वक्त काटने की यह मामूली बातें हैं। उसके ओंठ यदि बेहद सुन्दर न होते तो शायद मैं फालतू बातों के इस झमेले में न पड़ता।

हाँ, रुकूँगा। मैंने कहा।

पैट्रिस लुमुम्बा के हत्यारों के देश में तुम रुकोगे। ऐसी क्या जरूरत पड़ गई है? पेट के खातिर। वह खूबसूरत ओंठों से अभी तक देख रही थी। इस बार मैंने उसकी आँखें देखीं। वे भी बहुत सुन्दर थीं। वह समझ गई थी कि मैं कोई भटकता हुआ एशियावासी हूँ जो रोजी-रोटी के लिए अपने विचारों को रूमाल में बाँधकर भटक रहा है।

नहीं, मैं शायद उन लोगों को बता सकूँ कि क्रान्तियाँ अभी भी होती हैं. ..मैं कह ही रहा था कि उसने बात बीच में ही काट दी–लेकिन तुम वियतनामी नहीं हो। नहीं हो न?

इससे क्या फरक पड़ता है! मैं बंगलादेश का हो सकता हूँ।

हमारी इस दिलचस्प बात का सिलसिला जारी रहता पर एक्सचेंज काउंटर का बाबू ताख जैसी खिड़की पर थाप देकर मार्था को अपनी ओर आकर्षित कर रहा था। वह सचेत होकर धीरे से मुस्कराई और अपने पैसे बदलने लगी। उसके कुत्ते अब अशान्त हो रहे थे। वे बुरी तरह उसे ऐसे खींच रहे थे कि डिवाइडर की छड़ भी उसके हाथ से छूटी जा रही थी। संभलते हुए उसने कहा–मेरा पैसा तुम ले लो। मैं अभी आई।

अपने पैसे बदलवाकर मैं प्रतीक्षा करता रहा। वह कुत्तों को लिए हुए पतली गैलरी से न जाने कहाँ गायब हो गई।। मैं सिगरेट सुलगाकर कुछ देर इंतजार करता रहा। उसका कहीं पता नहीं था। पास के काउंटर से औरतें सस्ते इत्र और आदमी सिगार-सिगरेटें खरीद रहे थे। मैं पतली गैलरी से होता हुआ रेस्तरां का चक्कर काटकर वहीं वापस आ गया। वह अब भी नहीं आई थी।। अजीब-सी उलझन और भूख में फंसा हुआ मैं करेंसी गिनता रहा और हिसाब लगाता रहा कि इस पाउंड के कितने फ्रैंक मुझे मिले हैं। इतने में वह आ गई हँसते हुए उसने माफी माँगी और बोली–मेरे पति सन-डेक पर चले गए थे। कुत्तों को उनके पास छोड़कर उतरी तो रास्ता भूल गई। आओ बियर पिएँ।

फिर उसी पतली गैलरी से गुजरते हुए हमने औपचारिक परिचय की रस्म पूरी कर ली थी। मार्था को मालूम हो गया था कि मैं भारतीय हूँ और मुझे कि परिचय को मधुर बनाने के लिए लकीरी बात मैंने कही–ग्रीक बहुत अच्छे होते हैं। तुम्हारी संस्कृति और सभ्यता!

बकवास मत करो! उसने एकदम कहा तो मैं अचकचा गया था–ईश्वर के लिए बकवास मत करो! किसी के लिए यह क्यों जरूरी हो कि वह इन फिकरों से बोलता रहे। तुम जैसे लोगों के लिए तो यह कतई जरूरी नहीं होना चाहिए।

तुम्हें कैसे मालूम कि मैं तुम जैसे लोगों में हूँ। मैंने पूछा।

ज़ुपिलर पिओगे या...वह बीयर के बारे में पूछ रही थी।

मुझे नहीं मालूम कौन-सी पीनी चाहिए।

तब ज़ुपिलर ही पिओ। उसके बाद सोल खाएँगे।

सोल।

मछली। तली हुई। तुम पसन्द करोगे।

हम बीयर के गिलास लेकर हिलती मेजों के पास आकर बैठ गए। खिड़की से समुद्र झाँक रहा था। मार्था के ओंठ अब भीगकर और खूबसूरत हो गए थे। उसने बीयर का गिलास खाँचे में फंसाकर रख दिया, फिर उसने मुझे गौर से देखा। वह शायद कुछ बात शुरू करना चाहती थी। मुझे माइकेल का ध्यान आ रहा था जो इतनी देर से अकेला छूट गया था। शायद वह वहीं खिड़की के पास बैठा अपनी नीग्रो प्रेमिका के ख्यालों में डूबा होगा या समुद्र को देखता-देखता सो गया

होगा। तीसरी बात होती तो वह खोजता हुआ बार की तरफ ही आया होता। जहाज़ इतना बड़ा नहीं था कि आदमी खो जाए। असल में तो वह बड़ी वोट थी। जो रोज डोवर से ओस्टेण्ड तक जाती थी।

मार्था यह जानकर कि मैं खामोश रहना चाहता हूँ–मोटे और भद्दे शीशे की खिड़की के पार काँपते समुद्र को देख रही थी। खिड़की मेजपोश की शक्ल में बनी थी। लोहे का फ्रेम बड़े भद्दे बोल्टुओं से कसा था। बोल्टू भी पुराने थे। एकाएक वे बड़े भद्दे से बोल्टु मेरी चेतना में गड़ने लगे। नीचे मेज का पाया भी जिस जीभ से सधा था, उस जीभ में भी बोल्टू गड़ा हुआ था।

सब कुछ सिर्फ धीरे-धीरे काँप रहा था। समुद्र मेज, बर-बर की अलमारियाँ, बोतलें, गिलास, फर्श पर पड़ा हुआ रैपर, खांचे में फंसा हुआ मार्था का गिलास, कि तभी मेजपोश की तरह तनी और जकड़ी खिड़की के फ्रेम में एक पक्षी आ गया था। उसके पंख यदि एक लयपूर्ण अबाध गति से हिल न रहे होते, तो शक हो सकता था कि वह उसी खिड़की में चिपका हुआ है। मार्था उसे देखते-देखते उठी और मेरी बगल में आकर बैठ गई। दूर पड़ते गिलास को उठाकर मैंने उसके हाथों में थमा दिया। एक पूरा घूँट लेकर उसने पक्षी की तरफ इशारा किया। धीरे से बोली–यह अकेला पक्षी डोवर के साथ-साथ उड़ता हुआ आ रहा है। कितना अजीब है न। अकेली आत्मा की तरह उड़ता हुआ यह पक्षी...

मुझे लगा वह भावुक हो रही है। मैंने यों ही कहा–पोर्ट पर तुम्हें कोई छोड़ने आया होगा...शायद वह तुम्हें छोड़ नहीं पाया। उसकी अतृप्त इच्छा को लेकर वह पक्षी तुम्हारा पीछा कर रहा है... क्यों, शायद।

मार्था ने बहुत तरल होकर एक बार पक्षी को, फिर मुझे देखा। मैंने कहा–हाँ। नहीं लगता ऐसा कुछ?

अतृप्त इच्छाओं को लेकर उड़ सकना...पक्षी की तरह...सोचकर बहुत अच्छा लगता है न, ऐसा होता है। वह गिलास पकड़े-पकड़े उत्तर के लिए ताकने लगी।

शायद...मैंने कहा।

कुछ निश्चित नहीं कहा जा सकता। लगा कि कहीं बहुत भीतर वह किसी हलचल में फंस गई है। वह लगातार मुझे ताके जा रही थी। उसके खूबसूरत ओंठ अभी तरल थे, हल्के-हल्के सूख आए थे। धीरे से उसने अपना हाथ मेरे बालों में फंसा लिया था और बोली थी–तुम्हारे बाल बहुत खूबसूरत हैं।

मैंने उसका हाथ तो नहीं हटाया, पर उसे उसी की बात जरूर याद दिला दी–तुम जैसे लोगों को इस तरह के फिकरों की जरूरत नहीं होनी चाहिए।

तुम गलत समझे। वह बोली–यह तो अपने मन के उद्‌गार हैं। एक मन दूसरे मन से इन्हें उधार भी ले सकता है। लेकिन जो तुम बोले थे, रटा हुआ फिकरा था। एक हलका बेमानी फिकरा। बीयर और ले लें। कहते हुए वह पहले की तरह ही फिर बीयर लेने चली गई थी।

इस बार उसने जल्दी-जल्दी बीयर पी और गिलास खाली करके खांचे में फँसा दिया। फिर उठकर खड़ी हो गई–अब खाना खाएँ। मैं अपने पति को बुला लाऊँ। तुम उधर पहुँचो।

मेरे साथ एक दोस्त भी है।

ठीक है। उन्हें भी बुला लो। कहते हुए वह बार काउंटर को पार करती उधर चली गई जहाँ सन-डेक पर जाने वाली सीढ़ी थी। लगता था समुद्र कुछ रफ हो गया है। इतनी बीयर नहीं पीनी चाहिए थी। लोहे की ठंडी दीवार का सहारा लेता हुआ मैं उधर गया, जहाँ माइकेल बैठा था। पर वह वहीं सीट पर अपना छोटा वाला बैग दबाए, पैर मोड़े गहरी नींद में सो रहा था। मैंने उसे जगाया–माइकेल, चलो खाना खा लें...

नींद में ही उसने जवाब दिया-मैंने खा लिया है।

कब ! क्या खा लिया है।

आलू और पनीर, अच्छा था। तुम भी खा आओ। वैसे ही लेटे-लेटे उसने कहा। वह नींद में था। माइकेल औपचारिकताओं में ज्यादा विश्वास नहीं करता इसलिए यह कोई टेढ़ी स्थिति नहीं थी। यह अन्दाज लगाकर कि मार्था को ऊपर से आने में अभी कुछ वक्त और लगेगा, मैं वहीं बैठ गया। जहाज़ अब भी काफी डगमगा रहा था। यों ज्यादातर इंग्लिश चैनल शान्त रहती है। शायद हवा तेज थी या समुद्र के रुख बदलने का वक्त था छोटे से सफर के लिए निकले हुए लोग अब ज्यादातर ऊँघ रहे थे। या जहाज के झूले ने उन्हें उनींदा कर दिया था। सैलानी लोग ऊपर सन डेक पर थे। अपनी-अपनी कुर्सियाँ डाले हुए।

वक्त का अन्दाज करके मैं रेस्तरां की ओर चल दिया। वहाँ भी कोई भीड़ नहीं थी। शायद ज्यादातर लोग अपना खाना साथ लाए थे। बीयर के साथ उन्होंने सैंडविचेज खाकर खाना खत्म कर दिया था।

एक मेज पर मार्था दिखाई दी। उसके पास बैठा हुआ एक लगभग बूढ़ा-सा आदमी था। पति के सिवा कौन हो सकता था। मैं जाकर तीसरी कुर्सी पर बैठ

गया। मार्था का लगभग बूढ़ा पति जरूरत से ज्यादा कपड़े पहने हुए था। मुझे देखते ही उसने मुस्कराकर मेरा स्वागत किया और इससे पहले कि खाना खाए, वह इस तरह से बोला जैसे मुझे बरसों से जानता हो–अब आप ही इसे समझाएँ। आप इसके प्रेमी हैं, आपकी बात यह मान जाएगी।

जी। मैंने आश्चर्यचकित होकर, बल्कि अचम्भे में चीखकर कहा।

हाँ, आप ही इसे समझाइए। मेरी बात यह नहीं मानती। वह लगभग बूढ़ा व्यक्ति रूमाल निकालकर नाक साफ करने लगा था। मैंने कुछ समझा। यह खास अँग्रेजी आदत है। बात को बढ़ाने के लिए मैंने पूछा–आप अँग्रेज हैं?

नहीं तो। बूढ़ा बोला और गन्दा रूमाल उसने अँग्रेजों की तरह ही सहेजकर अपनी जेब में रख लिया। उसकी नाक का सिरा अधकच्ची बीफ-स्टीक में छल-छलाते खून की तरह रिसकर लाल हो आया था।

मार्था हलके से हँसी। उन दोनों ने एक-दूसरे को देखा। बूढ़ा कतई कातर या विगलित नहीं था। बल्कि उसकी आँखों में कहीं और से प्राप्त विश्वास की निश्चयात्मकता थी। एक अजीब से भोलेपन में मिली-जुली।

मछली की प्लेट मेरे सामने आ गई थी। मार्था भी सोल ही ले रही थी। बूढ़े ने आलू, सब्जियाँ और पनीर लिया था। बात का सिरा पकड़ते हुए बूढ़े ने फिर कहा–आपने मेरी बात पर गौर नहीं किया।

पर बीच में मार्था बोल उठी–तुम आराम से खाना खाओ।

बूढ़े ने काँटा-छुरी रोककर फिर उसी कहीं और से प्राप्त विश्वास की निश्चयात्मकता से उसे देखा। एक क्षण रुककर वह मुझसे बोला–यह मानती ही नहीं। मैं कहता हूँ तुम जवान हो, सुन्दर हो, और वहाँ सैनिक शासन है...

अपने प्यारे देश में। आप बताइए, यह वक्त वहाँ जाने का है। लोग ग्रीस छोड़-छोड़कर बाहर आ रहे हैं, और ये वहाँ जा रही हैं...है न गलत बात। सारा सामान बाँध लाई है। कहती है गेस्ट हाउस बेच दो। खैर, गेस्ट हाउस तो मैंने नहीं बेचा, लेकिन...वह बूढ़ा अब बहुत घबराया हुआ लग रहा था। धीरे-धीरे सब बातें सामने आती गईं। मार्था उस लगभग बूढ़े फोकस की तीसरी बीवी थी। अब वह वापस ग्रीस जाना चाहती थी। उसे अँग्रेज पसन्द नहीं आए थे। फोकस फलता-फूलता कारोबार छोड़कर लौटने को हिमाकत समझता था। वह चाहता था कोई मार्था को समझाए। असल में फोकस उसे यूगोस्लाविया तक छोड़ने जा रहा था। उसके बाद फोकस की इच्छा के विरुद्ध जो कुछ होने वाला था, उसका साक्षी वह नहीं बनना चाहता था।

तुम किसी बात के साक्षी नहीं बनना चाहते। मार्था ने करीब-करीब चिढ़कर बूढ़े से कहा था–क्या होगा मेरे साथ। फौजी मुझे खा तो नहीं जाएँगे।

बूढ़े ने रहम से उसे देखा था। फिर वह अपना पनीर खाने में मशगूल हो गया था। वह आखिरी कतरा खा रहा था। मैं खाना खत्म कर चुका था। आखिर हम तीनों चुपचाप उठ आए। रेलिंग पकड़-पकड़कर बूढ़ा सनडेक पर चला गया। पीछे-पीछे मार्था और मैं भी। कुत्ते ऊपर ही बैठे हुए थे। कुछ देर हम यों ही इधर-उधर देखते रहे। बूढ़ा जेब से रोटी निकालकर कगार के पास चला गया था। वहीं से वह चिड़ियों के लिए टुकड़े फेंकता रहा। पर चिड़ियाँ वहाँ नहीं थीं। वह अगला पक्षी भी न जाने कहाँ चला गया। जहाज़ अब एक-सी गति से चला जा रहा था। आसमान में ठंडा सूरज चमक रहा था और जहाज के पीछे दूर तक... की धूल-भरी चमकती सड़क उखड़े हुए पड़ी हुई थी।

चलो नीचे चलें। मार्था ने आकर कहा।

हम दोनों नीचे आकर बैठ गए। एकाएक उसने पूछा–क्यों, मैं गलती कर रही हूँ?

मैं कुछ भी समझ नहीं पाया हूँ। कैसे कुछ कह सकता हूँ।

मैं बताती हूँ। देखो, मैं निहायत मामूली लड़की हूँ। सीधी-सी बात है मैं अपने देश जाना चाहती हूँ। तुम्हें मालूम है वहाँ अकाल पड़ा हुआ है! उसने आँखें फाड़कर देखा।

अनाज का नहीं...विचारों का। मेरे पति समझते हैं मैं सात बकसों में सम्पदा भरकर लाई हूँ। उनमें सिर्फ किताबें हैं, पत्रिकाएँ हैं। मेरे देश में सैनिक शासन है। किताबें, अखबार नहीं निकलते...जो कुछ जमा कर पाई, वही सब ले जा रही हूँ। कुछ गलत कर रही हूँ। ज्यादा-से-ज्यादा क्या होगा...सीमा पर वे मुझे रोक लेंगे। रोके रहेंगे। और क्या...वह उत्तेजित हो गई थी।

तुम्हारे पति को दूसरी चिन्ता सता रही है। तुम इतनी जवान हो...मैंने कुछ शैतानी से कहा।

क्या मैं तभी तक जवान हूँ, जब तक बीवी हूँ? बीवी होने से पहले क्या मैं जवान नहीं थी? या बीवी न रहने के बाद जवान नहीं रह जाऊँगी? पहले किसने चिन्ता नहीं की? बाद में कौन करेगा? छोड़ो, चलो कुछ पीएँगे। मार्था ने कहा था और वह मुझे जबरदस्ती बाँह पकड़कर उठा लाई थी।

हम फिर बार काउंटर पर थे। अब मैं अपने को अजीब से भंवर जाल में पा रहा था। खाने के बाद पी सकना मेरी सकत में नहीं। मैंने बीयर ली थी। मार्था ने हिस्की। वही खिड़की थी और वही झाँकता हुआ समुद्र।

मैंने कहीं पढ़ा है किसी लेखक ने लिखा है कि...नाम याद नहीं आ रहा है।...लिखा है अब हम सिर्फ इंसान रह गए हैं। ग्रीक, जापानी या फ्रेंच या ब्रिटिश बने रहना गलती है। क्यों, है न? वह अब शान्त होती जा रही थी।

कुछ देर तक मेजपोशनुमा खिड़की से बाहर देखने के बाद वह फिर बोली-पक्षी भी अब नहीं हैं। समुद्र कितना सूना-सूना लग रहा है। नहीं?

हाँ। मैंने कहा। शायद ओस्टेण्ड आ रहा है।

मैं पति को यहीं से वापस भेज दूँ?

मैं भला क्या कह सकता हूँ। मैंने संकोच से कहा।

देखो, तुम बेल्जियम होते हुए स्कैंडिनिवया चले जाओगे। मैं जर्मनी, आस्ट्रेलिया, यूगोस्लाविया होती हुई ग्रीस। पर मुझे पता है कि तुम मिलते रहोगे।

मुझे लगा कि वह फिर भावुक हो रही है। लेकिन ऐसा नहीं था।–मैं अभी आई। कहकर वह चली गई। लौटी तो पति साथ था। कुत्ते भी थे। वह अपने पति की बाँह में बाँह डाले हुए थी। वे दोनों वहीं आकर बैठ गए। व्हिस्की आ गई थी और उसका पति बहुत निश्चिंतता से पी रहा था। रह-रहकर वह पति को प्यार करने लगती थी।

जब तक ओस्टेण्ड आया वे पति-पत्नी–मार्था और फोकस–वहीं बैठे पीते रहे। मैं माइकेल के पास जाने के लिए चलने लगा तो वह इतना ही बोली–तुम्हें जल्दी न हो तो रुकना। जहाज़ से उतरकर रुकना।

कुछ ही मिनटों बाद जहाज़ किनारे लग गया था। मैं और माइकेल अपनी कार उतारकर नीचे ले आए थे। हम मार्था का इंतजार कर रहे थे। कुछ देर बाद वह नशे में धुत पति को साधे, कुत्तों की जंज़ीरों को पकड़े मार्था आई और पति को हमें सधाकर बोली–इनका बुकिंग करा दूँ। ज़रा संभालना।

और वह उस विंडो पर पहुँच गई थी जहाँ से वापस जाने वाले जहाज़ का रिजर्वेशन हो रहा था। जिससे हम आए थे, वही वापस जाने वाला था। टिकट लेकर वह आई और पति को लिए हुए वापस जहाज़ में जाने लगी तो उस लगभग बूढ़े पति ने विरोध किया–मैं नहीं जाऊँगा, तुम नहीं समझतीं...

मार्था ने उसे ओठों से चूमकर बहुत प्यार से आगे सरकाया। फिर सहारा देकर ले जाने लगी। माइकेल कुत्ते पकड़े खड़ा रहा। जहाज़ में जाते-जाते भी उस लगभग बूढ़े पति का बड़बड़ाना सुनाई दे रहा था–तुम जवान हो और वहाँ...।

पास कंट्रोल पर हमें देर लगी। बहुत सख्त चैकिंग थी। मार्था अपने कुत्ते लेकर ट्रेन की तरफ चली गई थी। जहाज़ से उतरी ट्रेन के डिब्बे–ट्रांस योरोपियन एक्सप्रेस में जुड़ गए थे। वह गाड़ी ग्रीस होती हुई तुर्की तक जा रही थी। पनीला सूरज काफी नीचे सरक आया था। धुंध गहरी हो रही थी। जेटी पर कुछ पक्षी सिकूड़े से बैठे थे। दूर जहाँ ट्रेन खड़ी थी, शीशे के पास तीन कुत्ते दिखाई से दे रहे थे। उन्हीं के बाद धुंधली खिड़की में मार्था-सी लगती थी। बूढ़ा कुछ भी साफ नहीं था। जहाज़ में लेटा हुआ होगा। शायद उसी तरह बड़बड़ाता हुआ। हम बेल्जियम जा रहे थे और मार्था ग्रीस की ओर।

(मुम्बई, 1972)

नीली झील

बहुत दूर से ही वह नीली झील दिखाई पड़ने लगती है। सपाट मैदानों के छोर पर, पेड़ों के झुरमुट के पीछे, ऐसा मालूम पड़ता है, जैसे धरती एकदम ढालू होकर छिप गयी हो, लेकिन गौर से देखने पर ऊँचे-ऊँचे पेड़ों के बीच से एक बहुत बड़ा शीशा झलकता दिखाई पड़ता है।

यही वह झील है।

और इसी झील पर जल-पक्षियों के शिकार के लिए आए हुए अँग्रेज-कलक्टर ने कहा था, "कितनी खूबसूरत है यह झील! जैसे जमीन में हार जड़ा हो–झील तक पहुँचने के लिए पक्का रास्ता होना चाहिए।"

यह तीस साल पहले की बात है।

और तब बस्ती से झील तक रास्ता बनाने के लिए आए मजदूरों की टोली में वह भी आया था और अँग्रेज साहब की मेम की आखों को देखकर उसने कहा था, 'कित्ती खूबसूरत है मेम! इसकी आँखें नीली झील की तरह लगती हैं।'

तगड़े और बदसूरत मजदूरों ने तब आँखें बचाकर गन्दे इशारे किए थे। और गहरी और भीगी जमीन में कार के पहिए फँसते ही वह सबसे पहले दौड़कर उस ओर धक्का लगाने के लिए जुट गया था, जिधर मेम बैठी थीं...उसका मन होता था कि बहाने से हाथ डालकर फूल-सी मेम को छुए, पर हिम्मत नहीं पड़ती थी। और मजदूरों को उसकी इस सीनाजोरी पर बड़ा गुस्सा आया था और वे भीतर-ही-भीतर चाहते थे कि उसकी मरम्मत हो जाए।

रात को जब पेड़ तले बीनी हुई लकड़ियों के साझे चूल्हे जले और उस वीराने में मजदूरों के मुँह आग की लौ में शैतानों की तरह चमकने लगे, तो भजनू ने काँख से तमाखू का बटुआ निकालते हुए कहा, "इस साले को मेट से कहकर निकलवाया जाए! मेम जान पाती तो चमड़ी उतर जाती!...साला आशिक बनता है!"

"बनने दो, तुम्हारा का लेता है?" भूख से क्लान्त और जल्दी-जल्दी बाटियाँ सेंकते हुए होरी ने बात तोड़ देनी चाही।

"हम सबकी रोजी जाएगी," आगे कुरेदते हुए एक और ने जोड़ा।

तभी दूसरे पेड़-तले से बड़ी भद्दी और मोटी आवाज में एक गीत का बोल उभरा :

'होए मेमिया तोरी अँखियाँ बड़ो जुलुम ढायो-री..."

और पीतल की थाली ठनक उठी थी और महेसा शैतान की तरह नाच रहा था। बाटियाँ पकाते साथियों की हँसी और वाहवाही से शोर मच गया था। भूखे और थके मजदूरों की आँखों में वह वहशी चमक आ गई और एक क्षण के लिए वे जैसे तन की पीड़ा भूल गए थे। महेसा गा-गाकर कुछ देर तक नाचता रहा...पेड़ों की पत्तियाँ आग की दमक में ताँबे की तरह लग रही थीं और उनके काले, पपोटेदार तने अजगरों की तरह झिल-मिला रहे थे। आसमान सीप की पीठ की तरह धुँधला और काला था और झील की ओर से अजीब तरह के सूने-सूने स्वर आ रहे थे।

इसी समय तीखी आवाज में चीखता एक सारस गुजर गया। उसके बड़े-बड़े पंखों से निःश्वास-सा निकल रहा था। सारस की चीख की प्रतिध्वनि कुछ क्षण तक आती रही और महेसा का स्वाँग रुक गया।

"अब सीधा होके बैठ, रोटी खा ले!" काले मेट की आवाज थी यह। नाराज साथियों को मेट का इस तरह अपनेपन से बोलना अच्छा नहीं लगा। भजनू ने धीरे से कहा, "बदमाश ने मेट को खुस कर लिया है! काना भी ऐबी है न, उसे भी मजा आता है!"

गुदारी बाटियों और उड़द की पकी हुई दाल की महक से सबकी भूख चमक आई थी। बड़ी रात तक बतकही के बीच खाना चलता रहा। धीरे-धीरे चूल्हों की आग मँझाकर राख में दुबक गई और पेड़ों का अँधियारा घना हो गया।

सुबह काम शुरू होते ही सैलानियों की एक प्रार्टी वहाँ आकर रुक गई। कुछ हिन्दुस्तानी साहब थे और साथ में कुछ अच्छी-अच्छी औरतें। औरतों के कन्धों पर कैमरे लटक रहे थे और साहबों के कन्धों से एयरगन और कारतूसों की पेटियाँ। खाने-पीने का सामान कंडियों में था और वह बोझ उनसे चल नहीं रहा था। औरतों के खूबसूरत चेहरों पर पसीने का पनीलापन था और साड़ियों के छोर कमर में फँसे हुए थे। धूल से बचाने के लिए साड़ियाँ एक तरफ से कुछ ऊँची कर ली गई थीं। उन्हें देखते ही मजदूरों ने रुकने का मतलब भाँप लिया था और वे अपने

काम में इतने मशगूल हो गए थे कि जैसे उन लोगों की उपस्थिति का उन्हें एहसास ही न हो। पर महेसा हाथ रोककर, फेंटा कसने के बहाने कनखियों से उन्हें ताक रहा था। वह इसी इंतजार में लगता था कि अभी उनमें से कोई औरत सामान उठाने के लिए कहेगी और वह मेट की मर्जी देखकर निश्चय ही उनकी सहायता के लिए तैयार हो जाएगा।

साहब लोग भी किसी मजदूर से आँख मिलने की ताक में थे। बाकी सब आँख बचा रहे थे, पर महेसा आँख मिलाने के लिए उतावला था। पर साहबों से नहीं। जैसे उसने यही तय किया था कि नीली साड़ीवाली औरत अगर कहेगी तो वह फावड़ा छोड़कर सामान उठा लेगा। वह बार-बार उसे ही हैरत से ताक रहा था कि नीली साड़ीवाली औरत ने ही मौका पाकर बड़ी मीठी आवाज में कहा, "कोई मजदूर मिल जाएगा यहाँ!!"

महेसा को यह बात नहीं जँची। मजदूर ही चाहती है तो खोज ले! उसने ठसक से कहा, "हम लोग सरकारी गैंग के आदमी हैं!" कुछ इस तरह जैसे सरकार से रुपया पाकर मजदूरी करना कुछ ऊँची बात हो।

"अरे, ज़रा-सी मदद के लिए चाहिए...यह सामान झील तक पहुँचाना है।" उसी नीली साड़ीवाली की मीठी आवाज थी।

महेसा का दिल बहक उठा, बड़प्पन और शान से बोला, "मदद मिल सकती है, ऐसे बोलिए!"

महेसा के तुच्छ-से गर्व को लक्ष्य करके वह धीरे से हँसी। और महेसा एक क्षण के लिए अपलक उसके साफ दाँतों को देखता रहा। फिर दौड़कर मेट के पास पहुँचा और सामान उठाने की इजाजत माँगकर चला आया।

आते ही उसने गर्व से उनका सामान उठाया और नीली साड़ीवाली के कन्धे में लटके थरमस को माँगने के बहाने बोला, "यह बोतल भी दे दीजिए।"

मीठी आवाज वाली औरत ने कुछ जवाब नहीं दिया। पर वह ऐसे माननेवाला नहीं था। चलते-चलते उसने फिर पूछा, "आप लोग शिकार के लिए आए हैं? कहाँ से आए हैं?"

लेकिन वह नीली साड़ी वाली औरत एक आदमी से मुस्करा-मुस्कराकर बातें कर रही थी। महेसा को यह अच्छा नहीं लग रहा था। एक अजीब तरह की परेशानी उसे हो रही थी। कुछ दूर तो उसने बर्दाश्त किया, फिर उसका मन हुआ कि सामान पटककर उसी आदमी से कहे कि उठाइए अपना ताम-झाम! मैं मजूर नहीं हूँ! पर उनके साथ चल सकना भी उसे कम भला न लग रहा था...उसे

बोलने का फिर मौका मिला, गलत रास्ते पर मुड़ते देख वह लपककर नीली साड़ीवाली के पास पहुँचा और एकदम उनके अज्ञान पर जैसे चीख पड़ा, "आप लोगों को रास्ता नहीं मालूम, हमारे साथ आइए! इधर से दलदल पड़ेगा!"

"दलदल! ओह!" नीली साड़ीवाली कुछ ज्यादा चौंक गई थी। उसका यह चौंकना महेसा को बहुत अच्छा लगा था। उसे अनिर्वचनीय सुख-सा मिला था...कानपुर में मिल से छुट्टी पाते ही वह चौराहे वाले कोने पर रुककर इसी तरह औरतों को देख-देखकर खुश होता था।

झुरमुट के पास पहुँचते ही सब लोग रुक गए। सामान वहीं उतरवा लिया गया। सभी औरतें हवा की ठंडक में अपने बालों की लटें ऊपर करती हुई या साड़ियाँ संभालती हुई बेफिक्री से बैठ गईं।

हलकी-हलकी हवा झील की ओर से आ रही थी और छाया में कुछ सर्दी भी थी। झील के पानी के भीतर बादल तैर रहे थे और नरकुल धीरे-धीरे काँप रहे थे...दूर से जिधर पानी उथला था, देवहंसों की और मुर्गाबियों और पतारी के झुंडों के चुगने की और पंख फड़फड़ाने की आवाजें आ रही थीं। देवहंस शायद सिवार खा रहे थे और मुर्गाबी घोंघे या केकड़े खोजने में मशगूल थीं। पेड़ों पर चिड़ियाँ चहक रही थीं।

सहसा नीली साड़ीवाली ने झील के पानी की ओर इशारा करते हुए हैरत से कहा, "पानी का साँप! साँप तैर रहा है!"

सभी कौतूहल से देखने लगे। महेसा खिलखिलाकर हँस पड़ा। कैसे समझाए इन साहबों को, वे इतना भी नहीं जानते! वह सिर्फ नीली साड़ीवाली को ही बताना चाहता था। एकदम बोला, "पनिया साँप नहीं है, एक चिड़िया है वह!"

"चिड़िया? बकता है!" नीली साड़ीवाली ने प्यार से कहा।

"न मानें तो देखती रहें!" फिर इधर-उधर नजर दौड़ाकर बोला, "वह उस पानी में उगे ठूँठ को देख रही हैं?...वह...उस पर जो काली चिड़िया बैठी है, उसी का साथी है यह, सरपपच्छी!"

"वह काली चिड़िया?" नीली साड़ीवाली उससे बात कर रही थी और वह तन्मय होकर बता रहा था, "हाँ-हाँ, वही! सरपपच्छी तैरने का बहुत शौकीन होता है। बस भाले-सी काली चोंच निकालकर तैरता रहता है।"

"खाता क्या है?" उसने उत्सुकता से पूछा।

"मछली!" उसकी आँखों में चमक आती जा रही थी। और बात करने के लिए उसने बात जोड़ दी, "अभी जब थक जाएगा तो किसी ठूँठ पर पंख और दुम फैलाकर सुखाएगा।"

"अभी निकलेगा?" नीली साड़ीवाली का मुख खुला रह गया।

और उसके सफेद दाँतों को महेसा निहारता रहा–नकवा के सफेद पंखों की तरह धुले हुए और चमकदार! उसका मन जाने को नहीं हो रहा था, पर मेट ने कहा था कि जल्दी लौटना और फिर साथियों के कलेजे पर साँप लोट रहा होगा!

तभी एक साहब को बन्दूक संभालते देख उसका मन उचाट हो गया। यह नीली साड़ीवाली भी अब बन्दूक की ओर ज्यादा ध्यान दे रही थी।

उनके साथ के एक साहब ने उसे कुछ पैसे दिए और अभी एक क्षण पहले का महेसा अपना सारा आकर्षण भूलकर चल पड़ा। उसका मन भारी हो आया था। रह-रहकर उसकी आँखों के सामने वह बन्दूक घूम रही थी और कानों में चिड़ियों का शोर समाया हुआ था। हर आवाज वह पहचानता था-उन पक्षियों की भी, जो साल-भर इसी झील के किनारे रहते थे और उनकी भी, जो इस ऋतु में, दूर पहाड़ों से उतरकर कुछ दिनों के लिए मेहमानों की तरह आते थे। उनकी हर आवाज का अर्थ वह समझता था–वे लड़ रहे हैं, या आनन्द से भरकर गा रहे हैं या साथियों को खतरे का बिगुल सुना रहे हैं। झील के पानी में किलोलें करते हर पक्षी के पंखों की सरसराहट का एहसास है उसे, चाहे वह मुर्गाबी हो, सुरखाब, जंगली बत्तख, चाहा, बगुला, सारस, नकटा, रेती, सरपपच्छी या सोना पतारी! उनकी सीटियों की मधुर आवाजें उसके कानों में बसी हुई हैं...और तभी उसका मन उस बन्दूक की याद से धड़कने लगा!

उधर बन्दूक चली थी और गोली की टूटती हुई आवाज बादलों में गूँज गई थी। और उसके बाद पक्षियों का कातर शोर! मन पर चोट-सी लगी थी। उसका मन उदास हो आया था। दूर पर साथी मजदूर काम में लगे दिखाई पड़ रहे थे। एक क्षण ठिठककर उसने पीछे देखा, दलदल खामोश था और ऊपर से उड़कर भागती हुई चिड़ियों की भयातुर आवाज को शालीनता से पीता जा रहा था...मुड़कर वह तेज कदमों से लौट आया और अपने काम में जुट गया।

रात को जब पेड़ों के नीचे साझे चूल्हे जले, तो महेसा नहीं था। गाँव से प्याज और मसाला लानेवाले चरन सिंह ने बताया, "वह तो बदमास घी की चुपड़ी रोटी खाएगा आज!"

"कहाँ? गाँव में है?" भजनू ने आश्चर्य से पूछा।

"वहीं पंडिताइन के घर है। चबूतरे पर बैठा मिसकौट कर रहा था लुगाई से...और वह नासमरी मुस्करा-मुस्कराकर बतिया रही थी, पत्तीदार बाल काढ़े और

जेवर पहने साथ बैठी थी...मरा साला?" कहकर चरन सिंह ने पिच्च से थूका और प्याज की गाँठ छीलकर खाने लगा।

"उससे कैसे आसनाई हो गई?" भजनू ने तसले में आटा संभालते हुए रहस्यभरी आवाज में पूछा।

"तू चाहे तो तू कर ले! कौन मुसकिल है!...लेकिन उस नरक में कूदे कौन?...वखत था जब हमारे पीछे लग गई थी..." आदत के मुताबिक चरन सिंह बात अपने से जोड़ रहा था।

"कुबड़ा न होता तो शायद बियाह रचा लेती!" होरी ने जैसे चरन सिंह के कुबड़ेपन पर गहरा वार किया, "बैठ जा सीधी तरह, हूँ!... तेरे पीछे लग गई थी! गाँव के ठाकुर ने जान दे दी, पर नजर नहीं मिलाई उसने!"

"असल में उसे पैसे का गरूर है!" भजनू ने रोटी गरम तवे पर डालते हुए कहा, "दस गाँव में ऐसी औरत नहीं मिलेगी! का रूप है और का काठी है! राम कसम!"

चरन सिंह ने सिसकारी भरी और भजनू की बात का मतलब साफ हो गया। चूल्हे की आँच में उसका कूबड़ कद्दू की तरह लग रहा था। होरी की आँख के नीचे लटका हुआ बड़ा-सा मांस का लोथड़ा सूखा हुआ था। "कीड़े ने काट लिया," कहते हुए उसने सने हाथ से हाथ के नीचे सहलाया। और बोलता गया, "घी-मेवा खाती है, ठसक से रहती है पंडिताइन!"

"चालिस की लगती नहीं," भजनू ने रोटी पलटी, "महेसा की उमर कित्ती होगी?" उसने दरयाफ्त किया।

"होगा पच्चिस-छब्बिस का!" चरन सिंह बोला।

"फिर तो..." कहकर होरी शैतानी से हँस पड़ा।

झील तक वह सड़क तो पूरी नहीं बन पाई, पर महेसा गैंग से बिछुड़ गया। विधवा पंडिताइन ने उससे शादी कर ली थी। लोगों ने तरह-तरह की बातें कहीं... किसी का कहना था, जवान देखकर पंडिताइन ने फाँस लिया और कोई कहता था कि महेसा रुपया-पैसा देखकर ढरक गया... जो भी हो, दोनों तरह से लोगों को यह अच्छा नहीं लगा था, क्योंकि किसी को बुरा देखकर लोग बर्दाश्त नहीं कर पाते और अच्छा बनते देखना उनसे सहा नहीं जाता। लेकिन महेसा ने किसी की परवाह नहीं की। पंडिताइन फिर से सुहागिन हुई थी और इतने दिनों बाद जब उसकी माँग में सेन्दुर और गोरे माथे पर पत्तीदार बालों के बीच बिंदिया चमचमाई, तो उसका रूप दुगुना हो गया। दुहरे बदन की पंडिताइन जब चाँदी

की करधनी बाँधकर चलती और पैरों में झाँझें जब झन्न-झन्न बोलतीं तो लोगों के कलेजे दरक जाते।

राह के साथ चलते महेसा से पारबती पंडिताइन कहती, "तुम्हें तो ज़रा भी सऊर नहीं है! मरद घरवाली के आगे-आगे चलता है, साथ नहीं!...लोग का कहेंगे?...आगे चलो!"

और सिर पर साफा बाँधे महेसा कहता, "बड़ी सरम आय गई है! सहर में मेम लोग इसी माफिक चलती हैं, बल्किन बाँह में हाथ फँसा के!" और बस्ती के बाजार से खरीदा, चमकदार केलासन का जम्फर झिलमिलाता देख उसका माथा गर्व से उठ जाता। पारबती कित्ती खूबसूरत है!

और एक दिन देवियों की पूजा के लिए जब पारबती ने महावर लगाया, तो चमचे में घुला लाल रंग उँगली में लेकर उसने पारबती के होंठों पर लगा दिया। पारबती छुटाने लगी तो उसने अपनी कसम दे दी और नुमाइश से लाए शीशे को उसके सामने कर लिया। पारबती ने लजाते हुए अपने लाल होंठों को देखा, पर अपनी खूबसूरती को शोखी से भरकर बोली, "तुम तो मेम से शादी करते! लाली-पौडर वाली से।" और वह अपने को खुद किसी मेम से कम नहीं लगी थी!

तभी महेसा ने उसकी गुदारी कलाई पकड़ते हुए कहा, "तुम किधर से कम हो!" और हँसती पारबती के उजले दाँतों को देखकर उसका मन खिल गया!...पारबती के दाँत ठीक वैसे ही थे, जैसे उसने कभी देखे थे, हँस के पंखों की तरह धुले हुए!

पारबती के कहने से उसने कलमें बड़ी-बड़ी रखवाई थीं, चोटी में मोटी-सी गाँठ बाँधता था और मूँछें छोटी करवा ली थीं। मेले-तमाशे पर जाने के लिए बैलों की एक गोई और छोटा-सा रब्बा भी खरीद लाया था। बैलों को खूब सजाकर रखता था; उनके गलों में चालीस घुँघरुओं की माला थी और सींगों पर पॉलिश। रब्बे की छत के लिए रंगीन झालर पारबती ने सी थी और गद्दियाँ वह दरजी से बनवा लाया था। पहियों के ऊपर रथ की तरह हाथा लगवाया था और सन की नहीं, सूत की रंगीन डोरियों से किनारे बुनवाए थे। सतरंगी रब्बा था महेसा का! एक दफा दौड़ में दाँव लगा आया था और पारबती के पीछे पड़ गया था, "तुम साथ नहीं बैठोगी तो दौड़ में नहीं जाऊँगा।" और उसने बहुत समझाया था, "हमारा तमाशा दिखाओगे?...बहुत लड़कपन है तुम में!"

महेसा हँस पड़ा था, "और तुम बूढ़ी हो गई हो न! सरम नहीं आती हमारे सामने कहते?...बतिया बछरी-से दाँत हैं अभी, बात बड़ी-बूड़ियों की तरह करोगी!"

और मेले की दौड़ के लिए जाते-जाते जब ऊसर से रब्बा गुजर रहा था, तो पारबती ने चतुराई से उसे मना लिया था और मन में कोई मलाल लाए बिना हमेशा मेला दिखाकर बिना दौड़ में हिस्सा लिए लौट आया था।

बस्ती में हरदम महेसा और पारबती की बात होती, पर दोनों को किसी की चिन्ता नहीं थी। पारबती रुपए का लेन-देन करती और सबकी चोटी अपने पाँव के नीचे रखती। बस्ती में कौन ऐसा था, जिसे वक्त-बेवक्त चार पैसे की जरूरत नहीं पड़ती! इसलिए वे लोग भी जो पीठ-पीछे पारबती और महेसा को कोसते, सामने आकर चिकनी-चुपड़ी बातें करते।

इसका एहसास दोनों को था, पर दोनों इतने मुक्त थे कि कभी उन्होंने मन नहीं जलाया। महेसा अब निश्चिन्त हो गया था। काम-धाम करने की उसे जरूरत नहीं रह गई थी। पर अब भी, जब वह सैलानी लोगों को झील की ओर जाते देखता और उनके साथ कोई सुन्दर औरत होती, तो वह अपने को रोक न पाता; पीछे-पीछे चला ही जाता और चाहता कि वह औरत उससे बात करे। और जब वह औरत उससे बात नहीं करती तो वह चिड़ियों में मशगूल हो जाता, शान्त झील के किनारे-किनारे चक्कर काटता, नरकुलों के बीच साबूदाने की तरह फैले हुए मछलियों के अण्डों को देखता और नीलपक्षी के जोड़ों को निहारता... बगुले को ध्यानावस्थित खड़ा देखकर वह साँस रोककर ठहर जाता और उसके शिकार करने की प्रतीक्षा करता; देर हो जाती तो घर की याद आते ही लौट पड़ता।

एक बार वह दिन भर नहीं आया, आधी रात को लौटा। पारबती ने नाराज होकर पूछा, तो सीधेपन से कह दिया, "जंगल तक गया था।"

"झील पर घूम के मन नहीं भरता?" पारबती ने उलाहना दिया, तो बड़ी सफाई से उसने बता दिया, "जंगल में तीतर देखने गया था, ससुरे धूल से नहाते हैं!"

"तीतर-वीतर नहीं, तुम कहीं और गए थे। सच-सच बताओ मुझे!" पारबती कुछ कड़ी पड़ गई, "तीतर देखना था वलदू के घर देख लेते, वह तो तीतर लड़ाता है।"

"पिंजरे में बन्द तीतर का क्या देखना!" महेसा ने कहा, "मुझे कोई पालना तो है नहीं, पता नहीं लोग कैसे चिड़ियों को पालते हैं!"

तभी ऊपर आकाश में कुछ पक्षियों का झुण्ड उड़ता गुजर गया। उसकी आँखें आसमान में टँग गईं। एकदम बोला, "यह वाक का झुण्ड है...देख पारबती, अब रात-भर ये मछली का शिकार करेंगे।"

पक्षियों के नरम पंखों की रेशमी आवाज दूर चली गई थी।

"वो कुछ भी करें, तुम हमारी बात का जवाब दो। सच-सच बताओ, कहाँ गए थे?"

"ईमान से बता दिया।"

"लेकिन इत्ती रात तक तीतर ही देखते रहे?" पारबती के स्वर में शंका थी।

हाँ-हाँ, पारबती, माना तो करो!...देखो, पैरों में कितने काँटे चुभ गए हैं। लड़ना है तो सवेरे लड़ेंगे।" कहकर वह आराम से टाँगें फैलाकर लेट गया।

पारबती ने बात बदल दी, 'रुपया बहुत फैल गया है, वसूल नहीं होता, तुम जरा लोगों को डाँटो-डपटो।"

"यह हमसे नहीं होगा।"

"अच्छा, सुनो! मेरा मन है कि कुछ रुपया लगा के यहाँ चबूतरे पर एक मन्दिर बनवा दिया जाए...और बन सके तो मुसाफिरों के लिए दो कोठरियाँ भी बन जाएँ। हारे-थके लोगों को आराम मिलेगा और कुछ रुपया धरम के कारज में लग जाएगा।"

"ये धरम-करम तुम्हें कब से सताने लगा?"

"बहुत दिन की साध है मन में! मिस्त्री को बुलाके जमीन भी दिखाई थी, फिर कुछ हो नहीं पाया...मर जाऊँगी तो नाम का एक मन्दिर तो रहेगा, दस दिलों से असीस निकलेगी!" पारबती ने बड़ी सच्चाई से बात कही।

"बेवखत ये बात कैसे सूझ गई तुम्हें?" महेसा ने पूछा।

"आज दिन-भर यही सोचती रही।"

महेसा ने गौर से देखा पारबती को। चाँदनी उसके चेहरे पर पड़ रही थी। सचमुच पारबती उसे बहुत बदली-सी लगी। आज उसे लगा कि सचमुच पारबती उससे बहुत बड़ी है–और उसके चेहरे पर नीली लकीरों का जाल बनना शुरू हो रहा है। बाँहों में खिंचाव ढीला पड़ गया है, कूल्हे पर भारीपन आ गया है। लेकिन फिर भी उसके पत्तीदार बाल उसे अच्छे लग रहे थे...

"का देख रहे हो?" पारबती ने आँचल का खूँट ऊपर सरका लिया।

महेसा चुपचाप देखता रहा, बोला कुछ नहीं। पारबती ने फिर टोका तो महेसा ने यों ही कह दिया, "मन्दिर बनाना जरूरी है?"

पारबती समझ गई कि उसके मन की बात यह नहीं है। महेसा की आँखों में अभी जो सूनापन उसने देखा था, वह कुछ और ही कह रहा था। पारबती ने कुछ उदास स्वर में पूछा, "हमसे शादी करके पछताते तो नहीं हो?"

"ऐं?" महेसा इस सवाल के लिए तैयार नहीं था।

"आज सोच-सोच के बड़ा दुःख हुआ...अपने सुख की खातिर हमने तुम्हें खराब कर दिया।" पारबती की आँखों में पनीलापन था, "पछतावा तो होता होगा, सच-सच बताना!"

"काहे का पछतावा, पारबती?" महेसा ने कहा, "हमने कभी यह सब सोचा ही नहीं, जरूरत ही नहीं पड़ी।"

"तुमने कभी कुछ नहीं सोचा? सादी के बाद भी नहीं सोचा था?" पारबती ने जैसे उसे कुरेदा, "अभी तुम अपने को आजाद समझते हो, बाल-बच्चे होते तो समझते!" कहते-कहते उसकी आवाज भारी हो आई। चाँद पर बादल आ जाने से चाँदनी मटमैली हो गई थी और पारबती का चेहरा धुँधला पड़ गया था। लालटेन चौखट में कुण्डी से लटकी थी और उसकी रोशनी में खाट की अरदावन परछाइयों की सलाखें बना रही थी।

महेसा को एकाएक लगा कि शादी के बाद सब घरों में बच्चे होते हैं, उसके घर में अभी तक कुछ नहीं हुआ। उसने गहरी नजरों से पारबती को देखा। इस समय की बात वह समझ नहीं पा रहा था। आखिर पारबती कहना क्या चाहती है? घर में चारों ओर सन्नाटा छाया हुआ था। ऐसे सूनेपन में उसने पारबती के साथ कभी अकेलापन नहीं महसूस किया है, पर आज वह इतनी अलग-सी क्यों मालूम हो रही है? हमेशा रात या दिन अकेलेपन में उसके मन में प्यार ही उमड़ा है, और उसने भी कभी ऐसी उखड़ी बातें नहीं कीं।

"तुम्हें हुआ क्या है?" महेसा ने शायद आज पहली बार इतना सोचकर कुछ पूछा था।

"पता नहीं का हुआ है! बस्ती का अस्पताल बहुत छोटा है, यहाँ मेरी देखभाल नहीं हो पाएगी।"

"अस्पताल! लेकिन अस्पताल की का जरूरत है?" महेसा और उलझ रहा था।

"तुम्हारी नासमझी के लिए का कहूँ! यहाँ घर पर मेरी देखभाल कौन करेगा? सगे-सम्बन्धी भी नहीं, जो जरूरत-बखत पर आ जाते।...सुना है अस्पताल में तकलीफ भी नहीं होती, ऐसी दवा दे देते हैं डाक्टरजी।"

महेसा हँसा। अब समझ पाया था वह। उत्साह से भरकर बोला, "जिला-अस्पताल में चली चलना। पैसा सब देखभाल करा देगा, भगवान का दिया सब-कुछ है।"

लेकिन पारबती उसकी खुशी में हिस्सा नहीं बँटा पाई। उसके मन में जैसे डर समाया हुआ था। बोली, "एक बात कहूँ?...हमें बड़ा डर लगता है, लगता है जान चली जाएगी।"

"बेकार डरती हो तुम!"

"बेकार नहीं, न जाने मन में कैसी-कैसी बातें व्यापती हैं। बड़े डरावने सपने दिखाई पड़ते हैं। साँस रुकने लगती है।" पारबती ने बाँहें छाती पर कस ली थीं।

"तो हमारे साथ लेटा करो," महेसा ने उपाय बता दिया।

"कुछ तो सोचा करो!"

"हम कहें कि आजकल तुम कतराई-कतराई काहे रहती हो!...बेकार की बातें मन में मत लाया करो, पारबती! आ, खाट टीन में कर लें।"

पारबती ने उठकर खाट पकड़ाते हुए कहा, "अब इतना बाहर मत रहा करो, न जाने कब क्या हो जाए!"

महेसा ने खटिया से खटिया मिला ली और पाटी के पास सरककर हाथ उसकी बाँह पर रख दिया। "अब डर नहीं लगेगा तुम्हें।"

कुछ देर बाद पारबती तो सो गई, पर महेसा को नींद नहीं आ रही थी। पारबती का पैर एकाएक हिला और साँस तेज हो आई, जैसे वह डर रही हो। महेसा ने उठकर उसके माथे पर हाथ फेरा। बड़ी देर तक बैठा देखता रहा और जब उसे खुद नींद आने लगी, तो लोहे का एक चाकू लाकर उसने पारबती के सिरहाने रखा और लेट गया, जैसे पारबती एक नन्हीं-सी बच्ची हो!

इन दिनों उसका मन बहुत भरा-भरा रहता। पारबती इस लायक नहीं थी कि उसे झील तक ले जाता, खुद भी बैठता और उसे भी दिखाता वहाँ की सुन्दरता। इसलिए वह आस-पास ही कुछ देर के लिए चला जाता। हाफिजजी बिसाती की दुकान पर अगर बैठ जाता तो पाबरती के लिए नाखूनों की लाली, कोई छोटा-सा शीशा या और कोई ऐसी चीज खरीद लाता जिसे हाफिजजी नई चाल की बता देते...एक दफा हाफिजजी ने उसे फोटो-फ्रेम दिखाकर कहा, "इसमें मियाँ-बीवी

की तसवीर लगती है। बड़े घरों में उसे लोग रखते हैं!" फोटो-फ्रेम तो वह ले आया, पर तसवीर नहीं थी। तीसरे ही दिन उसने पारबती को तैयार कराया, सारे गहने उसे पहनने को मजबूर किया और खूब तेल लगाकर रामा फोटोग्राफर की दूकान पर जा पहुँचा।

साथ-साथ बैठते हुए उसने पारबती के सिर का पल्ला कानों के पीछे कर दिया और अपनी कमीज की जेब में सतरंगा रेशमी रूमाल रख लिया। अपने गले का ताबीज भी खींचकर ऊपर कमीज पर निकाल लिया ताकि तसवीर में सब-कुछ दिखाई पड़े। अपने पीछे बाग का परदा लगवाया, जिसमें दो चिड़ियाँ चोंच-से-चोंच मिलाए बैठी थीं। पारबती को भी वह परदा पसन्द आया था।

लेकिन तसवीर में और सब तो ठीक आ गया, अफसोस सिर्फ बालों का था।

"ससुरे ने हमें बूढ़ा बना दिया! काहे पारबती?"

"तुम्हें ही बड़ा शौक चर्राया था। एक रुपया खराब कर दिया!"

पर महेसा को इस बात का मलाल नहीं था। उसने तसवीर को फ्रेम में लगाकर बरामदे वाली घरोंची पर सजा दिया। ऐसी तसवीर मुश्किल से किसी के घर निकलेगी...मुख्तार साहब के घर ही हो सकती है!

उस दिन भी वह हाफिज जी की दूकान पर बैठकर लौट रहा था। पारबती के बालों में लगाने के लिए विलायती पिन लाया था। पिन के पत्ते पर बनी मेम को वह ताक रहा था कि पारबती ने पूछा, "मन्दिर के लिए मिस्त्री से बात हुई?"

"मिस्त्री तो नहीं मिले, पर एक नई बात सुनने में आई है।"

"का?" पारबती ने उत्सुकता से जानना चाहा।

"अपनी बस्ती में बिजली लग रही है; चुंगीवाले बड़ी कोशिश में हैं, पर पैसा पास नहीं है चुंगी के।"

"तो बिजली का लगेगी?"

"सुना, चुंगी अपनी कुछ जमीनें बेचने की बात सोच रही है, ऐसी जमीनें जो उसके लिए बेकार हैं!" महेसा ने तो कहा तो पारबती एकदम बोली, "चुंगी अगर बेचे तो अपने चबूतरे के पासवाला कूड़ाखाना हम खरीद लें!...चबूतरे पर मन्दिर हो जाएगा और उधर मुसाफिरों के लिए छोटी-सी धरमशाला! तुम जरा सच्ची बात का पता लगाओ।"

"बात तो सच्ची है। हाफिज जी का रोज चुंगी में आना-जाना लगा रहता है, गलत खबर नहीं लाएँगे, वो ही बता रहे थे।" महेसा ने जैसे उसे इत्मीनान दिलाया, "मौका लगा तो खरीद लेंगे।"

"का पता, कब तक हो ?"

झील की ओर से तभी चिड़ियों का कातर शोर सुनाई पड़ा और उसका मन बहक गया। बोला, "शायद शिकारी आए हैं।"

ऊपर आसमान से 'आँग-आँग, करते चक्रवाकों के जोड़े गुजर रहे थे। महेसा का मन ग्लानि से भर आया। बोला, "इन्हें मारने से फायदा! इत्ती सुन्दर चिड़िया है पर मुर्दा खाती है।"

"आजकल नई-नई चिड़ियाँ बहुत दिखाई पड़ती हैं, पहचान में भी नहीं आतीं," पारबती ने कहा, "न जाने कहाँ से इत्ती आ जाती हैं!"

"ये चिड़ियाँ मेहमान हैं...कातिक खतम होते आती हैं और फागुन-चैत तक चली जाती हैं।" महेसा पारबती को बता रहा था, "हमने चिड़ियों के अण्डे भी जमा किए हैं। तुझे नहीं बताया, नहीं तो घर से निकाल देती।"

"अब भी निकाल सकती हूँ।" पारबती कह ही रही थी कि "दिखाऊँ" कहता हुआ महेसा उठकर गया और तरह-तरह के सफेद, चितकबरे, हरियाले-से अण्डे उठाकर ले आया।

"देख पारबती, यह वाक का अण्डा है, यह सारस का और यह सोना-पतारी का!" महेसा एक-एक अण्डा उठाकर दिखाने लगा। वैसे तो पारबती नहीं छूती पर, उसने सोना-पतारी का अण्डा हाथ में ले ही लिया। घुमाकर देखते ही वह हाथ से छूटकर गिर पड़ा और टूट गया, तो पारबती के मुँह से चीख निकल गई, "हाय दया!"

"टूट गया तो क्या हुआ ?" महेसा ने सरलता से कह दिया।

पर पारबती के चेहरे पर काले बादल-से छा गए थे, उसका दिल धक् से रह गया था, बहुत धीमे स्वर में बोली, "असगुन हो गया," और आँचल में मुँह छिपाकर रो पड़ी।

और पारबती उस दिन भविष्य के आशंकामय परिणामों को सोचकर रोई थी–बिलकुल वैसी ही करुणापूर्ण और असहायता से भरी उसकी आवाज जच्चा-बच्चा अस्पताल में थी...

महेसा को सब-कुछ याद आता है। यह कैसे होता है कि आदमी हमेशा एक ही तरह से रोता है!...पारबती की वह आवाज उसे भूलती नहीं, जब उसने अस्पताल के पलंग पर पड़े हुए महेसा को अपने पास बुलाया था, "इतने दिन चढ़ गए हैं, डॉक्टरनी कहती हैं कि चीरा लगाना पड़ेगा!" पारबती का रोम-रोम जैसे काँप रहा था चीरे का नाम सुनकर। आँखों में आँसू भरकर उसने महेसा

की बाँह पकड़ ली थी और बड़े ही दर्द भरे स्वर में कहा था, "अब मेरा कोई ठिकाना नहीं, पता नहीं ईश्वर को क्या मंजूर है !"

"दिल छोटा क्यों करती हो, पारबती? तुम जीती-जागती घर पहुँचोगी...मैं मन्दिर बनवाऊँगा और मुसाफिरों के लिए धरमसाला !..."

लेकिन पारबती जीती-जागती घर नहीं पहुँची। बच्चा पेट में मर गया था और ऑपरेशन के बाद भी उसकी बिगड़ती हालत को अकेली डॉक्टरनी सम्भाल नहीं पाई थी...सारा शरीर नीला पड़ गया था, पारबती के शरीर में जहर फैल गया था।

और महेसा को पारबती का हलका नीलापन लिए शरीर ठीक वैसा ही लगा था, जैसाकि उस दिन चाँदनी में उसने देखा था। पारबती की साँसें धीमी पड़ती जा रही थीं, वह एकदम निश्चिंत लग रही थी, और उसने महेसा को पास बुलाकर कहा था, "अब मन्दिर जरूर बनवा देना, पारबती-मन्दिर !"

मन्दिर! सोचकर ही महेसा का कलेजा फट गया था। आखिरी आस थी उसे, चीखकर बोला था, "ऐसा मत कहो, पारबती! बच्चा मर गया तो क्या हुआ, तू तो जीती-जागती है !"

"मुझे देख लो, अच्छी तरह देख लो!" पारबती की आँखों से आँसुओं की धार बह-बहकर कानों के पास से होते हुए नीचे गिर रही थीं...फिर...फिर उससे नहीं देखा गया था, जैसे पारबती के प्राण खिंच रहे थे और फिर पारबती के निचले होंठ सूखकर चटक गए थे...

महेसा की दुनिया वीरान हो गई और वीरानापन देखकर आदमी पगला जाता था।

बस्ती के आदमियों का यही कहना था कि महेसा पगला गया। जो आदमी आदमी का ख्याल नहीं करता, वह पागल नहीं तो और क्या है? आदमी के दुःख-दर्द को जो नहीं समझता, उसे और क्या कहा जाए? महेसा, वह मुक्त और निश्चिंत महेसा, एकदम बदल गया था !

उसे सिर्फ पैसे की फिक्र थी। पारबती का फैला हुआ रुपया वह बड़ी कड़ाई से वसूल कर रहा था...घर का अकेलापन उसे काटने दौड़ता...इतना प्यार पाकर अब जैसे उसकी आदत बिगड़ चुकी थी।

लोगों ने कहा, "महेसा पण्डित, दूसरी शादी कर लो। इतना रुपया पैसा किस काम आएगा? आस-ओऔलाद भी तो नहीं !"

महेसा ने जवाब दे दिया, "पारबती के बराबर कोई मेरा ख्याल करे तो सोचूँ भी...नहीं, तो भी न सोचूँ। गलत बात बोल गया।...बेकार का मखौल मत किया करो! अब बूढ़ा हो चला।"

यों पारबती से दस बरस छोटा था महेसा, पर पारबती की मौत के बाद वह उससे दस बरस बड़ा लगने लगा। कनपटियों पर तीन ही बरस में सफेदी आ गई और गर्दन के नीचे की खाल झुर्रियों से भर गई। सचमुच आदमी बूढ़ा नहीं होता, वक्त उसे बूढ़ा बना जाता है।

सूने घर में महेसा आठ-आठ आँसू रोता और उसे पारबती की एक-एक बात याद आती...चीजें देखता तो आँखों में आँसू भर आते...वह टीन का बक्सा, जिसमें उसके कपड़े रहते थे...और जिसमें पारबती अपने रुक्के और रुपए भी रखती थी...सन्दूक के ऊपर वाली कील में किनारी में बँधी चूड़ियों का लच्छा देखकर वह उस दिन रो पड़ा था...एक-एक चूड़ी उसने पहचानी थी...कौन किस मेले में पहनाई थी उसने...और दूसरा जोड़ पहनने के वक्त उसने कब-कब इन चूड़ियों को उतारा था...भरी आँखों से वह देखता रहा...घर का सूनापन उसे अब काटने दौड़ता... दीवार पर सगनौती की लकीरें बनी देखकर उसे फिर कुछ याद आया...जब एक बार वह दो दिन के लिए कहकर चार दिन बाद लौटा था, शायद तभी पारबती ने गेरू से यह सगनौती उठाई होगी...वह जो-कुछ करती थी उसमें सिर्फ उसी के लिए तो सब-कुछ था, और कौन था उसका? न पारबती का कोई था और न अब महेसा का कोई रह गया है!...

और जब वह जगन नाई के घर धरना देकर बैठ गया कि आज हिसाब मय-मूल-ब्याज के चुकता करके उठेगा, तो उसकी औरत ने भीतर से उकराकर कहा, "पंडित, तुम तो इतने जालिम हो कि किसी की पत नहीं देखते!...पारबती चाची मुँह से चाहे जितना बिगड़ें, पर आदमी की मरजाद और इज्जत का तो ख्याल करती थीं

"ये सब हम नहीं जानते! हम रुपया ले के उठेंगे आज! पूरा सौ रुपया है मय ब्याज के!" महेसा ने कड़कती आवाज में कहा और चोटी की गाँठ खोल ली।

जगन नाई बहुत गिड़गिड़ाया, "महाराज, घर की नींव खुदवा लो तो भी इस बखत पच्चीस से एक पाई ज्यादा नहीं निकलेगा...थोड़ी-सी मोहलत और मिल जाए!"

आखिर चार भले आदमियों ने आकर जब बहुत समझाया तो महेसा किसी तरह राम-राम करके उठा।

कुछ दिनों महेसा, जो अब महेस पांडे के नाम से पुकारा जाता था, बस्ती से चला गया। सुना, चुनार-मिर्जापुर की तरफ पत्थर की तलाश में गया है। कर्जदारों ने सुख की साँस ली, पर वह पन्द्रह दिन के भीतर-भीतर लौट आया। चौधरी के बाग में बैठकर बता रहा था, "पारबती-मन्दिर के लिए सामान देखने गया था। मूरत जयपुर से बनवाऊँगा।"

लोगों का कहना था कि सोना चाँदी मिलाकर कुल आठ-दस हजार की पूँजी है उसके पास। और जो दबा-दबाया हो सो अलग। बीच में उसने काफी बकाया रुपया वसूल कर लिया था।

धीरे-धीरे रुपए की उसकी तृष्णा मरती-सी लगी। हाफिजजी की दुकान से गुजरता तो आवाज सुनकर कह देता, "अब क्या करूँगा बैठ के, हाफिज मियाँ!...पहनने-ओढ़ने वाली तो चली गई।"

एक दिन हाफिजजी ने उसे हाथ पकड़कर बैठा लिया। बैठे-बैठे बात चल निकली, "सुना, मन्दिर बनवाने की फिकर में हो!"

"बस यही एक काम करना है, हाफिजजी! किसी तरह मन्दिर और एक छोटी-सी धरमसाला बन जाए तो मन को सान्ति मिले। पारबती यही कहती-कहती मरी थी।"

"यह तो धरम का काम है। बनाने खड़े होंगे तो दस आदमी हाथ बटाएँगे। तुम शुरू तो करो।" हाफिजजी ने उसकी उदास नजरें देखकर तसल्ली दी, "कभी जरूरत पड़े तो दस-बीस रुपए हमसे भी ले लेना।"

"रुपया पूरा नहीं है। लोग समझते हैं, मेरे पास खत्ती खुदी है। पर सच हाफिजजी, कुल चार हजार हैं, इतने में तो सीमेंट भी नहीं आएगा।"

ग्राहक आया देख हाफिजजी भी उधर उलझ गए और महेस पांडे उठकर चल दिए। ऐसे ही एक दिन वह बस्ती की तरफ से घर जा रहे थे कि झीलवाले रास्ते पर कुछ लोग दिखाई पड़े। उसके पैर उधर ही उठ गए। कुछ सैलानी थे, चार मर्द और दो औरतें। औरतें सुन्दर तो नहीं थीं, लेकिन फिर भी वह उनके पीछे-पीछे चल दिया। काफी दिनों बाद आया था वह इधर।

नीली झील खामोश थी। किनारों पर गीली आँखों की तरह नमी थी। और घास की टहनियाँ हवा के साथ धीरे-धीरे पानी को सहला रही थीं। नरकुल की लम्बी पत्तियाँ पक्षियों की कलंगी की तरह काँप रही थीं और पानी में डूबी सिवार के सूतों से मछलियों के बच्चे कतरा-कतराकर निकल रहे थे। वह किनारे आकर बैठ गया। पानी के नन्हें-नन्हें बबूले नीचे से ऊपर सतह तक आए, तो लगा किसी

मछली ने मोती उगल दिए हों। जलचरों की बारीक आवाजें झील के पानी में गूँज रही थीं और ऊपर पेड़ों पर पक्षियों के पंखों की सरसराहट और सीटियों की मद्धम आवाजें थीं।

काले सिर और श्वेत वक्ष वाली गंगाकुररी की हलकी-सी सीटी उसके कानों में पड़ी। आँखें उधर अटक गईं। झील के ऊपर वर चक्कर काट रही थी, कुछ इस तरह जैसे उसे चक्कर में उड़ाने वाला अदृश्य डोरा किसी के हाथों में हो और वह बस घूमती ही जा रही हो। वह जानता है कि गंगाकुररी पेड़ पर नहीं बैठेगी। तभी वह तीर की तरह पानी के ऊपर गिरी और एक चमकदार मछली उसकी लम्बी चोंच में थी।

तभी संगीत की आवाज उसके कानों में पड़ी। आए हुए सैलानी लोग कुछ गा-बजा रहे थे। नीली झील के शांत पानी पर उनके स्वर तैरते हुए दूर तक जा रहे थे। उसे बड़ी शांति मिली।

फिर पवनहंसों का एक झुंड अपने राग का स्वर मिलाता हुआ झील के दूसरे किनारे पर उतर पड़ा और दो-चार हंस गेहूँ और चने के खेत में घुसकर अंकुर खाने लगे। गर्दन उठा-उठाकर वे ऐसे देख रहे थे, जैसे अजनबी हों, और सचमुच वे अजनबी ही हैं। महेसा पांडे का मन न जाने क्यों भर आया! ये सवनहंस अब आए हैं, चार-पाँच महीने रहकर पारबती की तरह चले जाएँगे, या फिर किसी शिकारी का शिकार हो जाएँगे, और इनके परों को पकड़कर शिकारी ऐसे लटका ले जाएगा जैसे मुर्दा पारबती को अस्पताल के भंगी पलंग से उठाकर उस सूने बरामदे में ले आए थे...

तभी करकर्रा बोला, सफेद पलंगी की शान में वह गर्दन लपकाता हुआ चला जा रहा था। शायद आरामदेह रेतीली जमीन खोज रहा है करकर्रा...फिर एक भयंकर धड़ाके की आवाज से वह चौंक उठा। बाईं ओर फैले दलदल से सारसनी की तुरही-सी तेज चीख आई और गूँजती रही। वह बार-बार चीख रही थी और सारस अकुलाया-सा कुछ ऊपर चक्कर काट रहा था। कभी वह दलदल में उतरकर चीखता, कभी लम्बे-लम्बे डप भरकर इधर-उधर लपकता और वैसी ही तेज आवाज में चीखने लगता। गिरी हुई सारसनी की आवाज फट गई थी और उसकी गर्दन कुचले हुए साँप की तरह तड़फड़ा रही थी।

पवनहंसों का झुण्ड तट से भागकर खेतों में चला गया...अभी-अभी कुछ क्षण पहले का स्वप्निल वातावरण एकदम भयानक हो उठा था। झील का पानी सीमा में बद्ध जैसे थर्रा रहा था और भीगे किनारों पर निर्जीव स्वर टकरा रहे

थे। पेड़ों में अभी-अभी सनसनाहट भर गई थी। दलदल में घायल पड़े सारस को उठाकर लाने की हिम्मत नहीं पड़ रही थी किसी की।

महेस पांडे ने पास आकर उन सैलानियों को देखा। उसे उम्मीद थी पारबती की तरह ऐसे क्षण में इन औरतों की आँखों में पानी डबडबा आया होगा, पर उनमें तो शिकारी के निशाने की प्रशंसा भरी थी।

वह घर लौट आया। रात-भर उस अकेले घर में उसे बार-बार वही तेज आवाज ही सुनाई पड़ती रही। फिर जाने कहाँ से अस्पताल में चीखती पारबती की आवाज आने लगी...सुबह होते ही उससे नहीं रुका गया। वह सीधा झील पर पहुँचा। झील के ऊपर का धुआँ धीरे-धीरे साफ हो गया था। काँद का जोड़ा किनारे पर बैठा काई खा रहा था। झील के शांत सौन्दर्य ने उसे इस क्षण बिलकुल प्रभावित नहीं किया। उसके पैर दलदल की ओर बढ़ रहे थे। सारस उसे दिखाई दिया, वह मृत पड़ी सारसनी के पंखों में चोंच गड़ा-गड़ाकर उसे जगा रहा था शायद, और जब सारसनी नहीं जगी, तो वह विलाप करता झील की ओर चला आया।

वहीं पेड़ के नीचे बैठकर वह देखता रहा—मानसरोवर और कैलाश से आए देवहंसों को, जो गन्धर्वों के देश से आए थे प्रवास के लिए...कोमल और पवित्र पक्षी!...हलकी किरणों में सोनापतारी के स्वर्ण-पंख चमचमा उठे। उसका मन उदासी से भर गया। इन परदेसी पक्षियों से क्या नाता जोड़ना! बैठे-बैठे जब वह ऊब जाता, तो बस्ती की ओर चला आता।

बस्ती में नाप-जोख होने लगी तो लोगों को विश्वास हुआ कि अब बिजली लग जाएगी। महेस पांडे ने भी हाँ-में-हाँ मिलाई, "सुना उत्तर की तरफ बहुत बिजली पैदा की जा रही है, वहीं से यहाँ आ रही है।"

तभी मुनादीवाला ऐलान करता सुनाई पड़ा, "बहुकुम चियरमन साहब के चुंगी की कुछ जमीनों का नीलाम बतारीख चार जनवरी सोमवार को चुंगी-अहाते में सबेरे आठ बजे से होगा ...जमीनों के नकसे दफतर चुंगी में खरीदारों के लिए लगे हैं!...हर खास आम को खबर दी जाती है कि-" और मुनादीवाले ने तबले पर बॉस की खपच्चियों से चोट की और आगे बढ़ गया।

चार जनवरी के लिए अभी बीस दिन थे। महेस पांडे के दिमाग में चबूतरे के पासवाली जमीन घूमने लगी। चुँगी को बिजली के लिए रुपए की जरूरत है और उसे उस जमीन की, धरमशाला के लिए।

मन्दिर और धरमशाला की बात को लेकर यह सभी के पास पहुँचा, "धरम का काम है। सबसे ज्यादा रुपया हम लगाएँगे, कुछ मदद आप लोग करें। धरमसाला

पंचायती कर दी जाएगी। आप लोग दस-दस, बीस-बीस रुपए की मदद करें तो यह कारज हो सकता है।"

मारवाड़ी मिलवालों ने एकमुश्त पचास रुपया दे दिया, लेकिन उसका खाता डाकखाने में खुलवा दिया। महेस पांडे ने तीन हजार रुपया भी उसी खाते में जमा कर दिया। इन बीस दिनों के बीच वह घर-घर घूमा। मुख्तारों के पास गया, हलवाइयों और वैद्यों के पास गया, कपड़े के आढ़तियों से लेकर अँग्रेजी डॉक्टरों तक पहुँचा और कुल मिलाकर एक हजार रुपया और जमा हो गया।

सबकी आँखों में महेस पांडे का रुतबा और सम्मान एकाएक बढ़ गया था। अब सिर पर वह गेरुआ साफा बाँधने लगा था और हाथ में लाठी लेकर चलता था। शरीर कुछ शिथिल हो रहा था।

लेकिन इस ढलके शरीर के साथ भी वह दिन-भर घूमता। अपने साफे में किसी चिड़िया का गिरा हुआ सुन्दर-सा पर कलगी की तरह खोंस लेता। चुंगी-दफ्तर में जाकर वह नक्शे भी देख आया था। नीलाम का दिन पास आ रहा था, और जैसे-जैसे वह दिन निकट आता जाता, महेश पांडे की उदासी और बढ़ती जाती।

झील पर शिकार खेलने के लिए आदमियों की बहुत-सी टोलियाँ इस बीच आईं और गईं, और अपने घर पर बैठे या बस्ती में घूमते हुए उसने जब-जब चीत्कार सुने और साहब शिकारियों को नरम पर वाली चिड़ियों को लटकाए ले जाते देखा, तब-तब उसे पारबती की याद आई बेतरह। उसकी हालत भी तो सारस के जोड़े की तरह ही थी...

घर में लेटता तो उड़ते पक्षियों के नरम, कोमल पैरों की सरसराहट उसे महसूस होती, जैसे पारबती केलासन की धोती पहने अदृश्य रूप से गुजर गई हो...पर्वतों से आए मेहमान पक्षियों के सफेद और सेमल की रुई-से सजीले पंख और पारबती के सफेद दाँत!

सुबह उठा तो मन नहीं लगा और वह शांति पाने के लिए झील की ओर चला।

झील पर पहुँचकर अपनी लाठी से वह काई को छितराता रहा। सिवार के सूतों को उलझाकर उसने निकाला, नन्हें-नन्हें बीज चुनकर मुँह में डाल लिए और उठकर उधर चला गया, जिस ओर जलमंजरी खिली हुई थी। जलमंजरी के पास से ही दलदल शुरू हो जाता था। नारी की बेल पानी में तारों की तरह बिछी हुई थी और गाँठों के पास नन्हे-नन्हें घोंघे चिपके हुए थे। सूत-सी सफेद नन्हीं-नन्हीं जड़ें मछली के उजले पंखों की तरह धीरे-धीरे काँप रही थीं। दलदल में घुसकर उसने जलमंजरी के फूल तोड़े और गुच्छा बनाकर लौटने लगा।

सोनापतारी का झुंड रात-भर चारा खाकर उड़ने ही वाला था कि एक गोली उस पार से छूटी और उड़ते सोनापतारी के झुण्ड में से एक पक्षी बिलबिलाकर छप्प से झील के बीचों-बीच गिर पड़ा। उसके सोने-से पंख पानी पर छितरा गए और नीली झील के खामोश पानी पर एक हलचल हुई। एक क्षण बाद ही लाल खून की एक पतली-सी लकीर पानी पर खिंची और सोनापतारी तैरती हुई उस पार जाने की कोशिश करने लगी। उसके नरम पर फड़फड़ा रहे थे और पानी पर खून की लकीर उसका पीछा कर रही थी।

झुरमुट में से शिकारी निकले। उन्होंने देखा, पर वह पक्षी तैरता हुआ उस किनारे निकलकर किसी झाड़ी में दुबककर खामोश हो गया। शिकारियों ने बहुत खोजा, पर पक्षी नहीं मिला। झील पर मिटती हुई लकीर के बीच एकाध पंख पड़ा था।

उसका मन उचाट हो गया। जलमंजरी के फूलों को वहीं फेंककर वह लौट आया।

पारबती की याद उसे फिर आई और नीलाम वाले दिन उसने तीन हजार की बोली लगाकर चबूतरे के पास वाली जमीन नहीं, दलदली नीली झील खरीद ली। लोगों की आँखें फट गईं। इसका दिमाग तो खराब नहीं हो गया?

"मन्दिर का नाम लेकर इसने धोखा दिया है। रुपया हजम कर गया है।"

लेकिन उसने किसी को कोई जवाब नहीं दिया। और मन में लगता कि अब तो वह पारबती को भी जवाब नहीं दे सकता। उसके पास जवाब है ही क्या?

फागुन आते-आते मेहमान पक्षी उड़ गए। पवनहंस, चले गये, सफेद सुरखाब अपने पुराने घरों में लौट गए। मुअर, संद, करकर्रा और सरपपच्छी भी चले गए...झील बहुत सूनी हो गई थी, पर महेस पांडे को विश्वास था कि ये फिर हमेशा की तरह अपने झुण्डों के साथ कातिक-अगहन तक वापस आएँगे।

महेस पांडे लिखना-पढ़ना तो जानता नहीं था, बस झीलवाले रास्ते के पहले पेड़ पर उसने एक तख्ती टाँग दी थी, जिस पर उसने लिखा था, 'यहाँ शिकार करना मना है।' और नीचे की पंक्ति थी, 'दस्तखत नीली झील का मालिक-महेस पांडे।'

(दिल्ली, 1962)

जार्ज पंचम की नाक

यह बात उस समय की है जब इंग्लैंड की रानी ऐलिज़ाबेथ द्वितीय अपने पति के साथ हिन्दुस्तान पधारने वाली थीं। अखबारों में उनके चर्चे हो रहे थे। रोज लन्दन के अखबारों से खबरें आ रही थीं कि शाही दौरे के लिए कैसी-कैसी तैयारियाँ हो रही हैं...रानी ऐलिजाबेथ का दर्जी परेशान था कि हिन्दुस्तान, पाकिस्तान और नेपाल के दौरे पर रानी कब, क्या पहनेंगी? उनका सेक्रेटरी और शायद जासूस भी उनके पहले ही इस महाद्वीप का तूफानी दौरा करनेवाला था...आखिर कोई मजाक तो था नहीं।...जमाना चूँकि नया था, फौज-फाटे के साथ निकलने के दिन बीत चुके थे इसलिए फोटोग्राफरों की फौज तैयार हो रही थी...

इंग्लैंड के अखबारों की कतरनें हिन्दुस्तानी अखबारों में दूसरे दिन चिपकी नजर आती थीं...कि रानी ने एक ऐसा हल्के नीले रंग का सूट बनवाया है, जिसका रेशमी कपड़ा हिन्दुस्तान से मँगवाया गया है...कि करीब 400 पौंड खर्चा उस सूट पर आया है।

रानी ऐलिजाबेथ की जन्मपत्री भी छपी। प्रिन्स फिलिप के कारनामे छपे, और तो और उनके नौकरों, बावर्चियों, खानसामों, अंगरक्षकों की पूरी की पूरी जीवनियाँ देखने में आईं! शाही महल में रहने और पलनेवाले कुत्तों तक की तस्वीरें अखबारों में छप गईं...

बड़ी धूम थी। बड़ा शोर-शराबा था। शंख इंग्लैंड में बज रहा था, गूँज हिन्दुस्तान में आ रही थी।

इन अखबारों से हिन्दुस्तान में सनसनी फैल रही थी...राजधानी में तहलका मचा हुआ था। जो रानी 5000 रुपए का रेश्मी सूट पहनकर पालम के हवाई अड्डे पर उतरेगी उसके लिए कुछ तो होना ही चाहिए। कुछ क्या, बहुत कुछ होना

चाहिए। जिसके बावर्ची पहले महायुद्ध में जान हथेली पर लेकर लड़ चुके हैं... उसकी शान-शौकत के क्या कहने...और वही रानी दिल्ली आ रही है.

नई दिल्ली ने अपनी तरफ देखा और बेसाख्ता मुँह से निकल गया–वह आएँ हमारे घर, खुदा की रहमत...कभी हम उनको कभी अपने घर को देखते हैं। और देखते-देखते नई दिल्ली का कायापलट होने लगा।

और करिश्मा तो यह था कि किसी ने किसी से नहीं कहा, किसी ने किसी को नहीं देखा–पर सड़कें जवान हो गईं बुढ़ापे की धूल साफ हो गई। इमारतों ने नाजनीनों की तरह शृंगार किया...

लेकिन एक बड़ी मुश्किल पेश थी...वह थी जार्ज पंचम की नाक!...नई दिल्ली में सब कुछ था, सब कुछ होता जा रहा था, कुछ हो जाने की उम्मीद थी, पर जार्ज पंचम की नाक की बड़ी मुसीबत थी! नई दिल्ली में सब कुछ था...सिर्फ नाक नहीं थी!

इस नाक की भी एक लम्बी दास्तान है। इस नाक के लिए बड़े तहलके मचे थे किसी वक्त! आंदोलन हुए थे। राजनीतिक पार्टियों ने प्रस्ताव पास किए थे। चंदा जमा किया था। कुछ नेताओं ने भाषण भी दिए थे। गर्मागर्म बहसें भी हुई थीं। अखबारों के पन्ने रंग गए थे। बहस इस बात पर थी कि जार्ज पंचम की नाक रहने दी जाए या हटा दी जाए! और जैसा कि हर राजनीतिक आंदोलन में होता है, कुछ पक्ष में थे कुछ विपक्ष में और ज्यादातर लोग खामोश थे। खामोश रहनेवालों की ताकत दोनों तरफ थी...

यह आंदोलन चल रहा था। जार्ज पंचम की नाक के लिए हथियारबंद पहरेदार तैनात कर दिए गए थे...क्या मजाल कि कोई उनकी नाक तक पहुँच जाए! हिन्दुस्तान में जगह-जगह ऐसी नाकें खड़ी थीं और जिन तक लोगों के हाथ पहुँच गए उन्हें शानो-शौकत के साथ उतारकर अजायबघरों में पहुँचा दिया गया। शाही लाटों की नाकों के लिए गुरिल्ला युद्ध होता रहा...

उसी जमाने में यह हादसा हुआ–इंडिया गेट के सामने वाली जार्ज पंचम की लाट की नाक एकाएक गायब हो गई! हथियारबंद पहरेदार अपनी जगह तैनात रहे। गश्त लगाते रहे ...और लाट की नाक चली गई।

रानी आए और नाक न हो!...एकाएक यह परेशानी बढ़ी। बड़ी सरगर्मी शुरू हुई। देश के खैरख्वाहों की एक मीटिंग बुलाई गई और मसला पेश किया गया कि क्या किया जाए? ...वहाँ सभी एकमत से इस बात पर सहमत थे कि अगर यह नाक नहीं है, तो हमारी भी नाक नहीं रह जाएगी...

उच्च स्तर पर मशवरे हुए। दिमाग खरोंचे गए और यह तय किया गया कि हर हालत में इस नाक का होना बहुत जरूरी है। यह तय होते ही एक मूर्तिकार को हुक्म दिया गया कि वह फौरन दिल्ली में हाज़िर हो।

मूर्तिकार यों तो कलाकार था, पर ज़रा पैसे से लाचार था। आते ही उसने हुक्मरानों के चेहरे देखे...अजीब परेशानी थी उन चेहरों पर; कुछ लटके हुए थे, कुछ उदास थे और कुछ बदहवास थे। उनकी हालत देखकर लाचार कलाकार की आँखों में आँसू आ गए...तभी एक आवाज सुनाई दी-"मूर्तिकार! जार्ज पंचम की नाक लगनी है!"

मूर्तिकार ने सुना और जवाब दिया-"नाक लग जाएगी। पर मुझे यह मालूम होना चाहिए कि यह लाट कब और कहाँ बनी थी? इस लाट के लिए पत्थर कहाँ से लाया गया था?"

सब हुक्मरानों ने एक-दूसरे की तरफ ताका...एक की नजर ने दूसरे से कहा कि यह बताना जिम्मेदारी तुम्हारी है! खैर मसला हल हुआ। एक क्लर्क को फोन किया गया और इस बात की पूरी छानबीन करने का काम सुपुर्द कर दिया गया...पुरातत्व विभाग की फाइलों के पेट चीरे गए, पर कुछ भी पता नहीं चला। क्लर्क ने लौटकर कमेटी के सामने काँपते हुए बयान किया–"सर! मेरी खता माफ हो, फाइलें सब कुछ हजम कर चुकी हैं!"

हुक्मरानों के चेहरों पर उदासी के बादल छा गए। एक खास कमेटी बनाई गई और उसके जिम्मे यह काम दे दिया गया कि जैसे भी हो यह काम होना है और इस नाक का दारोमदार आप पर है। आखिर मूर्तिकार को फिर बुलाया गया...उसने मसला हल कर दिया। वह बोला-"पत्थर की किस्म का ठीक पता नहीं चलता, तो परेशान मत होइए...मैं हिन्दुस्तान के हर पहाड़ पर जाऊँगा और ऐसा ही पत्थर खोजकर लाऊँगा!" कमेटी के सदस्यों की जान में-जान आई। सभापति ने चलते-चलते गर्व से कहा–"ऐसी क्या चीज़ है जो अपने हिन्दुस्तान में मिलती नहीं। हर चीज इस देश के गर्भ में छिपी है...जरूरत खोज करने की है...खोज करने के लिए मेहनत करनी होगी, इस मेहनत का फल हमें मिलेगा... आने वाला जमाना खुशहाल होगा।"

वह छोटा-सा भाषण फौरन अखबारों में छप गया।

मूर्तिकार हिन्दुस्तान के पहाड़ी प्रदेशों और पत्थरों की खानों के दौरे पर निकल पड़े। ...कुछ दिन बाद वह हताश लौटे, उनके चेहरे पर लानत बरस रही

थी, उन्होंने सिर लटकाकर खबर दी–" हिन्दुस्तान का चप्पा-चप्पा खोज डाला, पर इस किस्म का पत्थर कहीं नहीं मिला। यह पत्थर विदेशी है!"

सभापति ने तैश में आकर कहा–"लानत है आपकी अक्ल पर! विदेशों की सारी चीज हम अपना चुके हैं...दिल-दिमाग, तौर-तरीके और रहन-सहन...जब हिन्दुस्तान में बाल डांस तक मिल जाता है तो पत्थर क्यों नहीं मिल सकता!"

मूर्तिकार चुप खड़ा था। सहसा उसकी आँखों में चमक आ गई। उसने कहा–"एक बात मैं कहना चाहूँगा, लेकिन इस शर्त पर कि यह बात अखबारवालों तक न पहुँचे..."

सभापति की आँखों में भी चमक आई। चपरासी को हुक्म हुआ और कमरे के सब दरवाजे बन्द कर दिए गए। तब मूर्तिकार ने कहा–"देश में अपने नेताओं की मूर्तियाँ भी हैं...अगर इजाजत हो...अगर आप लोग ठीक समझें, तो मेरा मतलब है, तो...जिसकी नाक इस लाट पर ठीक बैठे, उसे उतार लाया जाए..."

सबने सबकी तरफ देखा। सबकी आँखों में एक क्षण की बदहवासी के बाद खुशी तैरने लगी। सभापति ने धीमे से कहा–"लेकिन बड़ी होशियारी से!"

और मूर्तिकार फिर देश-दौरे पर निकल पड़ा। जार्ज पंचम की खोई हुई नाक का नाप उसके पास था। दिल्ली से वह बम्बई पहुँचा...दादाभाई नौरेजी, गोखले, तिलक, शिवाजी, कावस जी जहाँगीर–सबकी नाकें उसने टटोलीं, नापीं और गुजरात की ओर भागा–गाँधीजी, सरदार पटेल, विट्ठलभाई पटेल, महादेव देसाई की मूर्तियों को परखा और बंगाल की ओर चला–मगुरुदेव रवीन्द्रनाथ, सुभाषचन्द्र बोस, राजा राममोहन राय आदि को भी देखा, नाप-जोख की और बिहार की तरफ चला। बिहार होता हुआ उत्तर प्रदेश की ओर आया...चन्द्रशेखर आजाद, बिस्मिल, मोतीलाल नेहरू, मदमोहन मालवीय की लाटों के पास गया ...घबराहट में मद्रास भी पहुँचा, सत्यमूर्ति को भी देखा, और मैसूर, केरल आदि सभी प्रदेशों का दौरा करता हुआ पंजाब पहुँचा–लाला लाजपतराय और भगतसिंह की लाटों से भी सामना हुआ। आखिर दिल्ली पहुँचा और अपनी मुश्किल बयान की–"पूरे हिन्दुस्तान की मूर्तियों की परिक्रमा कर आया। सबकी नाकों का नाप लिया–पर जार्ज पंचम की इस नाक से सब बड़ी निकलीं!..."

सुनकर सब हताश हो गए और झुंझलाने लगे। मूर्तिकार ने ढाढ़स बँधाते हुए आगे कहा, "सुना था कि बिहार सेक्रेटेरियट के सामने सन् ब्यालीस में शहीद होनेवाले तीन बच्चों की मूर्तियाँ स्थापित हैं...शायद बच्चों की नाक ही फिट बैठ

जाए, यह सोचकर वहाँ भी पहुँचा ...पर...इन तीनों की नाकें भी इससे कहीं बड़ी बैठती हैं। अब बताइए, मैं क्या करूँ"

...राजधानी में सब तैयारियाँ थीं। जार्ज पंचम की लाट को मल-मलकर नहलाया गया था। रोगन लगाया गया था। सब कुछ था, सिर्फ नाक नहीं थी!

बात फिर बड़े हुक्मरानों तक पहुँची। बड़ी खलबली मची–अगर जार्ज पंचम के नाक न लग पाई, तो फिर रानी का स्वागत करने का मतलब? यह तो अपनी नाक कटानेवाली बात हुई।

लेकिन मूर्तिकार पैसे से लाचार था...यानी हार माननेवाला कलाकार नहीं था। एक हैरतअंगेज ख्याल उसके दिमाग में कौंधा और उसने पहली शर्त दुहराई। जिस कमरे में कमेटी बैठी हुई थी, उसके दरवाजे फिर बन्द हुए और मूर्तिकार ने अपनी नई योजना पेश की–"चूँकि नाक लगना एकदम जरूरी है, इसलिए मेरी राय है कि चालीस करोड़ में से कोई एक जिंदा नाक काटकर लगा दी जाए..."

बात के साथ ही सन्नाटा छा गया। कुछ मिनटों की खामोशी के बाद सभापति ने सबकी ओर देखा। सबको परेशान देखकर मूर्तिकार कुछ अचकचाया और धीरे-से बोला–"आप लोग क्यों घबराते हैं। यह काम मेरे ऊपर छोड़ दीजिए...नाक चुनना मेरा काम है...आपकी सिर्फ इजाजत चाहिए।

कानाफूसी हुई और मूर्तिकार को इजाजत दे दी गई।

अखबारों में सिर्फ इतना छपा कि नाक का मसला हल हो गया है और राजपथ पर इण्डिया गेट के पास वाली जार्ज पंचम की लाट के नाक लग रही है।

नाक लगने से पहले फिर हथियारबंद पहरेदारों की तैनाती हुई। मूर्ति के आस-पास का तालाब सुखाकर साफ किया गया। उसकी खाद निकाली गई। और ताजा पानी डाला गया, ताकि जो जिन्दा नाक लगाई जाने वाली थी वह सूखने न पाए। इस बात की खबर औरों को नहीं थी। यह सब तैयारियाँ भीतर-भीतर चल रही थीं। रानी के आने का दिन नजदीक आता जा रहा था। मूर्तिकार खुद अपने बताए हल से परेशान था। जिन्दा नाक लाने के लिए उसने कमेटीवालों से कुछ और मदद माँगी। वह उसे दी गई। लेकिन इस हिदायत के साथ कि एक खास दिन हर हालत में नाक लग जाएगी।

और वह दिन आया।

जार्ज पंचम के नाक लग गई।

सब अखबारों ने खबरें छापीं कि जार्ज पंचम के जिंदा नाक लगाई गई है...यानी ऐसी नाक जो कतई पत्थर की नहीं लगती।

लेकिन उस दिन के अखबारों में एक बात गौर करने की थी। उस दिन देश में कहीं भी किसी उद्‌घाटन की खबर नहीं थी। किसी ने कोई फीता नहीं काटा था। कोई सार्वजनिक सभा नहीं हुई थी। कहीं भी किसी का अभिनंदन नहीं हुआ था, कोई मानपत्र भेंट करने की नौबत नहीं आई थी। किसी हवाई अड्डे या स्टेशन पर स्वागत-समारोह नहीं हुआ था। किसी का ताजा चित्र नहीं छपा था।

सब अखबार खाली थे।

पता नहीं ऐसा क्यों हुआ था?

नाक तो सिर्फ एक चाहिए थी और वह भी बुत के लिए।

(दिल्ली, 1961)

बदनाम बस्ती

बादशाहों और शहंशाहों की छोड़ी हुई बस्तियों की कहानियाँ सबने सुनी हैं, पर जमना नदी की घाटी में एक बस्ती ऐसी भी थी, जिसके बारे में किसी ने भी सुना नहीं होगा। जब कागजों पर इतिहास लिखा जा रहा था, उसी वक्त यह बस्ती अपनी कहानी जमीन पर लिख रही थी। आज भी कागजों पर इतिहास लिखा जा रहा है और ऐसी तमाम बस्तियाँ धरती पर अपनी कहानियाँ लिखती जा रही हैं।

...इतिहास में लिखा गया है :

22 जनवरी, सन्1901 को महारानी विक्टोरिया का देहान्त हुआ। उसने लगभग 64 वर्ष तक शासन किया। विक्टोरिया के शासनकाल में इंग्लैण्ड ने आश्चर्यजनक उन्नति की।

द्वीपसमूह बर्तानिया की जनसंख्या पहले से तिगुनी हो गई। बर्तानिया के साम्राज्य में कई देश सम्मिलित हुए। भारत, मिस्र तथा दक्षिण अफ्रीका में अंग्रेजी राज्य स्थापित हुआ। इस साम्राज्य-विस्तार के कारण यह कहावत प्रसिद्ध हुई कि बर्तानिया के राज्य में सूरज कभी नहीं डूबता...

...हमें इस बस्ती में लानेवाले मोटर-ड्राइवर ने बताया था :

आज से करीब साठ बरस पहले इस बस्ती को एक साधू ने बसाया था। जब उस साधू का देहान्त हुआ, तो यह बस्ती बहुत पनप चुकी थी। कई गाँवों से आ-आकर लोग यहाँ बस गए थे। उसकी आबादी धीरे-धीरे बढ़ती गई थी...लेकिन यहाँ हर शाम सूरज डूबता था और हर सुबह उगता था।

आज यह बस्ती उजाड़ पड़ी हुई है। अब तो यह सड़क भी काम में नहीं आती। यह जो पुराना बरगद का पेड़ है, जिसके तने पर कलावा लिपटा हुआ है और तमाम

घंटियाँ लटक रही हैं, यह उस वक्त भी था। जमना के कछार से आनेवाली तेज हवाओं से यह घंटियाँ बराबर बजती रहती थीं। यहीं पर साधू ने समाधि ली थी। वह सामने टीले के बाईं तरफ उनकी मढ़िया है। उसी में वह रहते थे। जमना-स्नान के लिए यहाँ मेला भी लगता था। हजारों लोग दूर-दूर गाँवों से आते थे। इस बस्ती में ठहरते थे। बरगद पर घंटियाँ बाँधकर मनौतियाँ माँगते थे। दिन भर बड़ी चहल-पहल रहती थी। शाम को जब सूरज डूब जाता तो...

...महारानी विक्टोरिया के राज्य में शिक्षा तथा साहित्य की बहुत उन्नति हुई। उसके राज्यकाल में वर्ड्सवर्थ, टेनीसन जैसे कवि हुए। थैकरे और डिकेन्स जैसे उपन्यासकार हुए। मिल और स्पेन्सर जैसे दार्शनिक भी हुए और रस्किन, कार्लाइल जैसे लेखक भी मौजूद थे। मैकाले-सा इतिहासकार भी इसी जमाने में हुआ...हर क्षेत्र में बहुत उन्नति हुई...

इस बस्ती में काम-धन्धे खूब पनपे। धरती ने सोना उगला। उसी जमाने में यहाँ नरपत सिंह-जैसे बात के पक्के ठाकुर हुए। तुलसीराम-जैसे वैद्य हुए। मौजीलाल-जैसे महाजन भी हुए। और सरूपा-जैसे नौजवान और संतों-जैसी सुन्दर लड़कियाँ भी हुईं। वह जमाना बहुत अच्छा था। हर आदमी एक-दूसरे पर विश्वास रखता था और एक-दूसरे के काम आता था। तुलसीराम वैद्य की दवा से मौत के मुँह में गया हुआ आदमी भी लौट आता था। नरपत सिंह-जैसे ठाकुर के यहाँ से सबको इंसाफ मिलता था...वह गाँव के पंच माने जाते थे। मौजीलाल महाजन ने बस्ती में चक्की लगाई थी और वक्त-जरूरत लोगों की मदद पैसे से भी करते थे।

सरूपा-जैसा नौजवान आस-पास के आठ-दस गाँवों में नहीं था। बड़ी तन्दुरुस्त काठी थी उसकी। दिलेर इतना कि किस्से मशहूर हो गए थे। ताकतवर इतना कि मौजीलाल की चक्की के पाट अकेले उठा लाया था। सन्तों-जैसी सुन्दर लड़की तो इस बस्ती में दूसरी हुई ही नहीं। दिन-भर खिलखिलाती रहती थी। चारों ओर खुशी छायी रहती।

...रानी विक्टोरिया सन् 1837 में सिंहासन पर बैठी थी। गद्दी पर बैठने के तीन वर्ष बाद सन् 1840 में उसने अपने ममेरे भाई प्रिंस एलबर्ट से शादी की थी...

सन्तो उस वक्त अठारह बरस की थी। बीस की होते-होते वह दूसरी जाति के सरूपा को प्यार करने लगी थी। सरूपा था भी इस लायक कि उसे कोई प्यार करे। बरगद की तरह कन्धे थे उसके। बस्ती के ढोरों को चराने जमना के कछार में जाता था। तब उसी ने एक दिन ड्राइवर से कहा था-मौजीलाल महाजन की सन्तो बड़ी सुन्दर है। रोज जमना नहाने आती है। हम भी अपने ढोर उधर ही हाँक ले जाते हैं...एक दफ़ा सन्तो नहा रही थी कि हमने ढोरों को हुलकार दिया। तीन-चार भैंसे जमना में उतर गईं–ठीक वहीं, जहाँ सन्तो नहा रही थी। बस, फिर क्या था! आँखें तमकाकर सन्तो बोली, 'ए सरूपा अपनी भैंस हाँक!'

सरूपा बोला था, 'नहीं हाँकते! जानवर का भी नहाने का मन करता है!' यह सुनकर सन्तो ने बहुत कोसा था। और जब वह मढ़िया पर देवी को अरग देने गई थी, तो न जाने क्या-क्या बुदबुदाती रही। सरूपा ने पूछा, 'ए सन्तो! का मन्नत माँग रही है?'

तो वह बोली थी, 'दुर्गा भवानी से यही माँगा है कि सरूपा के सब जानवर मर जाएँ!' इतना कहते-कहते वह खिलखिलाकर हँस पड़ी थी।

सरूपा ने बताया था, 'तभी से सन्तो रोज अरग देने आती है और घंटों जमना-किनारे नहाने के बहाने बैठी रहती है!'

"तो होगा क्या, सरूपा?" ड्राइवर ने उससे पूछा था, "वह तो मेरी जात-बिरादरी की भी नहीं है!..."

सरूपा के चेहरे पर चिन्ता उभर आई थी, "यही तो मुश्किल है!"

वह मुश्किल हल नहीं हुई, पर सरूपा और सन्तो एक-दूसरे को बहुत चाहते रहे। जमना के घाट पर घंटों एक-दूसरे का इन्तज़ार करते थे।

...सन् 1899 में लॉर्ड कर्जन हिन्दुस्तान का वायसराय होकर आया। वह महारानी विक्टोरिया का विश्वासपात्र आदमी था। उसने 10,000 ब्रिटिश सैनिक उत्तरी-पश्चिमी सीमा पर सुरक्षा के लिए तैनात किए। क़बाइलियों के विद्रोह का दमन किया। अफ़गानिस्तान और फ़ारस तक अपना प्रभाव-क्षेत्र बढ़ाया और तिब्बत में सेना भेजी...तिब्बतियों ने सेना भेजने का बहुत विरोध किया। उनका एक दूत वायसराय के पास सन्देश लेकर आया...

उन्हीं दिनों इस बस्ती में पुलिस-चौकी बनाने की बात हुई। ज़िला आगरा के हुक्मरानों ने बस्ती में पुलिस भेजने का फ़ैसला किया। पुलिस का नाम सुनते

ही लोगों के कान खड़े हुए। तुलसीराम वैद्य ने बहुत विरोध किया। बस्ती-भर में घूम-घूमकर उन्होंने पुलिस-चौकी की स्थापना के खिलाफ लोगों को समझाया।

उन्होंने कहा, 'हमें मिलकर पुलिस की चौकी की तैनाती का विरोध करना चाहिए। अगर अपनी बस्ती में पुलिस आ गयी, तो बहुत बुरा होगा। आज तक जो फ़ेल यहाँ नहीं हुए हैं, जिनका लोगों ने नाम तक नहीं सुना है...वे सब करम यहाँ होने लगेंगे। पुलिस के कारनामे किसी से छिपे नहीं हैं। यहाँ की शान्ति भंग हो जाएगी...पुलिस के आदमियों का खर्चा इसी बस्ती से निकलेगा...वह कहाँ से आएगा?"

और तब तीन-चार आदमियों को लेकर तुलसीराम वैद्य आगरा गए। वहाँ के ज़िला-अधिकारियों से मिले। उनसे कहा–'सरकार! हमारी बस्ती में आज तक एक भी दंगा-फसाद या चोरी-चकारी की वारदात नहीं हुई। पुलिस क्यों भेजी जा रही है...हमें पुलिस की कतई जरूरत नहीं है।

पर जिला-अधिकारियों ने वैद्यजी की बातों पर कतई ध्यान नहीं दिया। अगले महीने ही चौकी की इमारत की तामीर शुरू हो गई। इमारत बनते ही पाँच सिपाही वहाँ पर तैनात कर दिए गए।

...लॉर्ड कर्जन ने अपने शासनकाल में एक बहुत बड़ा कदम उठाया। उसने हिन्दुस्तान की पुलिस का पुनर्गठन किया। सिपाहियों का वेतन बढ़ाया। हर प्रान्त में खुफिया पुलिस-विभाग की स्थापना की। पुलिस अफसरों के प्रशिक्षण के लिए केन्द्रों की स्थापना की गई...

...इस बस्ती में जब पुलिस आ ही गई, तो लोगों ने दिखावटी तौर से उसका बड़ा आदर-सत्कार किया। अब लोग दीवानजी से मिलने गए। बस्ती में दो दल बन गए–एक वे जो पुलिस की मेहरबानी चाहते थे और दूसरे वे लोग जो पुलिस के आने का अभी भी विरोध कर रहे थे।

पुलिस के आते ही उसका दबदबा शुरू हुआ। पुलिस वालों के आराम का पूरा ख़याल रखा गया। वे जहाँ से चाहते, साग-सब्जी यूँ ही उठा लाते। महाजनों में उठक-बैठक की दौड़-भाग शुरू हुई। मौजीलाल महाजन ने अपनी चक्की से उनके लिए फ्री आटा भिजवाना शुरू कर दिया। पुलिस वाले सुबह वर्जिश और मालिश करते थे, उनके लिए कालू तेली असली सरसों का तेल पहुँचाने लगा।

जीवन यादव और लच्छू ने अपने यहाँ बचनेवाला दूध चौकी पर देना शुरू कर दिया। इस तरह पुलिस की बड़ी बहबूदी हुई। सिपाहियों को तनख्वाह बहुत कम मिलती थी। उन्हें अपने परिवार भी पालने पड़ते थे, जो दूसरे कस्बों में रहते थे। तनख्वाह से उनका खर्चा चलता नहीं था। उनकी नज़र में बस्ती का हर आदमी बहुत अदना और कीड़े की तरह था। यहाँ पहुँचकर वे बहुत खुश थे। हर बात की खुली छूट थी। पुलिसवालों ने अपनी तन्दुरुस्ती बनाए रखने की खातिर इमारत के सामने एक अखाड़े की स्थापना की। अखाड़े में वे आपस में कुश्तियाँ लड़ते और शाम को चबूतरे पर बैठकर कभी-कभी अपनी बन्दूकें साफ करते...

...सन्1911 में जॉर्ज पाँचवें का दिल्ली-दरबार हुआ। यह दरबार इसलिए किया गया कि हिन्दुस्तान की रिआया पर बर्तानिया की सरकार का दबदबा हो और जो असन्तोष बंगाल के विभाजन को लेकर देश में फैल रहा था, उस पर पानी का छींटा पड़ जाए...दिल्ली-दरबार बहुत धूमधाम से हुआ...एक मर्तबा यहाँ बस्ती में भी बहुत सरगर्मी हुई। पता चला कि पुलिस के सर्किल इंस्पेक्टर और बड़े साहब इधर दौरे पर आ रहे हैं। एक दिन इसी बस्ती में रुकना होगा बस्ती में बड़ी धूमधाम हुई।

चौकी को सजाया गया। मन्दिर के गमले लाकर वहाँ रख गए। टीले पर छिड़काव हुआ। महाजनों के यहाँ से माँगकर खाटें लाई गईं दीवानजी बेगार में आदमियों को पकड़ लाए थे। अहाते की खूब सफाई की गई। हर आदमी के कान सड़क की ओर लगे हुए थे कि न जाने कब मोटर बोल जाए!

दीवानजी ने सरूपा को भी बेगार में पकड़ना चाहा था, पर वह कहाँ हाथ आता? वह कड़ककर बोला था, 'हम अपना काम करते हैं, हाकिम-हुक्कामों के नौकर नहीं हैं!' उधर दीवानजी और बेहाल थे। उन्हें अपने काम की रिपोर्ट भी पेश करनी थी। रात-रात भर बैठकर उन्होंने रजिस्टर भरे थे। तसदीक का काम निपटाया था और साहबों के लिए खाने-पीने का इन्तजाम किया था।

आखिर बड़े साहब का दरबार हुआ। बस्ती के सभी लोग उन्हें सलाम करने आए। एक सिपाही आगरा तक गया था और अँग्रेजी शराब की बोतलें लाया था। साहबों की रावटी अलग लगी थी। बस्ती के बिसातियों के घर मुर्गे हलाल हुए थे। बड़ा जशन रहा था। बस्ती में पहली बार इतना बड़ा हाकिम आया था। खर्चे का पूरा रुपया महाजनों ने जुटाया था।

चलते-चलते साहब लोगों ने दीवानजी के काम में मीनमेख निकाली

थी–'तुम्हारे इलाके में कभी कुछ होता ही नहीं! रिपोर्ट का रजिस्टर खाली पड़ा है...यहाँ पड़े सोते रहते हो! कुछ कामधाम करने का भी इरादा है या नहीं?'

साहबों के दरबार में बस्ती के और सभी लोग हाजिर हुए थे, वैद्यजी और सरूपा उधर झाँकने नहीं आए थे। उनका न आना दीवानजी को खल गया था। एक तरह से उनकी तौहीन हुई थी। वैद्यजी ने सलाम बन्दगी की राह-रस्म भी तोड़ दी थी।

साहबों के जाने के बाद दीवानजी का कोप सरूपा पर टूटा। पाँच सात दिनों के बाद ही सरूपा को सरकारी लकड़ी काटने के इलजाम में पकड़ लिया गया। उसके साथ और कुछ तो नहीं किया; सिर्फ पिटाई करके छोड़ दिया गया।

उसी के साथ-साथ बस्ती में तीन वारदातें हुईं। मन्दिर के पुजारी जी के पास से आठ तोले गाँजा निकाला। उन्हें चौकी पर बन्द कर दिया गया। जैसे-तैसे पैसा दे-दिलाकर वह मामला रफा-दफा हुआ।

उसी महीने में वैद्यजी के घर चोरी हुई। बस्ती में चोरी की वह पहली वारदात थी...मेले के दिन थे। लोग जमना-स्नान के लिए आए हुए थे। वैद्यजी की चोरी का पता लगाने का ढोंग किया गया। दीवानजी ने चार आदमियों को गिरफ्तार किया। तीन आनगाँव के थे। इस बस्ती का सिर्फ सरूपा था...

...लॉर्ड कर्ज़न के राज्यकाल में सीमा-प्रदेश के कबाइली विद्रोहियों ने बहुत सिर उठाया। चितराल आदि सीमान्त चौकियों पर गारद बढ़ाकर उस विद्रोह को कुचलने की कोशिश की गई, पर कबाइली बहुत चालाक और दिलेर थे। इसलिए लॉर्ड कर्जन ने दूसरी नीति अपनायी। उसने कबाइलियों को सहयोग से मनाने का निश्चय किया। इसमें उसे सफलता मिली। अँग्रेजी फौज की चौकियाँ बनाकर उनका खर्चा भी कबाईलियों से वसूल किया जाने लगा...

बस्ती में सरूपा की गिरफ्तारी से आतंक छाया हुआ था। मुकदमा चला, पर छूट गया। फिर न जाने क्या करिश्मा हुआ कि सरूपा से पुलिसवालों की बड़ी साँठ-गाँठ और दोस्ती हो गई। दीवानजी उससे बहुत अच्छी तरह पेश आने लगे। उन लोगों की गहरी छनने लगी। सरूपा हर वक्त पुलिसवालों के साथ दिखाई पड़ने लगा।

उनकी दोस्ती ने रंग दिखलाया। सरूपा के रंग-ढंग बदलने लगे। हर तरह

के काम बस्ती में शुरू हुए। चोरी-चकारी और बदमाशी शुरू हुई। दूर कस्बों से सरूपा के यार-दोस्त आने लगे। मेले-तमाशों में खुलेआम गाँजा-भाँग बिकने लगे। देसी शराब की बोतलें आने लगीं और आमदनी में से पुलिस-चौकी का कमीशन बँध गया। जुआ और दड़ा शुरू हुआ। जमना के मेलों में सरूपा नाच-गान के लिए नौटंकीवालों को लाने लगा। सरूपा और सन्तो की बात भी बहुत फैल चुकी थी। बल्कि दबी जबान लोग यहाँ तक कहने लगे थे कि दीवानजी की आँख भी संतो पर है। बहुत दिनों तक ये अफ़वाहें फैलती रहीं।

और एक दिन...बरसात की रात में सन्तो जमना में डूबकर मर गई। पता नहीं, क्या हुआ था! बस्ती में सन्नाटा छा गया था।

सरूपा तो जैसे पागल हो गया। सन्तो के डूबने की खबर पाते ही वह गहराती जमना की छाती पर कूद पड़ा। बरसात की उस रात में पूरी बस्ती के लोग जमना के किनारे जमा थे। हवा सनसना रही थी। जमना के कगार पछाड़ खाती लहरों से टूट-टूटकर गिर रहे थे। लहरों का शोर भयानक और खौफ़नाक होता जा रहा था। किनारे पर चिराग-ही-चिराग चमक रहे थे। सब किनारे पर खड़े थे–अकेला सरूपा उन उमड़ती लहरों से जूझ रहा था। डेढ़ कोस दूर से मल्लाहों की नावें और जाल लाए गए थे, पर जमना के बहाव से कोई चीज़ टिक नहीं पा रही थी। नावें लहरों पर भटकती रह गई थीं। पर सरूपा पागलों की तरह अथाह गहराइयों में गोते लगा-लगाकर सन्तो की लाश खोज रहा था। यही लगता था कि अब सरूपा भी वापस नहीं आएगा। आखिर रात-भर तलाश के बाद सन्तो की लाश नहीं मिली थी। सुबह होते-होते अथाह जल में सरूपा की साँस उखड़ गई थी और तब उसे किसी तरह नाव में डालकर बेहोशी की हालत में किनारे पर लाया गया था।

...लॉर्ड हार्डिंग के जमाने में जनता का असन्तोष बहुत बढ़ गया था। बंगाल के साथ बलात्कार की बात को जनता भूली नहीं थी। और जिस समय चाँदनी चौक से लॉर्ड हार्डिंग की सवारी निकल रही थी, उस समय उन पर बम फेंका गया। वायसराय लॉर्ड हार्डिंग बुरी तरह से घायल हुए...

सन्तो की मौत के बाद बस्ती में अजीब-सी बदहवासी छा गयी थी। हर आदमी के मन में असन्तोष पल रहा था। सरूपा भी एकदम बदल गया था।

वह बहुत गुमसुम रहने लगा था। लेकिन भीतर-ही-भीतर वह उबल रहा था। और एक दिन वह बात हो गई, जिसने इस बस्ती का नक़्शा ही बदल दिया। सन्तो की मौत के काफी दिनों बाद एक दिन सुबह वहीं दीवानजी की लाश पड़ी हुई मिली, जहाँ पर वह डूबकर मरी थी। उसके बाद सरूपा फिर नहीं दिखाई दिया। वह फरार हो गया था। पुलिसवालों की त्यौरियाँ चढ़ गई थीं। आगरा से पुलिस का एक खास दस्ता आया था और जोर-शोर से तहकीकात शुरू हुई थी।

...सन् 1916 में लॉर्ड चेम्सफोर्ड वायसराय होकर आए। सन्1916 में रौलट एक्ट पास हुआ। रौलट एक्ट के पास होते ही आंदोलन ने भी तेजी पकड़ी। जनता के आंदोलन को बड़ी बेरहमी से कुचला गया। महात्मा गाँधी ने एक्ट के विरोध में सत्याग्रह किया। और 13 मार्च, सन्1919 को जलियाँवाला बाग में निहत्थे और निर्दोष लोगों का कत्लेआम हुआ। जनरल डायर ने बेरहमी से बच्चों, बूढ़ों, औरतों और आदमियों को भून डाला...

...पुलिस के आदमी के कतल की वारदात होते ही बस्ती पर बेहद जुल्म ढाए गए। निर्दोष लोगों को पकड़कर पीटा गया। सरूपा की माँ को बहुत सताया गया। सरूपा का अता-पता जानने के लिए उसे उलटा लटका दिया गया। पूरी बस्ती में आतंक छा गया। पुलिस-चौकी पर हर वक्त गारद तैनात रहती। किसी की मजाल नहीं थी कि चूँ भी कर जाए। पुलिस जिसको चाहती, सताती थी, बेइज्जत कर देती थी। आए दिन जिला-अफसरों के दौर होते थे और पाँच-सात आदमियों को हर बार शक में गिरफ्तार करके सामने पेश किया जाता था।

...लॉर्ड इर्विन के जमाने में गाँधी जी ने आज्ञा-भंग आंदोलन का सूत्रपात किया। लाहौर-काँग्रेस में पंडित नेहरू द्वारा पूर्ण स्वतंत्रता का प्रस्ताव रखा गया...

...बस्ती में बढ़ते अत्याचारों को देखकर वैद्य तुलसीराम ने ज़िला अधिकारियों के पास फ़रियाद की। बहुत दौड़-भाग की, पर नतीजा कुछ न निकला। वैद्यजी ने यहाँ तक कहा–'साहब, हमारी बस्ती से पुलिस अब भी हटा ली जाए, तो हम सुखी हो जाएँगे।' नक्कारखाने में उनकी आवाज तूती की तरह होकर रह

गई। उन्हें यह कहकर भी डराया गया कि ज्यादा बक-बक करोगे तो जेल में डाल दिए जाओगे। और तब इस बस्ती को डाकुओं को इलाका करार दे दिया गया। यह कहा गया कि जमनापार के डाकुओं से यहाँ के लोगों का साथ है। इस बस्ती को बेहद बदनाम किया गया। किसी के घर से पिस्तौल बरामद की गई और किसी का डाकुओं के गिरोह से सम्बन्ध बताकर फाँस लिया गया। किसी के घर से नाजायज शराब बनाने के भभके निकाले गए। किसी के घर से डकैती का माल बरामद किया गया...और इस तरह पुलिस ने लोगों का जीना हराम कर दिया।

...सन् 1931-36 के जमाने में लॉर्ड विलिंगडन वायसराय हुए। चुनाव के लिए प्रत्येक जाति को अलग-अलग सीटों का हक दिया गया। अछूतों को हिन्दुओं से अलग माना गया...

जिन दिनों बस्ती में जुल्म ढाए जा रहे थे, उन्हीं दिनों कुछ छोटी जातियों के लोगों–कोरी और चमार–तथा बिसातियों की खिचड़ी अलग पकने लगी। वे लोग पुलिस के खैरख्वाह बन गए। उनकी हिम्मत यहाँ तक बढ़ी कि एक चमार ने ठाकुर नरपत सिंह को भरे बाजार गालियाँ दे दीं। पुलिस के साये में पलते हुए इन लोगों से कुछ कहा भी नहीं जा सकता था। बस्ती में किसी की इज्जत इज्जत नहीं रह गई थी...

धीरे-धीरे बस्ती के कारबार ठप्प होने लगे। हर आदमी इज्जत चाहता है, चैन से रहना चाहता है। माहौल बहुत बिगड़ चुका था। कब किसकी पगड़ी कौन उछाल देगा, कुछ पता नहीं था।

एक-एक कर महाजनों के घर बस्ती से उठने लगे। वे अपना कारोबार उठाकर आस-पास के इलाकों में बिखर गए। ठाकुर नरपत सिंह का घराना भरतपुर की तरफ चला गया। वैद्य तुलसीराम अपना दवाखाना उठाकर आगरा चले गए।

...इतिहास लिखा जाता रहा–अत्याचार और नृशंसता का इतिहास। आजादी का संघर्ष भी चलता रहा। और दंगे-फसाद भी हुए। सन् 1940 में जिन्ना साहब ने पाकिस्तान की योजना पेश की। देश का बँटवारा हुआ और तमाम इलाके वीरान हो गए। घर-गृहस्थियाँ बरबाद हो गईं। लाखों-करोड़ों लोग बेघरबार होकर भटकने लगे। बेहद बरबादी हुई...

...और उन अत्याचारों के बीच यह बस्ती धीरे-धीरे उजड़ती गई। जिन लोगों ने इसे बसाया था, वे इधर-उधर आस-पास के इलाकों में बिखर गए। काम-धन्धे चौपट हो गए। जिसे जहाँ सहारा दिखाई दिया, वहीं चला गया। यहाँ की रौनक खत्म हो गई। मेले-तमाशे बन्द हो गए।

सरूपा का कुछ पता नहीं चला। पुलिस बहुत दिनों तक उसकी टोह में रही। डाकुओं के गिरोह भी उसे अपने साथ मिलाने के लिए खोजते रहे, पर उसका कोई पता नहीं चला। सब बरबाद हो गया। बरसों के लम्बे अरसे में यह बस्ती पहले तो बदनाम हुई, फिर उजड़ गई।

...सन् 1947 में देश आजाद हुआ। इतिहास बदला, पर आज भी इतिहास कागजों पर लिखा जा रहा है।

...और ऐसी तमाम बस्तियाँ धरती पर अपनी कहानियाँ लिखती जा रही हैं।

बादशाहों और शहंशाहों की छोड़ी हुई बस्तियों की कहानियाँ सबने सुनी होंगी, पर हिन्दुस्तान के दूर-दराज इलाकों में ऐसी बस्तियाँ भी हैं, जिनके बारे में किसी ने नहीं सुना होगा।

बादशाहों की बस्तियों को खोदने से बेशकीमती मूर्तियाँ, सिक्के और कीमती चीजें निकलती हैं, पर इन बस्तियों को खोदने में जुल्म और सितम की निशानियाँ निकलती हैं।

इतिहास बराबर लिखा जा रहा है।

और ये कहानियाँ भी बराबर लिखी जा रही हैं।

(दिल्ली, 1960)

सीने का दर्द

अभी मैं जिसके पास से लौटा हूँ, तस्वीरों का यह एलबम उसी ने दिया है।

...मेरा मन बहुत उदास है। इस वक्त मैं सिर्फ तकिए में सिर छिपा कर चुपचाप लेटा रहना चाहता हूँ और चाहता हूँ कि कॉटेज की सीढ़ियों पर किसी भी मरीज की आहट न हो। न कोई फोन आए और न इमरजैंसी का कोई केस। पर रात के राउंड पर मुझे जाना होगा। हर मरीज मेरी राह देख रहा होगा। मुझे देखकर मरीजों के चेहरों पर धीरज के भाव आ जाते हैं, उनकी दर्द-भरी आँखों से राहत की किरनें फूटने लगी हैं...किरनें!

पर मुझे देखकर किरन अधीर हो उठी थी...बिस्तर से तो नहीं उठ पाई, पर उसके चहेरे पर दर्द की छायाएँ और भी गहरी हो गई थीं। साफ तकिए पर किरन सिर रखे चुपचाप लेटी थी। उसके वही भूरे-भूरे बाल एक तरफ से ढीले होकर माथे पर उठे हुए थे और बहुत ही ढीले बँधे हुए रूखे-रूखे जूड़े के बाल पंखे की हवा में रेशमी डोरों की तरह फिसल रहे थे। मैंने उसे दरवाजे से घुसते ही देखा तो वह एकाएक बहुत विचलित-सी हुई थी, फिर धीरे से मुस्कराई थी और उसकी थरथराती हुई उँगलियों ने माथे पर आई पसीने की बूँदों को हल्के से पोंछ लिया था। कुछ क्षणों बाद प्रकृतिस्थ होते ही सबसे पहले उसने कहा था "रिसीवर नीचे रख दो!"

मुझे कुछ बुरा भी लगा था...और किरन की पुरानी आदत की याद आ गई थी–जो बात गैर-जरूरी होती थी, उसे वह पहले करती थी और जरूरी को बाद में। आज तीन साल बाद मिलने पर पहली जो बात उसके मुँह से निकली, वह यही कि रिसीवर नीचे रख दो। मैंने पहले की तरह ही उसकी बात मान ली और टेलीफोन का रिसीवर नीचे रख दिया। शायद वह नहीं चाहती थी कि इस वक्त उसे कोई परेशान करे...क्यों कि आज तीन साल बाद हम मिल रहे

थे। मैं सोच रहा था कि अब वह मुझसे बैठने को कहेगी कि वह बोली, "जयन्त ज़रा परदा खिसका देना...प्लीज..."

हालाँकि मैं यह सोचकर नहीं गया था कि किरन बड़े जोर-शोर से मेरा स्वागत करेगी, क्योंकि वह बीमार थी, पर इतना तो सोच ही रहा था कि वह शायद मुझसे मेरे बारे में बहुत-सी बातें करेगी...उसकी आँखों में कुछ पुरानी बातों की यादें उमड़ेंगी और वह मुझसे कम से कम यह तो पूछेगी ही कि फ्रांस में दिन कैसे बीते...वहाँ डाक्टरी की पढ़ाई और यहाँ की पढ़ाई में क्या फर्क है?... जिन्दगी कैसी है वहाँ....पर डेढ़ घण्टा बैठने पर भी उसने कुछ नहीं पूछा, हारकर मैंने ही उसके बारे में पूछता रहा कि विश्वविद्यालय में तुम्हारा मन लग रहा है या नहीं....पढ़ाते वक्त लड़कियाँ परेशान तो नहीं करतीं। या लड़कियों के हॉस्टल की वार्डेन होने के नाते क्या-क्या जिम्मेदारियाँ हैं?...वह बहुत छोटे-छोटे जवाब देती रही। लगता था उसकी रुचि अपने में भी नहीं है। और जहाँ इतना बेगानापन हो वहाँ मन नहीं लगता, पर न जाने क्यों फिर भी किरन के पास से उठने को जी नहीं कर रहा था...और अब शायद कोई ऐसी बात भी नहीं थी जो की जा सकती थी। एक डाक्टर के नाते मैं उसका हाल पूछ सकता था, पर वह अपनी बीमारी से भी जितनी अलग-अलग दिखाई पड़ रही थी, उसके कारण चिन्ता प्रकट करने का साहस भी नहीं हुआ।

आखिर वह बोली, "तुम्हें अपने मरीजों को देखना होगा...अच्छा तुम्हें एक चीज दे दूँ... वह अलमारी खोलो, बीच वाले खाने में काला-सा एलबम है, उसे उठा लो?"

मैंने उठकर अलमारी खोली।

एक बार किरन की तरफ देखा और फिर अलमारी को, जैसे शायद मैं यह विश्वास नहीं कर पा रहा था कि बत्तीस बरस की किरन की यह अलमारी हो सकती है।...उसमें कुछ कापियाँ और किताबें थीं...और वही अलार्म घड़ी जो दसवीं का इम्तहान देते वक्त किरन इस्तेमाल करती थी। गर्ल्सगाइड का वही स्कार्फ जो पहन कर बड़ी शान से वह जाया करती थी। रंगों का वही पुराना डिब्बा रखा था, जिससे किरन ने लक्ष्मीबाई और सीता की अग्नि परीक्षा वाली तस्वीरें बनाई थीं। वह गुड़िया भी मौजूद थी जिसकी शादी का इन्तजाम उसने बचपन में किया था पर उसकी सहेली शोभा लड़कर अपना गुड्डा लेकर चली गई थी, और मैं पंडित बना शादी कराने का इन्तजार करता रह गया था।

तभी किरन की आवाज आई, "औरतों की चीजें नहीं देखते। एलबम उठा लाओ..." 'औरत'...यह शब्द बड़ा अटपटा-सा लगा था। एलबम उठाते-उठाते गहरी नजरों से मैंने अलमारी को फिर देखा। और न जाने क्या-क्या था उस अलमारी में। इतनी चीजें और इस बेतरतीबी से पड़ी थीं कि कुछ भी एक नजर में साफ नहीं होता था। मेरा मन पुरानी तारीखों में भटकने लगा...मैंने बहुत चाहा कि किरन से कुछ वे बातें करूँ जो गुजर चुकी हैं पर नहीं कर पाया। एलबम निकालकर मैं कुर्सी पर बैठ गया और ज्यों ही बीच से खोला तो मुझे अपनी वह तस्वीर दिखाई पड़ी जिसमें मैं बेस्ट स्काउट होने का इनाम ले रहा हूँ!...आज से पन्दह साह पहले की बात! मैं इण्टर में पढ़ रहा था। और किरन बी. ए. में पहुँच चुकी थी...किरन मेरी हर बात में रुचि लेती थी...मुझे इनाम मिलना था इसलिए वह भी उस समारोह में आने वाली थी। मुझे खूब याद है, दो दिन पहले ही किरन ने कहा था, "ए जयन्त, प्राइज लेने मेरे साथ चलना...समझे!"

पता नहीं क्यों तब मैं कुछ भी समझ नहीं पाता था, किरन मुझसे दो साल बड़ी थी, सीनियर थी लेकिन फिर भी वह मेरे पीछे लगी रहती थी...कभी अकेले में बैठा कर मेरे बालों पर हाथ फेरती...मेरे नाखून देखती और शरमा-शरमा कर मुस्कराया करती थी...पर प्राइज वाले दिन उसे बुखार आ गया था और मैं अकेला ही गया था। लौटकर अपने घर जाने से पहले मैं किरन के पास पहुँचा था और उसने मेरे पुरस्कार वाला कप अपने तपते हुए हाथों में नरम कबूतर की तरह दाब लिया था और कई क्षणों तक मुझे देखती रही थी।

मैंने उसके माथे पर हाथ रखा...वह बुरी तरह जल रहा था। मैंने पूछा था, "माथा दुःख रहा है?"

"हाँ" उसने कहा था, फिर कप मुझे देते हुए बोली थी, "इसे बहुत संभाल कर रखना..." मैं उसके सिर के पास चिपका हुआ बैठा था और उसकी जलती हुई साँसें महसूस कर रहा था। किरन दर्द से कराह रही थी। मैंने सिरहाने से बाम उठाकर उसके माथे पर लगाया तो उसने आँखें मूँद ली थीं। पसीजे हुए पलक तितली की तरह थरथरा रहे थे। मैंने पूछा था–

"कुछ आराम मिला!"

"हूँ" कहने के एक क्षण बाद ही वह फिर कराही थी और उसने दोनों हाथ अपने सीने पर कस लिए थे...उसकी साँस तेज हो आई थीं।

मैंने कुछ घबराकर पूछा था, "क्यों, कहीं और दर्द हो रहा है?"

"हाँ...सीने में बहुत दर्द है।" पसीजी हुई पलकें बन्द किए ही वह बोली थी। मैंने उसकी गर्दन के नीचे सीने पर हाथ रखते हुए कहा था, "यहाँ..."

"और नीचे..."

और मेरे हाथ बढ़ाते ही चिटकनी के बटन ढीले टाँकों की तरह खुल गए थे–और किरन की पसीजती गरम देह की गहराइयों में मेरा हाथ काँप कर जड़ हो गया था। मैंने कुछ भी नहीं देखा...किरन ने तकिए में एक ओर मुँह गड़ा लिया था...शायद मेरी अँगुलियाँ कुछ थरथराई थीं और हथेली में ठंडी जलन हुई थी...और मैं चाहे-अनचाहे हाथ नहीं हटा पाया था। सूखते गले से मैंने पूछा था, "अब कैसा लगता है ?"

"राहत-सी मिलती है।" उसी तरह मुँह गड़ाए-गड़ाए किरन बुदबुदाई थी। पता नहीं कब मेरा हाथ उसके हाथ में चला गया और उसने मेरी हथेली अपनी आँखों पर दबा ली थी–फिर नीचे सरका कर अपने ओठों पर फेरती रही थी... मेरी अंगुलियों के पोर उसकी पसीजी बन्द पलकों पर काँपते रहे थे। मेरे जाते वक्त भी उसने आँखें नहीं खोली थीं।

उसके बाद जब भी मैं उससे मिलता, बेहद निकटता महसूस करता और उसके बहुत नजदीक सटकर बैठने की कोशिश में ही रहता...और एक दिन जब वह कुछ उदास थी, मैंने पूछा था-"क्यों क्या हुआ ?" इससे ज्यादा पूछ सकने के लिए शब्द नहीं थे मेरे पास। पर इन सीमित शब्दों में कुछ छिपा हुआ था। किरन कराहने का अभिनय करके मुस्करा दी...

और उसके बाद मुझे डाक्टरी पढ़ने के लिए उसी ने उकसाया था, और मैं दो साल बाद लखनऊ मेडिकल कालिज में चुन लिया गया था...सरकारी वजीफे पर जब विदेश जाने की बात उठी तब किरन ने ही बहुत जोर देकर मेरी अर्जी भिजवाई थी...और मेरी उम्मीद के खिलाफ मुझे जाने का अवसर मिल ही गया था...

उन्हीं दिनों मेरी शादी के लिए कुछ तस्वीरें आई थीं और माँ से लेकर मुझे किरन ने ही एक-एक तस्वीर दिखाई थी, और बोली थी, "क्यों, कोई है, तुम्हारे लायक ?" मैं देखता रह गया था। तक तस्वीर की ओर इशारा करके मैंने मजाक में कहा था, "यह बुरी तो नहीं है।"

तब किरन के चेहरे पर कुछ ऐसे भाव आए जैसे वह मुझे परख रही हो फिर धीरे से बोली थी, "ये तस्वीरें माँ को लौटा देना।" मैंने इनकार किया तो वह लेकर चली गई। धीरे-धीरे ऐसा लगा कि किरन की छाँह मुझसे दूर होती

गई। वह जब भी मुझे देखती तो मेरी आँखों में वह कुछ खोजने की कोशिश करती और खामोश रहती...उसकी वह खामोशी मैं फिर नहीं तोड़ पाया।

विदेश से लौटने के बाद सिर्फ यही पता चला कि किरन ने शादी से इनकार कर दिया है और किसी विश्वविद्यालय में लेक्चरर हो गई है।

आज इलाहाबाद के इस अस्पताल में आए हुए मुझे दस महीने से ऊपर हो रहे हैं। पर मुझे किरन की याद नहीं आई...माला यहीं थी, शायद इसलिए भी। जब से माला कुछ दिनों के लिए घर गई है, तब से रोज मुझे किरन का ध्यान आता था, पर मैं उससे अकस्मात ही मिलना चाहता था...लेकिन ऐसा नहीं हो पाया और आज सुबह जब मैं अपने को नहीं रोक पाया तो मैंने उसके विभाग में फोन किया और मुझे पता चला कि वह बीमार है और अपने हॉस्टल के कॉटेज में है...पता नहीं क्यों मैं चला आया। कभी-कभी पुरानी यादें लम्बी दूरियों तक खींच ले जाती हैं...और बड़ी पीड़ा दे जाती हैं।

वहाँ बैठे-बैठे किरन ने मुझे एलबम आगे खोलकर नहीं देखने दिया...मैं निस्तब्ध उसकी ओर देखता रहा। उसकी आँखों में जैसे दर्द के बादल घुमड़ रहे थे और उसने अपना मुँह तकिए में गड़ा लिया था...मैं नहीं जानता कि किरन के बारे में क्या सच है और क्या झूठ...पर इस तरह लेटे देखकर मेरी आँखें भर आई और मैंने पूछा, "तबियत कैसी है।"

किरन ने अपनी फूलती साँस को सँभालते हुए बस इतना ही कहा, "बहुत तरह के दर्द हैं सीने में..."

और यह उसका दिया हुआ एलबम सामने खुला हुआ है। इसमें मेरी ही तस्वीरें लगी हुई हैं...यह मेरा इतिहास है। बचपन से विदेश जाने तक का ... इस एक पन्ने पर अखबार की वह कटिंग भी लगी है, जिसमें मेरा चित्र छपा है और विदेश जाने की सूचना है...डिग्री वाली तस्वीरें हैं...किरन को जितनी तस्वीरें मिल सकीं वे सब समयानुसार लगी हुई हैं जैसे कि वह खामोशी से मेरे जीवन के हर कदम का अनुसरण करती रही है। इस पृष्ठ पर वे तस्वीरें हैं जो मेरे विवाह के लिए लड़कियों के घरवालों ने भेजी थीं ...और इसी पृष्ठ पर एक कोने में एक तस्वीर की जगह खाली है–कोने लगे हुए हैं, पर तस्वीर नहीं है।

मैं चुपचाप लेटा रहना चाहता हूँ। कुछ भी करना नहीं चाहता था और यह. ..यह मुसीबत... फोन की घंटी...मैंने पहले ही सोचा था कि रिसीवर उठाकर नीचे रख दूँ; लेकिन, अब तो इसे उठाना ही पड़ेगा। हो सकता है किरन का हो। मन कहता है उसी ने फोन किया होगा, क्योंकि वह सामने कभी ज्यादा बात नहीं करती।

"...यस, जयन्त! कौन...सिस्टर, क्या बात है? बहुत ज्यादा खराब है बैड नम्बर तीस... कौन मरीज है?...हूँ...वकील साहब की माँ!...क्या...बहुत सख्त दर्द है...सीने में...अभी आता हूँ!"

स्थेटिस्कोप भी न जाने कहाँ है...वक्त पर कोई चीज नहीं मिलती। अब तो जाना ही होगा उन बूढ़ी मरीजा को देखने...सीने में दर्द है! पता नहीं कैसा है यह सीने का दर्द...कौन-सी कमी है जिन्दगी के तन में कि यह दर्द बार-बार उभरता है...हर उम्र में उभरता है।...और हरेक के उभरता है...

(मैनपुरी, 1957)

थानेदार साहब

दया नामक सद्वृत्ति और अक्ल नामक शक्ति ऐसी दो दुर्लभ वस्तुएँ हैं, जो किसी-किसी के हिस्से में पड़ती हैं। रिटायर होने पर तो सभी पुलिस अफसरों और न्यायधीशों को दयावान् और अक्लमन्द होते देखा गया है पर अपने कार्यकाल में भी इन विभूतियों को ये दो दुर्लभ वस्तुएँ आसानी से मिल जाती हैं।

थानेदार साहब बजरंग बहादुरजी को भी दयावान् और बुद्धिमान् की उपाधियाँ मिली हुई थीं। बात असल में यह थी कि रिटायर होने पर तो सभी पुलिसवाले अपने किए हुए अत्याचारों और पापों का प्रायश्चित्त करने के लिए भगवान् की तरफ लौ लगाते हैं, पर थानेदार बजरंग बहादुर अभी से ही धर्म-कर्म, पूजा-पाठ इत्यादि में लवलीन रहते थे। जुल्म करने का हक और अक्ल को ताक पर रखकर काम करने की इजाजत दे दीजिए तो दयावान् और बुद्धिमान् बनते कितनी देर लगती है! क्योंकि ये दोनों ही अधिकार महकमा पुलिस को जन्मजात मिले हैं, इसीलिए इस हमकमे में दयावानों और बुद्धिमानों की कमी नहीं। नौकरी करते वक्त यदि ये गुण न भी दिखाई दिए तो अवकाश प्राप्त करते ही बरसाती घास की तरह अपने-आप पनपने लगते हैं।

अपने मातहतों में थानेदार बजरंग बहादुर बुद्धिमान् मशहूर थे और जनता में दयावान्! भला ऐसे पवित्र आत्मा मित्र के पास ठहरने में हमें सुख क्यों न मिलता, जो कलारी में रहकर शराब को हाथ न लगाता हो, जुल्म होते देख दया से आँखें मीच लेता हो। शाम को हम साथ घूमने जाते तो बगल का छोटा डण्डा घुमाते हुए वे मुझसे कहते, "तुम मेरे साथ महीने-भर रह जाओ तो ऐसा पक्का कर दूँ कि जिन्दगी में कभी गच्चा न खाओ। तुम भी यार, दस दिन के लिए रस्म पूरी करने आए। पुलिस वालों के साथ रहकर आदमी हर फन में पक्का हो जाता है।"

"हाँ, चोर-डाकुओं की मिसाल सामने है, आखिर तुम्हीं लोगों का साथ..." गिरीश बोल पड़ा, "इन्हें बख्शो भाय! दो-चार नादानों को भी दुनिया में रहने दो।"

बात सुनकर बजरंग बहादुर ने दूसरा रास्ता पकड़ा, "पुलिस की नौकरी के लिए दो चीजें चाहिए, अनुशासन और साहस! इन्हीं दो गुणों से..."

गिरीश ने बात काट दी, "साहस, यानी कलफ लगी बेशिकन वरदी और अनुशासन यानी खुदमुख्तारी, है न?" बात सुनकर बजरंग चिढ़ गए। कुछ तैश में बोले, "पहाड़ के नीचे आ जाओगे तो पता चलेगा। आराम से दफ्तर में बैठते हो न! कातिलों और डकैतों के फेर में पड़ो तो पता चले..." फिर जूते को दबाते हुए बोले, "इसी तहसील के नामी डाकू सरनामसिंह के लिए एक हजार का इनाम था। जिन्दा पकड़ना था। आठ खून और सैकड़ों डकैतियों का जुर्म था..." अपनी आदत के मुताबिक मुलजिम के कारनामों में अधिक दिलचस्पी लेते हुए वे सुना रहे थे, "उसका पकड़ना शेर को पकड़ना था, लेकिन साहब पीछा किया। अक्लमन्दी से हिम्मत बाँधकर..."

गिरीश ने फिर उनकी बात काट दी, "पिस्तौल में हिम्मत भरकर और पेटी से अक्ल बाँधकर!"

बजरंग ने उसका वार जैसे नाकाम करते हुए कहा, "नहीं जी, हम सादी पोशाकों में थे और पिस्तौल नहीं, भाले लेकर गए थे।" बजरंग ने अपनी बुद्धि से लाजवाब तर्क पेश किया था, जैसे भाला और सादी पोशाकवाले की हिम्मत और अक्लमन्दी में कोई शक नहीं किया जा सकता।

मनुष्य की सामर्थ्य पर अविश्वास हो जाने के बाद उसकी किसी बात में रस नहीं रह जाता। कुछ ऐसा ही हुआ। बात दिलेरी के किस्सों से मुड़कर कपड़े और खाने-पीने की चीजों के भाव पर आ गई और अन्त में निष्कर्ष यह निकला कि सिर्फ डालडा घी के कारण कौम निकम्मी, बोदी और कायर होती जा रही है, इससे अच्छा है कि सरसों का तेल खाना पकाने के काम में लाया जाए। इस निष्कर्ष को निचोड़कर निकालने में बजरंग का मुख्य हाथ था।

घर वापस आए तो पुलिस का एक हरकारा बजरंग का इन्तजार कर रहा था। जिला दफ्तर से आया और एस. पी. साहब का एक बन्द, चपरास लगा

लिफाफा लाया था। देखते ही उसने एड़ियाँ चटकाईं और बाअदब लिफाफा बजरंग थानेदार को सौंप दिया।

हम और गिरीश अपने कमरे में चले गए। खाते वक्त बजरंग बहुत खुश थे। आखिर ऐसा क्या कुछ था उस लिफाफे में? बोले, "एस. पी. साहब का इतना भरोसा है मुझ पर..." उनकी खुशी हमें भी अच्छी लगी। वह आगे बोले, "इस इलाके के बदनाम डाकू नत्थूसिंह के बारे में खबर भेजी है कि मैं ही उसे पकड़ सकता हूँ। चिट्ठी में उन्होंने खुफिया रिपोर्ट के सहारे लिखा है कि आज सुबह वह मेरे थाने में घोड़े से दाखिल हुआ है, तीन मील भीतर आकर घोड़ा भी छोड़ दिया और अब शायद तीन-चार रोज बस्ती में रहेगा–बहुत मुमकिन है, किसी जान-पहचान की तवायफ के यहाँ रहे। शनाख्त के लिए जिला रिकार्ड में रखे हुए फोटो और जरूरी जानकारी भी साथ भेजी है। कुमक के लिए पूछा था। मैंने जवाब में लिख दिया कि बाहर की पुलिस हमें नहीं चाहिए।"

"हाँ, जैसे सौ वैसे दस...सचमुच पकड़ना हो तो बात भी है। पुलिस ने बड़ी सरगरमी से पीछा किया...इतनी खबर बहुत है," गिरीश ने कह ही तो दिया! इस बार अपने पौरुष पर अखण्ड विश्वास के कारण बजरंग को हँसी आ गई, बोले, "नाऊ ठाकुर कित्ते बार, कि जिजमान सब सामने आए जाते हैं!"

और दूसरे रोज सुबह से बजरंग की सरगरमी शुरू हो गई। थाने के सब अफीमची-मदकची कान्स्टेबल जमा किए गए। बीस की जमा-पूँजी में सात गायब थे। दो दस्त से बीमार थे, जीते-मरते ग्यारह हाजिर हुए; जिनमें से तीन की वर्दियाँ धुलने गई थीं, एक की पगड़ी में हरी सब्जी बँधकर गाँव गई थी, सो वापस नहीं आई थी। गुस्से में आकर बजरंग ने परेड का हुक्म बोल दिया। दोपहर-भर थाने के आँगन में 'आमलेट' और 'अॅटीज' होता रहा, जिसमें एक गश खाकर गिर पड़ा।

बाकी बचे छह और सातवें सवार खुद थानेदार। बिना वर्दीवालों को खुफिया काम सौंपा गया कि वे इधर-उधर जाकर पूरी खबर लाएँ। छह वर्दीधारी रिजर्व में रखे गए कि खबर मिलते ही गिरफ्तारी के लिए रवाना होंगे। अगर जरूरत समझी गई और मौका पड़ गया तो जान पर खेल जाएँगे, जिसका मतलब था कि खतरा हुआ तो बहादुरी से भाग कर वापस आ जाएँगे।

शाम को हम लोग टहलने नहीं जा सके। बजरंग के दूत खबरें लेकर आए थे, जिनकी रिपोर्ट कुछ इस प्रकार थी :

नम्बर एक–'दोपहर दो बजे बाजारवाली सड़क के मुहाने पर था। साढ़े तीन बजे तक करीब 120 आदमी बाजार की तरफ गए और आधे वापस आए। एक आदमी पर शक हुआ वह कुछ परेशानी की हालत में बार-बार दिखाई पड़ता था, पीछा किया–वह जात का कोरी था। कुम्हारों की सराय से उसका गधा चोरी गया था। नाम मटरू, उम्र 35 साल, छोटा कद, काला रंग, इकहरा बदन।

नम्बर दो–'तवायफों के मुहल्लेवाले पनवाड़ी की दूकान पर था। कोई अजनबी चेहरा दिखाई नहीं पड़ा। पनवाड़ी की बिक्री रोज से कम हुई। आज से दस दिन पहले पानों की खपत बढ़ी थी क्योंकि कोई ठाकुर साहब मनबहलाव के लिए आए थे, तब से रोजाना की आमदनी में कोई इजाफा नहीं हुआ-डेढ़ रुपए के पान, बारह बण्डल बीड़ी, दो फुरेरी इत्र और तीन पैकेट कैंची सिगरेट की कुल बिक्री हुई। पान सिगरेट खुदरा बिकीं, एक साथ नहीं मँगायी गई!' कहते-कहते उसने जेब में पड़े दो बण्डल बीड़ियों में से एक टेंट में घुरस लिया और मुँह में भरे पान को चबलाकर फुरती से निगल गया।

नम्बर तीन–'मोटर के अड्डे पर था। जानेवाली मोटर में खराबी हो गई, इसलिए आज छूटी ही नहीं। आनेवाली से सत्तरह सवारियाँ उतरीं, पन्द्रह मरद, एक औरत, एक बच्चा। डिराइवर आज भी पिये हुए था। यह तरबूज और सलाम भेजा है उसने, और कहलाया है कि 'आजकल रंग-ढंग ठीक नहीं हैं। किसी दिन हाजिर हूँगा, नजरें इनायत बनाए रहे।'

नम्बर चार–'हुजूर की कोठी पर ही रहा। मेम साहब का हुकुम था कि मेहमानों की वजह से जमीन पर लेटना पड़ता है इसलिए खाटें बुनकर आज ही तैयार हो जानी चाहिए। बान खरीदने गया, उसने बान दे दिये पर पैसे नहीं बताये, पतलीवाली एक खाट बुन गई है, चौड़ी वाली मसहरी कल पूरी होगी। मेम साहब नाराज हो गई हैं, उनका हुकुम था कि चौड़ीवाली आज तैयार कर दी जाएगी, इसलिए हुजूर, गलती की माफी दी जाए!'

यही सिलसिला अगले दिन भी जारी रहा। बजरंग अपने कमरे में बहुत गम्भीर बने सोच में डूबे रहे, और जो अहम बातें इस सिलसिले में घर के फ्रण्ट पर हुईं उनकी वजह से शाम को बजरंग कुछ निश्चिन्त नजर आए। दोपहर में

बजरंग के गुरुजी ने पदार्पण किया था। गेरुआ वस्त्र, तीन-चौथाई नाक से बालों की जड़ों तक तिलक! आँखों में सुरमा और बेकार लटकते डोरे की तरह चुटिया, पैरों में खड़ाऊँ और रामनामी दुपट्टा। बात-बात में 'हरे कृष्ण, हरे कृष्ण' का स्मरण और उनका महामन्त्र–'केवल भगवान् भय और धार्मिक आचरण ही पाप की ओर से मनुष्य को विरत कर सकता है। पाप के शमन तथा पापी को दण्डित करने का अधिकार केवल उसे है जो धार्मिक वृत्ति का, भगवान् डरने वाला धर्मात्मा हो!'

और सचमुच बजरंग बहादुर भगवान् डरते थे। यह तब पता चला जब वे शाम को शंकर भगवान् की तस्वीर के आगे हाथ जोड़कर खड़े लगातार काँप रहे थे। उनकी अर्धांगिनी थानेदारनी भी निपट पतिभक्त और परमेश्वर-भक्त थीं, इसका पता "संकटमोचन महावीर विक्रम बजरंगी' के प्रसाद से चला जो उन्होंने भीतर से भिजवाया था।

रात होते-होते खुफिया वाले फिर हाजिर हुए और उन्होंने अपनी रिपोर्ट पेश की। कुछ भी सुराग न मिलते देख बजरंग बहादुर का पारा चढ़ गया। आखिर उबल पड़े, "तुम लोग निहायत निकम्मे, डरपोक और कामचोर हो–चार-चार आदमी दो दिन से तलाश कर रहे हैं और कोई पता नहीं लगता! आखिर किस मर्ज की दवा हो तुम लोग? सरकार ने मटरगश्ती करने के लिए रख छोड़ा है तुम्हें? मैं निकलूँ तो एक मिनिट में पता लगा लाऊँ पर मेरा निकलना होगा कि सनसनी फैल जाएगी, जो हाथ आना है वह भी खो जाएगा। काम करना है, वाहवाही नहीं लूटनी है। कल तक अगर कुछ पता न चला तो एक-एक का तबादला हुआ रखा है, दूसरे थानों में पहुँचोगे तो पता चलेगा। दिन में पता नहीं लगता तो रात को लगाओ; कहीं से, कैसे भी लगाओ। सुबह तक पक्की खबर लाकर न दी तो ...हट जाओ मेरे सामने से!"

एड़ियाँ चटकाकर हुक्म के ताबेदार उधर चले गए और धर्म के ताबेदार गुरुजी इधर अखण्ड पाठ पर बैठ गए।

दूसरे रोज सुबह दस बजे सुराग मिला। घर में हड़कम्प मच गया। गुरुजी ने नक्षत्र विचारे और वह दिन थानेदार साहब के लिए खतरनाक घोषित कर दिया।

लेकिन बजरंग बहादुर आखिर मर्द थे। तीन सिपाहियों को साथ लेकर थाने गए। वर्दीवाले छहों सिपाहियों को एकदम तैयार होने का हुक्म दिया, उन्हें सारी बारीकियाँ समझाईं, असली चेहरे पहचानने के लिए बड़े दफ्तर से आए फोटुओं को उनकी आँखों में नक्श किया और अक्लमन्दी और हिम्मत के साथ जिन्दा या मुरदा पकड़ लाने का हुक्म देकर खुद घर लौट आए।

तीन दिन से शाम का टहलना नहीं हुआ था, मेरी तबीयत कुछ ठीक नहीं थी, गिरीश ने बजरंग से कहा तो बजरंग ने असमर्थता जताते हुए जवाब दिया, "मेरा निकलना मुनासिब नहीं। पहली बात तो यह है कि पता नहीं किस पल मुझे जाना पड़े, क्या जरूरत पड़ जाए। दूसरे यह कि मैं निकला तो बाजार में पचास मतलब लगाये जाएँगे, खास तौर से आज...कल फुरसत से चलेंगे।

सूरज अभी डूब ही रहा था कि ऊबकर गिरीश ने पैण्ट और बुश्शर्ट चढ़ायीं और सिगरेट सुलगाकर अकेले ही निकल गया। उधर गुरुजी का अखण्ड पाठ चलता रहा और मैं आधा बीमार, सिर का दर्द लिये खाट पर पड़ा रहा।

बजरंग बहुत परेशान थे। कभी अपने कमरे में घुस जाते, बाहर आते तो पुलिस की पूरी वर्दी में होते, जनेऊ सूँतने की तरह पिस्तौल की पेटी पर हाथ फेरते होते। तीन-चार मिनिट चिन्तित-से घूमते और वापस कमरे में चले जाते। वर्दी उतर जाती और बिहारी लुंगी चढ़ जाती। इसी तरह दो-तीन बार मैंने उन्हें पूरी पुलिस ड्रेस में सिंह की तरह देखा और तत्काल बाद लुंगी में गीदड़ की तरह... एक ही आदमी में क्षण-क्षण कितना परिवर्तन होता है, यह अजीब-सा लगता। उनकी देह का सारा पौरुष चमककर लुप्त हो जाता। आखिर वे मेरे पास आकर बैठ गए। रायफलों और पिस्तौलों की बनावट समझायी, रेंज बताया और कुछ मशहूर पिस्तौलों की कहानी सुनाते रहे, जिनमें से एक उनकी थी।

मैंने कहा, "क्या इन औजारों ने खतरा और नहीं बढ़ा दिया?"

"पहले खतरा पैदा हुआ तब ये औजार बनाए गए..." बजरंग बोले, "इसलिए इनकी जरूरत को नकारा नहीं जा सकता।"

"यानी खतरे को वशीभूत करने के लिए हमने बड़े भय को जन्म दिया और यह भय हमारे साहस को निकम्मा बनाता गया..."

"यह गलत है, इनसे साहस मिलता है..." बजरंग कह ही रहे थे कि पुलिस के एक आदमी ने फुरती से प्रवेश किया। चेहरे पर थकान थी पर निराशा नहीं; बोला, "दीवानजी ने कहलाया है–हुजूर, पाँचों गिरफ्तार हो गए हैं, तीन थाने में हैं, दो पहुँचते होंगे। बस्ती में खलबली मच गई है। हुक्म का इन्तजार है।"

इस बीच गुरुजी कमरे में आ गए थे और थानेदारनी जँगले से दम साधे सटी खड़ी थीं। गुरुजी बोल पड़े, "विजय हुई साहब, विजय हुई... !"

"मैं थाने चलता हूँ... क्या-क्या चीजें बरामद हुईं?" कहते हुए बजरंग भीतर की ओर चले गए। गुरुजी पीछे थे। जँगले से दिखाई पड़ रहा था कि थानेदारनी उन्हें रोक रही थीं और गुरुजी कुछ समझा रहे थे, "अभी भद्रा टली नहीं है, कुछ घण्टों का और योग है, इतना और बरा जाइए फिर कोई भय नहीं है–"

जोश पर ठण्डा छींटा पड़ गया था। बजरंग ने आकर पूछा, "मोटर कितने बजे छूटती है? मुलजिमों को जिला कोतवाली पहुँचाना होगा।"

"आधा घण्टा है हुजूर।" वह आदमी बोला।

"दीवानजी से कहो कि पूरी गारद लेकर पाँचों मुलजिमों के साथ इसी मोटर से रवाना हो जाएँ। मैं किसी और सवारी से पहुँचता हूँ। सीधे हवालात ले जाएँ और खानातलाशी इत्मीनान से ले लें।"

हुक्म पाकर सिपाही चला गया और तब बजरंग के मुँह पर हँसी दिखाई दी। रात में सवारी मिलना मुश्किल था, इसलिए सुबह के मोटर से जाने की बात तै हो गई। और बज़रंग बहादुर भीतर घर में अपनी बीवी से लगातार बातें करते रहे; गुरुजी डेढ़-दो घण्टे बाद बिदाई लेकर चले गए।

रात झुक आई तो बजरंग ने मेरे कमरे में पैर रखा। हाथ में एक फाइल थी। आते ही पूछा, "गिरीश नहीं आया?"

"आता होगा।" मैंने कहा, और वे अपनी उतावली को गिरीश के आने तक नहीं रोक पाये; बोले, "उसे भी दिखाऊँगा, पहले तुम्हें दिखाऊँ।" और उन्होंने अपनी कारगुजारी सुनानी शुरू की।

"ये रही कप्तान साहब की चिट्ठी।" कहते-कहते उन्होंने उसे एक बार मुझे सुनाने के बहाने खुद पढ़ लिया और अहम शब्दों को साफ करके मुझे समझा दिया और इन तीन दिनों के बीच जो कुछ मैंने देखा था उसे भूलते हुए वे अपनी नाकेबन्दी और चतुराई को पेश करने लगे "इन कामों में अक्ल चाहिए, भगवान का भरोसा तो बुजदिलों की चीज है, अक्ल बड़ी कि भैंस! जो काम हिकमत से निकल जाता है वह ताकत से नहीं हो पाता।" कहते हुए उन्होंने डाकुओं

के पाँचों फोटो मेरे सामने कर दिये जो कप्तान साहब के पास से आए थे।

उन तसवीरों को देखा–वे तसवीरें एक ही डाकू की पर अलग-अलग पाँच वेशों में थीं, कोई संन्यासी वेश में थी, कोई अपटूडेट अंगरेजी लिबास में, कोई गँवार के रूप में। मैंने भौंचक्के होकर पूछा, "ये तो एक ही आदमी की पाँच तसवीरें हैं...तुमने कितने आदमी पकड़वा लिये?"

"नहीं जी, ये पाँच अगल-अलग आदमी हैं," –कहते हुए बजरंग बहादुर ने तसवीरें हाथ में ले लीं, पर देखते ही मुँह फक हो गया। घबराये हुए बोले, "ग़ज़ब हो गया...यह तो एक ही आदमी है..."

गिरीश उस रात नहीं लौटा। दूसरे रोज उसका तार मिला 'पुलिसवालों ने डाकू के वहम में जबरदस्ती पकड़ लिया था, अभी छूटा हूँ, घर वापस जा रहा हूँ। सामान लेते आना।'

(इलाहाबाद, 1957)

फरार

उसके सके पैर एक बार थरथराए, शरीर काँप कर रह गया। टाँगों में लपेटी हुई खाकी पट्टियाँ सर्द ओस में नम हो गई थीं। अकड़ी हुई पेशावरी का फीता एड़ी की नस पर बुरी तरह चुभ रहा था। साफे की लटकन गर्दन में उलझी थी। हाथ की बल्लम की मूंठ उसने एकदम जमीन पर पटकी, और काँपती हुई आवाज में चीख उठा–"जागते रहो!",

चारों तरफ सन्नाटा था, बर्फीली हवा का जोर बढ़ता जा रहा था, तारे बर्फ के चमकदार टुकड़ों की तरह चमक रहे थे, चाँद साबुन के जिलेटिन की तरह रैपर में छिपा था। सड़क का मोड़ कुहरे में डूबा था, म्युनिसपैलिटी का लैम्प धीरे-धीरे एक गज के दायरे में प्रकाश कर रहा था। एक बार वह फिर चीखा–"जागते रहो!" और उसकी आवाज दीवारों से टकराती दूर हवा के साथ बह गई–कोई प्रतिध्वनि नहीं, जैसे सब जहर खाकर लेट गए हों...उसे लगा जैसे वह कोई कमजोरी महसूस कर रहा है....एक आवाज तक नहीं, किसी जागते हुए जोड़े की आपसी बात तक नहीं...इससे अच्छी तो वह बस्ती है जहाँ लुहार, चमार रहते हैं...एक-आध घर से गाली-गलौज, कहीं कुल्हड़ों के फेंकने की आवाज...अगर कुछ भी नहीं तो कम-से-कम ओढ़ने के अभाव में सर्दी लगने पर कुलबुलाते-चीखते हुए एक-आध बच्चे तो रहते ही हैं...उनकी चीख और उनकी पीठ पर पड़े हुए धमाधम दो-चार घूँसे, कुछ हल्के-हल्के कोसना...रात भर कुछ रौनक तो रहती ही है! इतना अकेलापन तो नहीं रहता।

उसने देखा वह रामनरायन मिठाईवाले की दुकान के पास था। चार ईंटें गोबर से लिपे चबूतरे पर एक ओर रखी थीं, काला-सा पटला दीवार के सहारे टिका था, जिस पर वह दही का कूँड़ा और जलेबियों का थाल रखता है। भट्ठी की आग बुझ चुकी थी, कंडे की भुलभुल में एक खजुही कुतिया पूँछ सिकोड़े

लेटी थी, उसने बल्लम की मूंठ से उसकी पसलियों में कोंच दिया, कुतिया चिचयाती दूर भागकर खो गई।

उसे कुछ सहारा-सा मिला। अपनी बल्लम चबूतरे से टिकाते हुए उसने तनिक आराम की साँस ली। चारों तरफ का सन्नाटा सर्दी में सिकुड़ कर जैसे केवल उसके आस-पास भर गया हो, रात का वीरान एकाकीपन उसे बुरी तरह खल रहा था, वह खड़ा था कि कुत्ता भौंकने लगा और उसकी नजर उधर अटक गई, तो देखा एक आदमी सामने वाले मकान के बरामदे में छिपने की कोशिश कर रहा है, इसका सर्द हो गया पौरुष जैसे लौट आया हो, अपनी बल्लम को कसकर पकड़ते हुए उसने रौबीली आवाज में पुकारा–"कौन है?"

उत्तर न मिलने पर वह उधर बढ़ा, तो देखा आदमी लौट पड़ा था, कुछ भड़कते हुए उसने पूछा–"कौन हो तुम?"

"कुछ नहीं, ऐसे ही लेटने की जगह देख रहा था।"–उस आदमी ने तनिक घबराहट से कहा।

"इस वक्त और लेटने की जगह!" घूरते हुए परसराम पहरेदार ने कहा और उसके नजदीक आकर खड़ा हो गया।

हाँ, मेरे साथी बिछुड़ गए थे और मेरे पैर में चोट है..." उस आदमी ने कहा।

"तो?" परसराम ने कहा।

"सोचा कि रात यहीं काट लूँ, सुबह अपने रास्ते चला जाऊँगा, इजाजत हो तो पीठ टेक लूँ।"

"पर बगैर ओढ़ने-बिछौने के कैसे इस ठंडे खरंजे पर पड़े रहोगे...और तुम्हारी टाँग से तो शायद खून बह रहा है।"

"हाँ पुराना घाव है, ज्यादा चलाई पड़ने पर रिसने लगता है।"

"तब तो तुम्हें काफी तकलीफ होगी, चलो रात मेरी कोठरी में काट लेना ...यहीं पास ही है।" परसराम बोला। उस आदमी की काँपती हुई टाँगों, बहे हुए गेरुए खून और कभी-कभी 'कर' से बज जाने वाले दाँत–सबको देखकर उसके हृदय में निरीहता-सी आ गई...यह एक वकील का मकान है...उसी का यह बरामदा है ...वह कितने आराम से गर्म बिस्तरे में पड़ा होगा और एक यह बेचारा...शायद सुबह तक इस ठंडक में ऐंठ जाता। वह आदमी लंगड़ाता हुआ नीचे उतर आया। कुछ सहमी-सी नजर से उसने परसराम को ताका और बोला, "नहीं, मैं यहीं लेटा रहूँगा!"

"जान देनी है क्या... ? जल्दी लपक आओ...यहीं पास ही तो है कोठरी !"

लंगड़ाता-सा वह आदमी उसके साथ चलने लगा, पर उसकी चाल से इतना अवश्य मालूम पड़ता था कि इसके पैर बहुत चलने के आदी रह चुके हैं। परसराम ने तो जैसे अपनी थकान से छुट्टी पा ली हो, वह उसी के साथ-सा बढ़ता जा रहा था।

"कहाँ से आए हो ?" परसराम ने पूछा।

वह आदमी खामोश रहा, उसके कुछ पीछे चलता रहा, उसके दिमाग में कुछ आया–वह पहरेदार है। इतनी रात में मुझे पाकर उसे कुछ शक तो नहीं हुआ। यह किधर ले चल रहा है, शायद इसके मन में कुछ और है, क्यों न पीछे से भाग लिया जाए, इसकी बल्लम बड़ी आसानी से छीनी जा सकती है। कमजोर तो है। पर पुराना मालूम पड़ता है। शायद इस लालच से चल रहा हो कि कुछ मिल जाएगा। पर है कहाँ कुछ भी मेरे पास। हो सकता है इसने मुझे मामूली राहगीर समझा हो, पर मेरे बहते खून पर तरस खा गया हो।

"बहुत खामोश हो ?" पीछे देखते हुए परसराम ने कहा।

"कितनी दूर है अभी ?" उसने पूछा।

"बस पहुँच गए।" कहकर एक अंधी कच्ची गली में मुड़ कर कुछ दूर चलकर एक घर के तले वह रुक गया। उसने दियासलाई जलाई और चाबी घुमाई। छोटे-से खूंटे से बंधी बकरी मिमिया उठी। खाई हुई पीपल की टहनियाँ बिखरी हुई थीं, भीतर घुस कर उसने ढिबरी जलाई और मैली दरी को एक-सा करने लगा। ढिबरी की रोशनी में कोठरी कुछ चमकने लगी। दीवार के कोने से लगा हुक्का रखा था, एक-आध पीतल के बर्तन और मिट्टी की अंगीठी भी वहीं थी। दरी के नीचे तसले का सिरहाना बनाकर उसने कहा, "लो, इधर आ जाओ, यहाँ, इस पर !"

वह आदमी थका-सा दरी पर बैठ गया। अपने पैर को दबाता हुआ बोला, "और तुम ?"

"मैं तो अभी चला जाऊँगा, सबेरे हाजिरी भी देनी है न।"

"पर सर्दी तो बहुत है।"

"नौकरी भी तो है। तुम आराम करो।"

"पर मुझे मुँह-अंधियारे जाना है।"

"तो कौन-सी दिक्कत है, आराम से चले जाना।"

उस आदमी के दिमाग में कुछ घूम गया। इस बात का क्या मतलब है? यह इतना मेहरबान क्यों हो रहा है? और इसका इरादा क्या है? तभी टन-टन करके

तीन के घंटे बोले। एक गहरी साँस लेते हुए परसराम ने कहा, "चलो तीन घंटे तो बज गए...दो घंटे और..."

अपनी टाँगों को सूती दोहर से ढकते हुए वह आदमी लेट गया। परसराम ने भी अपनी टाँगों को कुछ ढीला कर दिया। कोठरी में गर्मी थी, कुछ आलस-सा आ गया। थकान एकाएक उभर आई थी-क्या नौकरी है पहरेदार की भी! उल्लुओं की तरह रात भर जागना और चीखना। और आदमी भी कितना डरपोक हो गया है...पैसे के कारण डरता है, रखवाली करना चाहता है...क्या रखवाली होती है इस तरह...कुत्ते भी तो चीखते ही रहते हैं रात भर। तभी बगल की कोठरी का लड़का चीख उठा था, उसकी माँ गालियों के साथ बड़बड़ाई। परसराम का शरीर भी कुछ आराम चाहने लगा। एक बोरे पर वह भी लुढक गया, सोचा सबेरे उठकर हाजिरी हो जाएगी, कौन आता है इस वक्त गश्त को, इस सर्दी में, जो पकड़ा जाएगा। उसने एकदम उस आदमी की तरफ ताका और पीठ बोरे पर टिका दी। वह भी परसराम को देख रहा था। परसराम महसूस कर रहा था कि वह आदमी शायद कम बातचीत पसन्द करता है। एक बार गर्दन टेढ़ी करके उसने फिर उसे देखा कि शायद झपक गया हो। पर वह भी उसे ताक रहा था। ढिबरी जल रही थी और दोनों लेटे जाग रहे थे–परसराम को उसकी नजरें तीखी लगीं। तभी वह बोला, "यह दीवार जिसके सहारे तुमने छप्पर डाला है, डेढ़ ईंट की मालूम पड़ती है...किसका घर है यह?"

"अरे एक तेली का है, चार पैसे हो गए तो पक्की चाहरदीवारी भर खड़ी कर ली है, भीतर सब कच्चा है।"

"हूँ" कहकर वह खामोश हो गया, और कोठरी के वातावरण में एक संशयात्मक खामोशी छा गई। ढिबरी जल रही थी। दोनों कुछ देर आँख मूँदकर लेटे रहना चाहते थे, पर एक दूसरे को ताक लेते थे–परसराम ने एक बार उधर देखा तो वह जाग रहा था, उसे लगा कि इस तरह उसका बार-बार ताकना ठीक नहीं, क्या सोचता होगा यह...इतनी रात में, जगह की तलाश में घूम रहा था... कोई उचक्का भी हो सकता है...पर तब तो मुझे देखकर भागने की कोशिश करता... पर पैर में चोट जो थी, भागता भी कैसे...पर पकड़े जाने के डर से कुछ बचाव लो जरूर करता। लेकिन क्या? बल्लम जो पास थी। नेक नहीं मालूम पड़ता, जरूर कोई उचक्का है। अगर कोठरी छोड़ कर वह यूँ ही चला गया, तो हो सकता है ये सामान उठा कर ही भाग जाए। ज़रा-सी रकम पर आज-कल जानें तक चली जाती हैं। फिर यहाँ कोठरी में तो सब कुछ है। बदमाश का दिल और अकल न जाने किस वक्त बदल जाए, कुछ ठिकाना रहता है? पर बातों में तो...लेकिन

इसे दीवार की मोटाई की कितनी परख है, कहता है, यह डेढ़ ईंट की दीवार है। सेंध लगाने में उस्ताद मालूम पड़ता है। तभी एक गहरी साँस उस आदमी ने ली। परसराम ने उसे ताका। वह जाग रहा था। उसकी शंका और भी दृढ़ हो गई। यह सोता क्यों नहीं? कैसे ताक रहा है? लगता है मौका ढूँढ़ रहा है।

परसराम को बार-बार अपनी तरफ ताकते देखकर वह शंकित हो उठा। यह पहरेदार है। कहीं पकड़वा न दे। क्या ठिकाना, शायद जेब गरम करने के लिए अभी तक जाग रहा है। और बराबर ताकता है कि मैं कुछ कहूँ। बुरे फँस गए। ज़रा बदन के आराम के लिए कहाँ आ फँसा। अगर इसने पकड़वा दिया तो? अगर इसे मेरे ऊपर शक नहीं तो वह ड्यूटी पर क्यों नहीं जाता? वह यही सोच रहा था, कि कुछ झपकी-सी आने लगी। निरन्तर भाग-दौड़ से थके पैर चकनाचूर थे और घाव भी आराम चाहता था।

आखिर कमरे का संशयात्मक वातावरण गुम हो गया, क्योंकि उसकी आँख लग गई थी। परसराम ने एक बार संकोच से उधर ताका, वह सो गया था, तो वह स्वयं उठकर बैठ गया। ढिबरी के प्रकाश में उसका मुख चमक रहा था, जिस पर थकान थी, दिल की सारी अच्छी और बुरी भावनाओं की हताश धाराएँ उस पर रेंग कर ठहर गई थीं। वह झुका हुआ उसके चेहरे को गौर से देख रहा था।

पाँच के घंटे बज चुके थे।

परसराम चुपचाप उठा। धीरे से किवाड़ खोले और सहारे से बन्द कर दिए। बाहर छप्पर में आया, बकरी को सहलाया और उसके थनों पर छींटा मार कर मिट्टी के कटोरे में दूध दुहने लगा, दूध का कटोरा एक ओर रखकर वह फिर कोठरी में घुसा। हंडिया में हाथ डाला तो खाली लौट आया। कोठरी में अभी अंधेरा था। खपरैल में कहीं-कहीं जाले की तरह प्रकाश चमक रहा था। वह आदमी नींद में था। परसराम सब काम बड़े आहिस्ता-आहिस्ता करता रहा, और फिर निकल कर और किवाड़ वैसे ही भेड़ कर गली में चला गया। किशन के टाट के पर्दे में झाँका तो कोई जागा नहीं था, वह और आगे बढ़ गया–सारी गली के लोग इसी वक्त ठंडक में एक पलक झपका कर आराम की नींद सो पाते थे। सब जगह खामोशी थी। रात भर चीखने वाले बच्चे और कोसने वाली माँएँ थककर अब सो रही थीं। गली के आखीर पर जो कोठरी है, उसी का भगत कुछ तड़के उठता है। परसराम इधर-उधर देखता हुआ वहीं पहुँचा और वापस

आया तो गुड़ के टुकड़े उसकी अंजुरी में थे। लूले की तरह उसने बाँह और घुटने से किवाड़ खोला, भीतर काफी रोशनी थी, ढिबरी की रोशनी पिघल कर सुबह की सफेदी में मिल गई थी।

रात वाला आदमी वहाँ नहीं था।

परसराम को थोड़ा अचरज हुआ। सोचा आँख खुली होगी तो यहीं कहीं गली में चला गया होगा। कोठरी में कोई ऐसी जगह भी तो नहीं...दिशा-मैदान की कोई जगह...कोई नाली वगैरह...दूध के कटोरे को उठाकर उसने गुड़ को डलियाँ करके उसमें डालीं और अँगुली से तोड़-तोड़कर उसमें पिघलाता रहा। सोचा, आग जलाकर दूध गरमा ही दे, तब तक वह आ जायेगा।

दूध गरम हो गया। सुबह की रोशनी काफी फैल गई, पर वह आदमी नहीं लौटा। तब परसराम को थोड़ा होश आया। उसने कोठरी की सारी चीजों पर एक निगाह डाली, सब ठीक थीं, अपनी जगह पर थीं।

तभी वह आदमी आ गया। दोनों ने एक दूसरे को देखा...शक से। परसराम ने चाय उसकी तरफ बढ़ा दी, तो पीते हुए वह धीरे-से बोला, "तुमने इतना विश्वास किया मुझ पर, तो तुम्हें बता ही दूँ..."

"क्या?"

"कि मैं एक फरार बागी हूँ!...मेरे सिर पर दो हजार का इनाम है...मेरे घाव में जहरवाद हो गया है...मैं तो बचूँगा नहीं...फिरंगी की पुलिस से बचकर भागता भी रहा, तो एक दिन यह जहरवाद मुझे मार डालेगा..."

"तो..." परसराम ने पूछा। उसके कान खड़े थे।

"यही कि फिरंगी मेरी लाश के दो हजार रुपए तो देंगे नहीं...मुझे तो मरना ही है तुम मुझे जिन्दा ले जाकर उनके हवाले कर दो...तुम्हें दो हजार मिल जाएगा!" उस बागी ने कहा था।

परसराम उसे देखता रह गया था...

कुछ दिनों बाद खबर फैली थी कि परसराम ने एक बागी को फिरंगियों के हाथों देकर दो हजार रुपए का इनाम ले लिया था और दूसरे ही दिन से परसराम खुद फरार होकर बागी हो गया था।

(मैनपुरी, 1946)

सफेद तितलियाँ

सुमन की कहानी सब लोगों के लिए एक रहस्य ही बनी रह गई। एकाएक वह न जाने कहाँ चली गई, कहाँ खो गई, किसी को कुछ भी पता न था। सरदारीलाल की पत्नी बोली, "सुमन निश्चित ही जसवंत की आत्मा के साथ इस दुनिया से दूर चली गई है। अब हम सांसारिक लोगों के लिए उसे खोज निकालना कठिन ही नहीं, असंभव है। जसवंत की अतृप्त आत्मा उसे साथ ले गई। वे यहाँ इस दुनिया में अपने अरमानों को पूरा नहीं कर पा रहे थे। और फिर आत्माओं का संसार इतना खूबसूरत होगा, कि वे यहाँ रह भी नहीं सकते थे। और सुमन तो उसकी दीवानी ही थी।"

नागपुर से देवबाला के आने के बाद यह चार महीने पहले का किस्सा फिर ताजा हुआ, और सरदारीलाल की पत्नी अपना बयान पेश कर रही थी। उनकी बात सुनकर, देवबाला धीरे से मुस्कुराई। सरदारीलाल की पत्नी को कुछ बुरा लगा। वह बहुत भावुकतापूर्ण ढंग से बोली, "आत्माओं का संसार अलग है। वे हम जैसी नहीं हैं। हम उन्हें नहीं देख सकते और न उनकी ताकत का मुकाबला कर सकते हैं।"

"आप यह कैसे मानती हैं, कि ये सब घटनाएँ अलौकिक हैं, और हमारा कुछ भी वश इन पर नहीं है?" देवबाला ने पूछा।

सुमन के पिता ने जवाब दिया, "जो हमारी आँखों के सामने गुजरा है, उसे हम झूठ कैसे मान लें? इसका गवाह मैं ही नहीं, ये सब लोग हैं। और फिर सुमन का एकाएक गुम हो जाना, और गुम होने से पहले आत्महत्या की कोशिश करना...इससे बात कुछ उलझती जरूर है, पर यह निश्चय है कि जसवंत की आत्मा उसे अपने साथ ले गई। मैं अपनी आँखों पर अविश्वास कैसे करूँ?"

देवबाला ने धीरे से अपना सूटकेस सरका कर उसे खोला, तो सुमन के पिताजी बोले, "आपको तो वह सिर्फ खत लिखती थी। इसलिए आप नागपुर में बैठकर उन सब बातों को नहीं समझ सकती थीं, जो हमने यहाँ होते देखी हैं।"

कुछ खत निकाल कर, देवबाला बोली, "सुमन के इन खतों से आपको उसका हाल मिल जाएगा। और मैं इसीलिए आई हूँ, कि उसके ये खत आपको दे दूँ।"

"आपको जो खत वह लिखती थी, मैंने सब पढ़े हैं, और सरदारीलाल ने भी पढ़े हैं। मैं हमेशा उन्हें पोस्ट करने से पहले खोल कर पढ़ लिया करता था।" सुमन के पिता ने कहा।

सरदारीलाल ने स्वीकृति में सिर हिलाया।

"यह भी तो हो सकता है, कि उसने आत्म-हत्या कर ली हो? देवबाला ने बात को और उलझाया।

सुमन के पिता का चेहरा काला पड़ गया। बड़े दुःख से बोले, "एक बार उसने कोशिश जरूर की थी, पर उसके बाद वह ठीक हो गई थी...और जसवंत की आत्मा बराबर आती रही थी। फिर एकाएक उसका गुम हो जाना इस बात का सबूत है कि वह इस संसार से जीती-जागती कहीं चली गई। आत्म-हत्या करने का कोई सवाल इसलिए नहीं है कि मैंने उस पर कोई रोक नहीं लगाई थी। मैं उसके लिए सब कुछ करने को तैयार था..."

"देखिए, मैं इसी गाड़ी से वापस जाना चाहती हूँ, और चाहती हूँ कि आप सब लोग इन खतों को एक बार फिर पढ़ लें, और सुमन के बारे में जो गलत बातें आपके दिमागों में हैं, उन्हें निकाल फेंके। मैं सुमन की अकेली मित्र हूँ। और मैं आपके इस दिमागी खलल को दूर करने के लिए ही आई हूँ, क्योंकि ऐसा मुझे करना भी चाहिए।"

देवबाला कुर्सी पर बैठी-बैठी, उन लोगों को समझाने की कोशिश कर रही है, पर वे कुछ भी नहीं मान पा रहे थे। बात ही ऐसी है। चार महीने पहले सुमन गुम हो गई थी। और तब से जसवंत की आत्मा भी नहीं आती।

और फिर इसी बंगले की अपनी एक कहानी भी है। और उस पिछली कहानी के बाद एकाएक यह घटना हुई। पिछले लोग समझ ही नहीं पाए। दस महीनों से यह सब होता रहा, और वे कसमसाए-से सब कुछ देखते रहे। और एक दिन सुमन की कहानी भी रहस्य के गर्भ में छिप गई...

शाम होते ही घर में भयानकता छा जाती थी। दीवारें उदास और शंकित लगने लगतीं। लम्बे-लम्बे शीशम के पेड़ों की छायाएँ गहरी होने लगतीं...और अहाते में उगी हुई घास हवा से भी हिलती, तो लगता जैसे वह आ गया। लोगों के मन धक्-से हो जाते, और सन्नाटा छा जाता–ऐसा सन्नाटा जैसे साँप सूँघ गया हो। वह बंगला जितना ही बड़ा है, उतना ही उदास भी। शहर से कटा हुआ है, यह पिछले तीन-चार साल से ही आबाद हुआ है। जब से यह आबाद हुआ है, तब से इसके सम्बन्ध में रहस्य और बढ़ गया है। जब यह खाली था, तब भी इसके बारे में बहुत-सी बातें फैली हुई थीं। पर वे समय के साथ-साथ समाप्तप्राय-सी हो गई थीं। और नवयुवकों को बस इतना ही पता था कि यह खाली पड़ा रहता है, और इसके वारिस पाकिस्तान भाग गए हैं। पर आस-पास के बुजुर्गों को इसकी कहानियाँ याद हैं।

आमतौर से जैसी कहानियाँ प्रचलित हो जाती हैं जिनमें सत्य के स्थान पर कल्पना का अंश ही अधिक होता है, उसी तरह की कथाएँ इसको लेकर भी गढ़ी गई हैं। लोगों का कहना है, यह बंगला–'ऐश महल', एक अधूरे प्रेम की यादगार है। एक नवाब के हुस्नपरस्त, ऐशपसंद बेटे ने इसे बनवाया था, और ऐशो-आराम की सब चीजें यहाँ मुहैया की थीं। वह नवाब का बड़ा बेटा था, लेकिन एक मामूली-सी पर बेहद खूबसूरत औरत के प्रेम में पड़ कर अपना घरबार छोड़ कर, उसकी खातिर चला आया था। उसने एक नई दुनिया बनाने की सोची थी। क्या खूबसूरती थी इस महल की। भीतर दीवारें केसर से रंगी गई थीं, और दूर-दूर से इसे सजाने के लिए कलाकार आए थे। फौवारों में गुलाब-जल बहता था, और तालाब में सफेद बतखें तैरती थीं। और यह सब सिर्फ एक रात की खातिर हुआ था। वह नौजवान अपनी प्रेमिका को लेकर यहाँ आया था। एक रात वे इसमें आराम से रहे थे, और दूसरी रात आने से पहले ही सब तबाह हो गया था। बड़ी भयानक और उदास शाम थी वह–सर्दियों की शाम! तब ये शीशम के दरख्त जवान थे, और घास मखमली कालीन की तरह फैली थी। लम्बे-चौड़े अहाते में सन्नाटा छाया हुआ था, और हल्की-हल्की बारिश हो गई थी। हवा बहुत तेज बह रही थी। और चमेली तथा बेगमबेलिया बुरी तरह काँप रही थीं। बेगमबेलिया के फूल जमीन पर बिछ गए थे, और नमी में सिकुड़ रहे थे। महल की दूसरी मंजिल पर शमादान रोशन थे, और दरवाजों के पर्दे हल्की हवा से काँप रहे थे। धीरे-धीरे धुँधलाहट छा गई, और मोमबत्तियों की रोशनी पनीली होकर बिखर गई। यह दूसरे दिन की शाम थी। पता नहीं, पहली रात क्या हुआ था, कि आज का

दिन बहुत खामोश और दर्द से भरा हुआ था। कौन-सा गम उसके दिल में समा गया था? दूसरी मंजिल की पनीली रोशनी ऐसी लग रही थी, जैसे बादलों से ढँका हुआ आसमान कहीं पर खुल गया हो। और उसी रोशनी में नवाब के उस बेटे के काँपते हुए कदम बाहर आए थे, और वह दूसरी मंजिल से नीचे कूद पड़ा था। कोई आवाज नहीं, कोई चीख-पुकार नहीं। सब इतनी खामोशी और आसानी से हो गया था, कि उसके बारे में किसी खौफनाक अन्दाज की गुंजाइश ही नहीं थी। जैसे यह किसी बहुत बड़ी चोट का बेहद दर्दनाक नतीजा था।

और तब से यह 'ऐश महल' उजाड़ पड़ा रहा, बहुत दिनों तक। लावारिस पेड़ बढ़ते गए, और आवारा घास जाले की तरह उलझती गई। तालाब में काई जम गई, और इसके बरामदे सूने हो गए। उसके कई साल बाद उन्हीं नवाब के कोई दूर के रिश्तेदार इसमें आकर चोरों की तरह रहने लगे थे, और पाकिस्तान बनते ही भाग गए थे। तब से यह और भी वीरान हो गया था।

शहर में आबादी बढ़ने के साथ-साथ यह भी आबाद हुआ, और पाकिस्तान से आए चार परिवारों ने मिलकर इसे ले लिया। अलग-अलग हिस्सों में फिर चिराग जले, और इसका सूनापन दूर हुआ। पर ये चारों परिवार इतने अमीर न थे, कि अहाते को साफ करवाते, और फुलवारी लगाते। बेगमबेलिया की सूखी हुई शाँखें अभी भी मरे हुए साँपों की तरह इसके खम्भों से लिपटी थीं, और लम्बे-लम्बे खम्बे सिर कटे ताड़ के पेड़ों की तरह खड़े थे–काले-काले, बदरंग। दिन में आवारा नागफनी की झाड़ियाँ मौन खड़ी रहतीं। दिन तो सूरज की रोशनी में बेखौफ गुजर जाता, पर शाम होते ही यह इमारत बहुत भयानक लगने लगती, और दयालचंद वाले हिस्से से अजीब-अजीब तरह की आवाजें आने लगतीं। यहाँ बिजली नहीं थी, इसलिए लैम्पों की रोशनी और भी डर पैदा करती। और घास जब हिलती, तो लोग एक सफेद आकृति को उधर से आते देखते, जिधर शीशमों का घना वन-सा था, और नागफनी की बाड़ बहुत घनी थी।

शाम होते ही दयालचंद की विधवा बेटी के पंख लग जाते। वह सफेद साड़ी पहन कर तितली की तरह इधर-उधर उड़ने लगती। वह हर हिस्से में जाती, और सबको दिखा-दिखा कर कहती, "देखो, आसमान में सफेद तितलियाँ उड़ रही हैं...कितनी नाजुक और खूबसूरत! इन्हें छूना मत, मारना मत। ये बद्दुआओं से मर जाती हैं।" और फिर आँखें फाड़कर कुछ सोचते हुए बहुत ही उदासी

से कहती..."दवाइयाँ इन्हें नहीं मार सकतीं। नहीं, नहीं, दवाइयाँ इन्हें नहीं मार सकतीं!" और कभी रोती हुई, कभी बेतहाशा हँसती हुई पागलों की तरह उस अंधेरे में चली जाती, और पुकारती, "आओ, मेरे पास आओ।" और उस अंधेरे में वह सफेद साड़ी में लिपटी पानी में तैरती सफेद मछली की तरह लगती। उसकी आवाजें आती रहतीं। और वह कब लौट कर अपने कमरे में चली जाती, इसका कुछ पता न चलता। सब लोग अपने-अपने दरवाजे बन्द करके बैठ जाते। जब वह अपने कमरे में गुनगुनाती, तब पता चलता कि वह लौट आई है। और उसके बाद उन्हीं झाड़ियों को रौंदती हुई वह आकृति आती, और सीधे, बिना खटके उसके कमरे में दाखिल हो जाती। और दरवाजे बन्द हो जाते। खिड़कियों से बेहद डरावनी रोशनी फूटती। पर कुछ देर बाद कमरे का वातावरण एकदम बदल जाता। सुमन की पतली आवाज आती, "बादलों ने तुम्हें भिगो दिया। नागफनी के फूलों की पँखुरियों ने तुम्हारा कैसा श्रृंगार किया है...देख रहे हो?"

"नागफनी के काँटों की चुभन अभी तक बाँहों में बाकी है।" वह पुरुष-स्वर सुनाई पड़ता। और तब सुमन बड़े प्यार से कहती–"कहाँ लग गए काँटे? लाओ, मैं निकाल दूँ।" फिर सुमन बड़े अरमान से कहती, "हम सितारों के साए में सोएँगे, मैदानों में सोएँगे।" फिर उसका स्वर अवसाद-भरा हो जाता। और वह बड़े दुःख से कहती–"क्यों, क्या हम हमेशा इसी तरह दीवारों में घिर कर जीएँगे, छतों के नीचे अँधेरे में ही एक-दूसरे को देख पाएँगे?...मुझे खुले में ले चलो...खुले आसमान के नीचे, नीली नदियों के किनारे, हँसते फूलों के बीच। बरसते पानी में...मुझे अपने साथ कहीं ले चलो। और जब बिजली कड़के, तब तुम मुझे... तब तुम मुझे..."

"ले चलूँगा...मैं दूसरा जन्म धारण करूँगा, और तुम्हें अपने साथ ले चलूँगा। समय आएगा, सुमन! हम इसी तरह प्यासे नहीं रहेंगे।" वह स्वर कहता।

और तब जैसे सोचते हुए सुमन कहती, "अगर हम हमेशा यहीं मिलते रहे, तो तुम एक दिन मेरे प्रति उदासीन हो जाओगे। मैं जानती हूँ कि यह एकरसता तुम्हें उबा देगी। और मैं अकेली रह जाऊँगी। इस प्राकृतिक शरीर की सुन्दरता प्रकृति के अंचलों में ही जीवित रहती है। सितारों के साए में मैं तुम्हें परीदेश की रानी लगूँगी। नीली नदियों की गोद में मेरा यह तन लहर बन जाएगा, और बरसते पानी में मैं तुम्हारी सिहरन बन जाऊँगी।"

तब वह उसके स्वप्निल पलकों को चूम कर कहता, "मैं तुम्हें ले चलूँगा, सुमन!" और सुमन दार्शनिक की तरह कहती, "खूबसूरती से अधिक बदसूरत

चीज दूसरी नहीं होती। खूबसूरती अपने लिए हमेशा सुन्दर और मोहक साधन चुनती है। वह बदसूरत न होती, तो ऐसा न करती। तन की सुन्दरता ऐसी ही है, जसवंत!"

ऐसी ही न जाने कितनी स्वप्निल बातें सुमन और जसवंत करते। हँसते-खिलखिलाते, और कभी-कभी चुप बैठे रहते। घरवालों और पड़ोसियों की निगाहें चोर-खिड़कियों और दराजों से उन्हें देखतीं।

तब एक दिन सुमन बिफरी हुई निकल कर आई, और पागलों की तरह चीखने लगी–"तुम लोग अगर इस तरह पेश आओगे, तो मैं दूसरी मंजिल से कूद कर जान दे दूँगी। मेरी मौत का इलजाम तुम लोगों पर होगा। भाग जाओ यहाँ से...निकल जाओ।" और उसकी चीखें वहाँ गूँजती रहीं।

उस दिन से शाम के बाद लोगों ने उसके कमरे के पास जाना बन्द कर दिया। लेकिन आपस की कानाफूसी चलती रही।

सुमन के बाप रो-रोकर बताते, "मैंने इसकी शादी बहुत अच्छे लड़के से की थी, पर वह एकाएक मर गया। तभी से उसका दिमाग कुछ खराब हो गया। उसकी मृत्यु के बाद सुमन एकदम गुम-सुम रहने लगी। उसकी तस्वीर लिए यह घण्टों रोती रहती थी। एक रात जब कि हम सब बहुत गहरी नींद सो रहे थे, एक चीख सुनाई पड़ी। हमने जाकर देखा, तो सुमन बेहोश पड़ी थी। बड़ी मुश्किल से हम इसे होश में लाए, होश में आते ही सुमन बड़बड़ाई, 'वह मुझसे मिलने आए थे–आसमान से उतर कर आए थे। उन्होंने मुझसे कहा–'तुम अकेली नहीं हो। मैं रोज मिलने आऊँगा, और एक दिन तुम्हें अपने साथ ले जाऊँगा। तब हमारा दूसरा जन्म होगा, और हम इसी तरह दूसरी जिन्दगी जीएँगे।' उस दिन से इस लड़की को न जाने क्या हो गया। शाम होते ही इसका दिमाग पलट जाता है, और यह पागलों की तरह इधर-से-उधर चक्कर काटती रहती है। कभी रोती है, कभी हँसती है। कभी श्रृंगार करती है, और कभी कपड़े फाड़ डालती है।"

"उसके दिल में गम समा गया है। पर वह कौन है, जो इस तरह रोज उन नागफनी की झाड़ियों से निकल कर आता है?" सरदारीलाल ने रहस्य जानने के लिए पूछा था।

"वह उसके मृत पति की आत्मा है।" सुमन के पिता ने बताया था।

"आत्मा?...कैसी बातें कर रहे हैं आप?" सरदारीलाल ने शंका और भय से कहा था।

तभी सुमन आई थी। और सब के रोंगटे खड़े हो गए थे। पर वह बिल्कुल

सामान्य लग रही थी। ठीक तरह से कुर्सी पर बैठते हुए, उसने कहा था, "हाँ वह मेरे मृत पति की आत्मा है। भगवान इतना निष्ठुर हो सकता है, कि वह उन्हें छीन ले, पर वे इतने कठोर नहीं हो सकते। हमारे सपने अधूरे रह गए। हमारे अरमान पूरे नहीं हो पाए, मौत उन्हें ले गई। पर हमारा अधूरा प्यार जीवित रहा। और वे अब मुझसे मिलने आते हैं। मैं सिर्फ उन्हीं का इन्तजार करती हूँ, और उन्हीं के लिए जी रही हूँ।"

कमरे में सन्नाटा छा गया था। सब चुप थे। सुमन चुपचाप उठकर चली गई। आगे बात करने की हिम्मत किसी को नहीं हो रही थी।

और सुमन का वही कार्यक्रम चलता रहा। दिन में वह घर के लोगों के बीच बैठती, सबसे हँसती-बोलती और काम करती, पर शाम होते ही उसका रूप बदल जाता। वह पगली की तरह इधर-उधर पूरे अहाते में दौड़ती, कँटीली झाड़ियों में से फूल चुनती, और कहती, "देखो, आसमान में सफेद तितलियाँ उड़ रही हैं...कितनी नाजुक और खूबसूरत!"

शाम आने से पहले वह अपना शृंगार करती। सफेद फूलों से अपने को सजाती। सफेद साड़ी पहनती और काले बालों को हथेली पर लेकर कहती, "ये भी सफेद हो सकते हैं...मेरे तन की तरह, सफेद तितलियों की तरह।" और उन्हें झटक कर बड़े यत्न से सँवारती, तरह-तरह के जूड़े बाँधती, जूड़े में सफेद फूल लगाती। शीशे में स्वयं को देख-देख कर मुस्कराती, और जैसे ही अँधेरा होता, वह नागफनी की झाड़ियों की ओर भागती, और आत्मा का आह्वान करती।

तब सफेद कपड़ों में जसवंत की आत्मा धुएँ में लिपटी मनुष्याकृति की तरह आती, और बेआवाज कदमों से सुमन के कमरे में घुस जाती, जसवंत की छाया का आना सभी को शंकित करता, पर वह जिस विश्वास और साहस से आती, उससे सभी के मन पर भीषण आतंक छाया रहता। सुबह होते-होते आतंक की छाया दूर होने लगती, और सुमन भी प्रकृतिस्थ हो जाती। वह एकदम बदल जाती–जैसे कुछ हुआ ही न हो। उसकी स्मृति से रात का वातावरण और घटनाएँ उतर जातीं। भूल से कभी कोई पूछता भी, तो वह आँखें फाड़-फाड़ कर देखती, और कहती..."क्या कह रहे हो? कौन आया था? कोई तो नहीं। यह सब तुम्हारा भ्रम है। मेरे पास कोई नहीं आता–कोई नहीं आता।" और वह कभी-कभी रो पड़ती। पर कुछ दिनों बाद उसने जसवंत से आत्मिक मिलन की बात को स्वीकार करना शुरू कर दिया था, और वह मुक्त होकर कहने लगी थी, "हम पति-पत्नी को कोई अलग नहीं कर सकता। वे मेरे पास आते हैं। तुम लोगों की सांसारिक

आँखें उन्हें सिर्फ देख सकती हैं, पर वह तुमसे बात नहीं करेंगे।"

"जसवंत की आत्मा को किसी रोज दिन में बुलाओ, सुमन," सरदारीलाल की पत्नी ने एक दिन कुछ डरते हुए कह ही दिया था, "वे दिव्य पुरुष हैं...हम ठीक से उनके दर्शन तो कर लें। हमारा तो आत्मा से मिलन और उसकी अमरता पर विश्वास है, सुमन तुम्हारा यह मिलन हमें बहुत सुख देता है।"

सुमन चुपचाप उनकी बातें सुनती रही, और फिर बड़ी पीड़ा से बोली, "चाची जी, सूरज की रोशनी में उनके पंख झुलस जाते हैं, वे नहीं आ सकते। सितारों की रोशनी में वे इसीलिए आते हैं। मैं उन्हें खोना नहीं चाहती। एक बार खो चुकी हूँ। अब नहीं खोऊँगी।"

और सुमन की इस अजीबो-गरीब मनःस्थिति का और अधिक परिचय पाने के लिए उसके पिता उन खतों को खोलकर अवश्य पढ़ लेते थे जो सुमन अपनी मित्र देवबाला को कभी-कभी लिखा करती थी। उसके मन और आत्मा की पवित्रता का बोध उन्हें पत्रों से ही हुआ था, और जसवंत के इस आत्मिक मिलन की गम्भीरता को भी वे इन्हीं पत्रों के प्रकाश में स्वीकार कर पाए थे। सुमन खत लिखकर पोस्ट करने के लिए उन्हें दे देती। और वे सरदारीलाल के साथ उन पत्रों को खोलकर पढ़ लिया करते थे। लेकिन इन सब बातों के बावजूद इस मिलन की रहस्यमयता और अन्त के बारे में सोचकर वे परेशान होते।

सरदारीलाल की पत्नी से बात करने के बाद, सुमन ने देवबाला को लिखा था।

"ये लोग कितने छोटे हैं। मुझे इनकी संकीर्णता पर दया आती है। मेरी एक पड़ोसी चाची जी हैं। वे उन्हें दिन में देखना चाहती हैं। मुझे बहुत पीड़ा हुई, तुम्हीं बताओ देवबाला, मैं यह कैसे करूँ? वे अपने मन के राजा हैं, और देवलोक के वासी, कहीं ऐसी बातें उनसे कही जा सकती हैं? मैं तो उनकी हर भावना और हर इच्छा के लिए जी रही हूँ। इन लोगों के विश्वास को क्या कहूँ? मुझसे जताते हैं कि विश्वास करते हैं, पर पीठ पीछे शंकित रहते हैं। मैं इन्हें कैसे समझाऊँ? कि यह सब क्या है, और यह कि मैं अब इस संसार की प्राणी नहीं हूँ? यहाँ रहती हूँ, खाती-पीती और कपड़े पहनती हूँ, पर, यह मेरा देश नहीं है। मेरा देश और है। अब इन्हें कैसे समझाऊँ? कल वे आए थे। उनके मुख पर वही नैसर्गिक चमक थी, और ओठों पर वही पुरानी हँसी, मुझे सहारा देकर वे बड़े उल्लास से बोले थे, "सुमन, तू यहाँ से चली चल। हम दूसरे लोक में चलेंगे, और वहीं रहेंगे। जब तक सृष्टि जीवित है, हम भी जीएँगे।" मेरी आँखों

में आँसू आ गए थे, मैं बहुत रोई, और वे मुझे चुप कराते रहे। फिर वे उठकर चले गए। आकाश में उनका पथ आलोकित था। आज भी वे आएँगे, इसका मुझे विश्वास है, वे मुझे अब कभी भी नहीं छोड़ सकते। बस, इसी आशा के सहारे फिर जी रही हूँ। मैं चली जाती उनके साथ, पर पिताजी के अकेलेपन का खयाल आता है, और मैं विरह की पीड़ा सहते हुए भी केवल पिताजी के कारण नहीं जाती। वे रो-रो कर जान दे देंगे! बस...इसी तरह जी रही हूँ...धुएँ के बादलों में, पता नहीं, मेरा क्या होगा? कुछ तुम्हीं बताओ न... ?"

और शायद सुमन सचमुच अपने अन्त के बारे में कुछ भी नहीं सोच पाती थी। आखिर उसका यह मिलन उसे कहाँ पहुँचाएगा, उसे क्या मिलेगा, और इस सम्बन्ध की परिणति कैसी और क्या होगी? सुमन प्रति दिन चिन्तित दिखाई पड़ती थी, और उसके चेहरे का रंग उड़ता जा रहा था। दिन भर वह उदास रहती; और शाम को जसवंत के साथ बड़े गिरे हुए मन से बातें करती। घर में और सन्नाटा छाता जा रहा था। अप्रत्याशित घटनाओं की आशंकाएँ जैसे हर कोने में कुलबुलाती रहती थीं। सुमन गिरे हुए स्वर में एक दिन अपने पिता से बोली थी, "अब मैं चली जाऊँगी। यह सब खत्म हो जाएगा।"

"कहाँ सुमन?" पिता ने चीखकर पूछा था।

"मेरा अन्त निकट आ गया है। एक दिन मैं यहीं तुम सब लोगों के सामने समाप्त हो जाऊँगी...मेरा कोई ठिकाना नहीं है, बाबूजी! पता नहीं, वह कौन-सा दिन होगा, और दिन की कौन-सी घड़ी होगी, जिसमें यह सब खेल समाप्त हो जाएगा।" सुमन ने डूबे हुए स्वर में कहा था।

"कैसी बातें कर रही है, सुमन? तुम्हें हुआ क्या है, बेटी?" पिता ने घबराकर पूछा था।

"मैं बिल्कुल ठीक कह रही हूँ, बाबूजी! मैं ऐसी आवाजें सुन रही हूँ, जो मुझे बुला रही हैं। मुझे जाना पड़ेगा। अब मेरे लिए रुकना मुश्किल होता जा रहा है...आप दुखी न होइएगा। मेरा यही होना था.." कहकर सुमन अपने कमरे में चली गई थी। तब अनहोनी घटनाओं के दुःस्वप्न दिखाई पड़ने लगे थे।

और एक रोज रात को जसवंत की आत्मा के चले जाने के बाद, तीसरी मंजिल पर किसी के जाने की आहट मिली, रात अँधेरी थी। शीशम का जंगल धुएँ के काले बादलों की तरह जमीन पर उतरा हुआ लगता था। हवा एकदम बन्द थी। सुमन के पिता ने आहट पाकर, उस आवाज का पीछा किया। वह आहट सिसकियों में बदल गई। वे तेजी से उसके पीछे गए। सुमन तीसरी मंजिल

की मुंडेर पर पाँव रखकर नीचे कूदने ही वाली थी कि उन्होंने उसे पकड़ लिया। और सुमन को जैसे काठ मार गया। वह कुछ भी नहीं बोली–जैसे संज्ञाहीन हो गई हो। वे उसे पकड़कर कमरे में ले आए, उसे लिटा कर रात भर पहरा देते रहे, उस रात सुमन खूब रोई।

सुबह उन्होंने कुछ नहीं पूछा। पर सुमन ने खुद ही कहा, "आपने मुझे नाहक बचाया। मैं इसी तरह मरूँगी, और यह जबरदस्ती की मौत मुझे मरने के बाद भी जीवित रखेगी।" उसकी आँखें फूली हुई थीं, बाल खुले हुए थे उसने कुछ भी खाया-पीया नहीं था।

और तब आशंका-भरे दिनों के बाद सुमन एकाएक गुम हो गई। 'ऐश महल' की वीरानी और भी बढ़ गई और जसवंत का आना बन्द हो गया। पर सरदारीलाल की पत्नी कहती थी, "वे यहीं कहीं हैं, वे एक दिन लौट कर आएँगे।"

लेकिन सुमन के पिता आशा छोड़ चुके थे। सुमन की सब चीजें बेतरतीब पड़ी थीं। वह कुछ भी नहीं ले गई थी।

यह सब चार महीने पहले हो चुका था। और इस घटना को जैसे स्वीकार कर लिया गया था। पर एकाएक देवबाला के आने से यह घटना और अधिक रहस्यमय बन गई थी। और फिर जिस तरह वह बात कर रही थी, उससे सुमन का गुम हो जाना और नए ताज्जुब से भरता जा रहा था।

"हो सकता है कि उसने आत्म-हत्या की हो। पर क्यों, यह मैं नहीं जान पाया," बहुत दुःख से सुमन के पिता कह रहे थे, "जो हो, मुझे विश्वास नहीं होता।"

देवबाला ने सुमन के खतों में से खोज कर एक खत निकाला, और उसे खोलते हुए बोली, "पहले वह मुझे भी यही लिखती रही, कि जसवंत की आत्मा उससे मिलने आती है, क्योंकि वह उसका पति है। वह असमय में ही मर गया था। उसका प्यार अधूरा रह गया था।" फिर खत खोलकर उसने सामने करते हुए कहा, "अब इसे पढ़ लीजिए। इसमें उसने सब कुछ स्वीकार किया है।"

"प्रिय देवबाला! मैं अभी तक तुम सब लोगों को छलती रही। पिता जी ने मेरा विवाह जसवंत से किया था। वह कुलीन था और अच्छे ओहदे पर था। मैंने सोचा था, कि मेरी जिन्दगी एक खूबसूरत सपने की तरह बीत सकेगी। लेकिन ऐसा नहीं हो पाया। उसे सन्तान से चिढ़ थी, और जब-जब ऐसा मौका आया,

उसने मुझे तरह-तरह की दवाइयाँ पिलाकर ऐसा किया, कि मैं माँ न बनने पाऊँ। उसे मेरी खूबसूरती चाहिए थी, और वह कहता था, "यह सुन्दरता कायम रखने के लिए है। मैं तुम्हें हमेशा ऐसी ही देखना चाहता हूँ।" पर, बाला, मेरी सुन्दरता का उपयोग केवल उसके लिए था। मेरे लिए क्या था? मैं अपनी सुन्दरता का प्रतिरूप अपने लिए चाहती थी, लेकिन उसने ऐसा नहीं होने दिया। और मैं घुटती रही। और फिर एक दिन अकस्मात उसकी मृत्यु हो गई, और मेरे लिए अपनी तमन्नाएँ पूरी कर सकने के सब दरवाजे बन्द हो गए।

"लेकिन, मैं ऐसे कैसे रहती? मैं विधवा की तरह पिता जी के पास चली आई। और तब मैंने तुम सबसे छल किया। मैंने पाप नहीं किया, ऐसा मैं मानती हूँ। जसवंत अपनी मौत के बाद मुझे कभी सपने में भी नहीं दिखाई पड़ा। पर मेरी जिन्दगी में वेदप्रकाश एकाएक आ गए। हाँ, जिसे मैंने जसवंत की आत्मा का नाम दे रखा है। वह वेदप्रकाश ही है। और मैंने ही यह तरीका सोचा था कि वे जसवंत की आत्मा के रूप में मुझसे मिलने आया करें। उनके लिए मैंने जसवंत जैसे ही कपड़े बनवाए, और रोज शाम को यह स्वांग रचने लगी–सिर्फ अपनी खुशी के लिए, अपने अधूरे अरमानों को पूरा करने के लिए।

"और, मुझे अब वह प्राप्त हो गया था, जो मैं विवाहित जीवन में प्राप्त नहीं कर पाई थी। और जब मुझे इस बात का एहसास हुआ, कि वेदप्रकाश शायद यह खबर पाकर आना छोड़ दें, और दुनिया के और आदमियों की तरह मुझसे पीछा छुड़ाकर भाग जाएँ, तब एक दिन मैंने आत्म-हत्या का प्रयत्न किया। पर वह मेरी भूल थी। वेदप्रकाश ने वैसा नहीं किया। पर मैं यह राज खुलने नहीं देना चाहती थी, क्योंकि मुझ विधवा पर रहम तो सब जताते हैं पर वे मेरी दूसरी शादी के पक्ष में नहीं हैं, यह मैं बहुत अच्छी तरह जानती हूँ! इसीलिए अब मैं यहाँ से वेदप्रकाश के साथ किसी ऐसी जगह जा रही हूँ, जहाँ मैं माँ बन सकूँ, और अपनी नई जिन्दगी जी सकूँ। वह मेरे साथ हैं, और अब मुझे किसी का भय नहीं है। मेरी मजबूरी समझकर इस छल के लिए माफ करना! तुम्हें सब बताए दे रही हूँ। अब आकाश में सचमुच मुझे अनगिनत सफेद तितलियाँ उड़ती दिखाई देती हैं। लगता है, कि मैं उन्हीं में से एक हूँ। जैसे ये सफेद तितलियाँ मेरे जीवन में उतर आई हैं। समय आने पर तुम्हें फिर खत लिखूँगी।–तुम्हारी सुमन।"

खत सुनकर, सन्नाटा छा गया। सरदारीलाल की पत्नी मुँह बिगाड़ कर उठने

लगी, "तो भीतर की पोल यह है। बड़ी बदजात लड़की है...मुझे तो उसकी शक्ल से भी नफरत हो रही है।"

"और जब तक वह झूठ बोलती रही, तब तक आपको उस पर रहम आता था–उससे प्यार था, आप उसे पवित्र समझती थीं," देवबाला ने व्यंग्य से कहा, "लेकिन उसे प्यार अब मिलना चाहिए, क्योंकि उसने सच बोला है, और माँ बनने का इन्तजार कर रही है...वह एक पवित्र जिन्दगी फिर शुरू कर रही है। उसमें फिर से जिन्दगी शुरू करने का साहस है...उसकी खबर आते ही मैं आप लोगों को लिखूँगी। तब उसे आशीर्वाद दीजिएगा।"

सरदारीलाल की पत्नी मुँह बिगाड़ते हुए उठकर चली गई।

देवबाला अपना सूटकेस सरकाकर ठीक करने लगी।

(इलाहाबाद, 1950)

रात, औरत और गुनाह

जब मैं वकील साहब के घर से निकलता हूँ तो मुहल्ले के रहने वाले मेरी तरफ अजीब नजरों से ताकते हैं, खासतौर से वे लोग जो नुक्कड़ वाली पान की दुकान पर मलगुजी-सी पैंटें पहने, बिखरे बाल लिए सिगरेट पीते तथा रूमाल नचाते खड़े होते हैं, उन लोगों की मजलिस में कभी-कभी मैंने वकील साहब की उड़ती-उड़ती चर्चा सुनी है, स्वतन्त्र रूप से वकील साहब की चर्चा वहाँ नहीं होती, कुछ फब्तियाँ वकीलन पर भी कसी जातीं और वे लोग गन्दे हाव-भावों से अपनी बातों को व्यक्त करते थे...

एक दिन जब मैं वकील साहब के घर फिर गया तो घुसते ही गुस्से से भरी आवाजें सुनायी पड़ीं, एक ओर शायद कमलिया के रोने की आवाज थी और दूसरी ओर वकीलन की प्रताड़ना का स्वर..."कामचोर, बस नुकसान करने के लिए है, जानती है, एक चीनी की प्लेट कितने की आती है?" और उसी के बीच-बीच में वकील साहब की आवाज थी, "अजी खामोश भी रहो...बच्ची है"

"बच्ची है तो क्या? खाती तो ढाई सेर है, काम करने और नुकसान करने के लिए बच्ची है और खाने के लिए राक्षसी, तुम मत बोला करो इन मामलों में।" वकीलन कह रही थीं और तभी एक तमाचे की आवाज आयी, कमलिया ऐसे बिलख-बिलख कर रो पड़ी जैसे उसकी चमड़ी उधेड़ी जा रही हो।

मैं भीतर घुसा तो वकील साहब की कर्कश ध्वनि कानों में पड़ी, "इसीलिए भगवान ने तुझे निपूती रखा, बेरहम!"

"मैं हूँ निपूती! हूँ!" वकीलन ने बड़े गुस्से से कहा, जैसे उन्हें ये शब्द बुरी तरह छेद गए थे...बोलते-बोलते वह रो पड़ीं और अपना मुँह आँचल से दबाकर भीतर कमरे में चली गयीं, मुझे देखकर करुणा अपने पर केंद्रीभूत करने के लिए कमलिया फफक-फफक कर सिसक पड़ी, वकील साहब के चेहरे पर करुणा और

दया की लकीरें उभर आयीं, दस बरस की कमलिया मार पड़े गालों को सहलाती-सहलाती एक कोने में सरक गयी, मैली चींट से बँधा उसके गले का चाँदी का तावीज कहीं गड़ गया था और खून की एक बूँद झलक आयी थी। चेहरे पर पड़े अँगुलियों के निशान रेत में पड़ी लहरों की तरह चमक रहे थे।

वकीलन के भीतर जाते ही कमलिया निकली और अपनी माँ को बुला लाई। आते ही उसने चीखना शुरू कर दिया, "ऐसी मार मारी बहूजी कि बिचारी की आँख में खून उतर आया। अरे प्लेट टूटी थी तो हमारी तलब में से काट लेतीं। अपना बच्चा होता तो दिल में पीर होती।"

"दिन भर यहाँ रहेगी, खाएगी-पीएगी और नुकसान करेगी तो मार नहीं पड़ेगी। पूजी जाएगी?" वकीलन ने फुफकारते हुए कहा। कहारिन बड़बड़ाती हुई कमली के साथ चली गयी।

"नमक हराम। छोड़े तो छोड़ जाए काम।" अपनी बात और स्वाभिमान को साधती हुई वकीलन फिर भीतर घुस गयीं।

घर का वातावरण संकुल देखकर मैं लौट पड़ा...मेरे निकलते ही लोगों की नजरों में वही पुराना कुत्सित व्यंग्य तैर गया। मेरा भारी मन और भी गहरी उदासी में जकड़ गया, एक अजीब तरह की घृणा भरी और असम्मानित जलन महसूस करता हुआ मैं अपनी राह पर चला आया।

फिर बहुत दिन उधर नहीं गया। कभी मन होता भी तो यही सोचकर रह जाता कि आखिर मेरा वहाँ रिश्ता क्या है? पर दिल न जाने क्यों बार-बार उधर चलने को कहता। आखिर एक महीने बाद मैं फिर चला ही गया।

भीतर पहुँचा तो देखा वकीलन एक नए बुने बेबी स्वेटर में बटन टाँक रही हैं। मुझे देखते ही बोल उठीं, "अरे प्रकाश तुम, भई सच पूछो तो मैंने तुम्हें आज ही सुबह याद किया था। इधर कुछ महीनों से तो सब भूल ही गई थी। वह आ गई है न...लिली! मेरी भतीजी...बहुत शैतान है। और बात तो ऐसे करती है जैसे मशीन। अरे हाँ, गाने सुनोगे उससे? हजारों याद हैं उसे। दिन भर तितली की तरह उड़ती रहती है।" एक सांस में वह सब बता गईं और उन्होंने लिली को पुकारा। आज उनकी आँखों में एक नयी आभा थी और उनके हर्ष ने जैसे उन्हें कुछ वर्ष और छोटा कर दिया था। तभी लिली फुदकती हुई आ पहुँची। मासूम भोला चेहरा, घुँघराले बालों में रंगीन रिबन। रुई-सी रोंयेदार पतली-पतली बाँहें और चमेली की कली जैसी अँगुलियों में गुलाब की नन्हीं पंखुरियों से नाखून। मैं गुडिया-सी लिली को देख ही रहा था कि उसने पूछा, "ये कौन हैं ताई जी।"

"तुम्हारे छोटे चाचा जी...और हाँ, इन्हें गीत तो सुनाओ लिली।" वकीलन बोलीं। लिली एकदम चहक उठी। "मेले पेट में लेडियो है चाचा जी, पल छिनेमा के गीत नहीं गाता!"

"यह तो बहुत बढ़िया बात है लिली। अच्छा तुम सुन्दर-सा गीत सुनाओ तो हम तुम्हें चीज देंगे।" मैंने कहा, पर लिली भागती हुई कहती चली गई, "चीजें तो मेले पास बहुत हैं। ताई जी ने बहुत-सी दी हैं। अबी दिखाती हूँ।" और दो ही मिनट बाद एक बेंत के सन्दूक में अपनी सारी सृष्टि लिए वह आ पहुँची, "ये छोला है, ये बंदूत और मोटल भी मेले पास है। ओल...ओल ये गुलिया ...ये उसका गद्दा। और दिताऊँ..." कहकर वह फिर भागी हुई गई और जब वापस आयी तो बिल्ली का एक बच्चा उसकी बाँहों में दबा हुआ था।

उसे देखते ही वकीलन एकदम चीखीं, "देख पंजा न मार दे!"

"मुझे नहीं मालती..." लिली ने जैसे वकीलन को समझाया और बोली, "ये दूध पीती है। चाचा जी मेले लिए लाए हैं इसे...अच्छी है न!" वह कहती जा रही थी और वकीलन की आँखों में ममता उमड़ती आ रही थी। वह उसे ऐसे देख रही थीं जैसे कोई शो-केस में रखी सुन्दर-सी गुड़िया को लालच भरी निगाहों से ताकता है। बिल्ली उसकी बाँहों में कुलबुलाती और एकाध पंजा इधर-उधर चलाती तो वकीलन जैसे चौंक पड़तीं। उन्होंने लिली को फुसलाकर बिल्ली को अपनी गोद में ले ही लिया। उनके ओंठ रह-रहकर मुस्करा उठते, लिली अपने में मस्त थी। उसने अपनी गुड़िया उठायी और उसे साड़ी पहनाने लगी...वकीलन ने पूसी को मेज पर बैठा कर लिली को बड़े प्यार से उठाया और चूम लिया। लिली अपने गाल को पोंछती उतरी और भाग गई, वह उसे देखती रहीं। फिर बोलीं, "इसे अब मैं अपने पास रखूँगी, इसीलिए बुला लिया है। अकेले बहुत खराब लगता है। घर में बच्चा हो तो पूरा दिन पता ही नहीं चलता कहाँ चला गया..."

"लिली है भी तो बहुत अच्छी।" मैंने उनकी खुशी में कुछ और जोड़ देना चाहा। उनकी दृष्टि में अभूतपूर्व स्निग्धता उभर आयी। उनके मुख की समस्त कठोर रेखाएँ लुप्त हो गईं और उज्ज्वल मुख पर वात्सल्य की ममता झलमला उठी।

न जाने इस बीच कहाँ से आकर पूसी मेरी टाँगों से लिपटने लगी। मैंने झटके से अपने पैर खींच लिए, पूसी गिर-सी पड़ी। बड़ी फुर्ती से उसे उठाते हुए वकीलन ने कहा, "यह बिल्ली बड़ी अच्छी है। बहुत समझदार है। सिर्फ दूध पीती

है। आज तक जरा भी नुकसान नहीं किया...सब कमरों में आजादी से घूमती है।" और वह बड़े प्यार से उसके मुलायम कान टटोलने लगीं।

मैं लिली के पास चला गया। मुझे देखते ही वह बोल पड़ी, "देखिए ये मेली पूछी का बिस्तल है, चाची ने इसमें लुई भली है औल ये उसके लात में ओलने का लेछमी लिहाफ।"

वह नन्हीं-सी पूसी सभी के दिमाग पर छायी थी। वकील साहब पूसी को लाए थे लिली के वास्ते, और लिली उस पूसी को हरदम चिपकाए रहती और शायद इसीलिए वकीलन का प्यार पूसी के लिए उमड़ा पड़ता था। इसीलिए पूसी इतनी समझदार और अच्छी थी...वकीलन उसे हाल के जन्मे शिशु की तरह रखती। उसे सहलाती-धुलातीं, उसके पंजों और कानों को साफ करतीं और अपनी गोद में बिठाकर उसका मुँह पकड़ कर आँखों में झाँक-झाँककर बातें करतीं और लिली के आते ही उसे फर्श या मेज पर बैठाकर लिली को गोद में उठा लेतीं।

लिली मुझसे बहुत देर तक उलझती रही। आखिर मैं लिली की इस फरमाइश पर वायदा करके कि कल ही मैं उसकी पूसी के लिए छोटे-छोटे घुंघरू लाकर दूँगा, चल दिया। उस समय वकीलन अपने दोनों बच्चों–लिली और पूसी के काम में व्यस्त थीं। उनमें नयी जान पड़ गई थी। बात-बात पर वह उन्मुक्त रूप से हँस पड़ती थीं...उनकी यह खुशी और उल्लास अनुभव कर मुझे बहुत सन्तोष मिल रहा था और मैं यही सब सोचता हुआ चला जा रहा था कि मिली-जुली खिलखिलाहट ने मेरा ध्यान भंग कर दिया। उस हँसी में बड़े गहरे और कुत्सित अर्थ छिपे थे। मैं मुड़कर चला गया पर वह हँसी मेरे कानों के पर्दों से बराबर टकराती रही।

इसी बीच मैं बाहर चला गया और लिली की घुंघरू वाली फरमाइश पूरी नहीं कर पाया। पूरा एक महीना बीत गया था। मैं अपने अभ्यास और आदत के मुताबिक वहाँ जाने के लिए फिर तैयार हुआ और लिली की पूसी के लिए बाजार से घुंघरू खरीदता हुआ सीधा वहीं पहुँचा, वकीलन बाहर वाले कमरे में ही मिल गईं मुझे देखकर उन्हें कोई विशेष खुशी नहीं हुई थी। पास वाली कुर्सी पर अपने आप बैठकर मैंने लिली के बारे में पूछा तो पता चला कि वह अपनी माँ के पास वापस चली गई है, उसे यहाँ अच्छा नहीं लगा।

वकीलन बताने लगीं, "पराया बच्चा पराया ही होता है। चाहे जितना अंग लगाओ पर खून तो खून है। लिली के पिताजी लेने आए तो लिली ने क्या कहा, जानते हो?" वकीलन के चेहरे पर अवसाद और करुणा की रेखाएँ उभर आयी

थीं, अपने आप ही बोलीं, "उसने कहा कि मैं उसकी माँ की तरह नहीं हूँ...थी तो बच्ची पर बातें बड़ी-बूढ़ियों की तरह करती थी...तुम तो देखते थे प्रकाश... मैंने उसके लिए कोई चीज उठा न रखी थी?" फिर अपने में डूबती हुई बोलती गईं "उसका जितना वहाँ होता है उसका बीस गुना मैंने यहाँ किया, पर उसे नहीं भाया। दो दिन लगातार रोती रही। फिर हारकर उसके पिताजी को तार देकर बुलाना पड़ा। यही करीब हफ्ते भर पहले चली गई। कहते-कहते उनका गला सूख-सा गया और आँखें सपाट दीवार पर टिक गईं, उनके ओंठ धीरे-धीरे कुछ बुदबुदा रहे थे और आँखों में सैलाब-सा उमड़ रहा था।

कमरा बहुत वीरान-सा लग रहा था और वकीलन के चुप हो जाने के कारण खामोशी और भी बढ़ गई थी। तभी पूसी खामोशी से इधर-उधर ताकती हुई घुस आयी। मैंने जेब से घुंघरू निकाले तो बज उठे। घुंघरूओं की आवाज सुनकर पूसी को घूरती हुई वकीलन बोलीं, "क्या होगा घुँघरूओं का? मैं तो इसे घर से निकालने की सोच रही हूँ। इतना नुकसान करने लगी है कि क्या बताऊँ। उस दिन गिलास तोड़कर पूरा सैट खराब कर दिया...दूध चुराकर पी जाती है और कल मेरी बाँह पर पंजा मार दिया हरामजादी ने।" कहते हुए उन्होंने पैर से पूसी को एक ओर सरका दिया। मैं चुप ही था। वह बड़ी आसानी से बोलीं, "इसे बोरे में बन्द करके तुम कहीं दूर छोड़ आओ। मैं तो परेशान आ गई इससे..." पास आ गई पूसी को फिर लात से उन्होंने दूर कर दिया।

दो ही क्षण बाद चीनी के बर्तन के गिरने की आवाज आयी। वकीलन लपकती हुई उधर गईं। जाकर देखा तो केतली टूटी हुई थी और पूसी इधर-उधर दुबकने की तलाश में ही थी कि वकीलन के हाथ की लकड़ी पूरी तौर से उसकी पीठ पर पड़ी। पूसी की एक आवाज निकली और वह वहीं लोट गई। एक क्षण बाद ही सँभली और तीर की तरह कमरे से भाग गई। वकीलन दाँत पीस-पीसकर कह रही थीं, "अब रह तू हरामजादी...आज ही तेरा मुँह काला करूँगी।"

मैं कुछ ऊब रहा था, ज्यादा देर न रुक कर चल दिया। आज गली सुनसान थी। बार-बार वकीलन का ध्यान आता। कितनी जोर से लकड़ी मारी थी पूसी को। उनके सुन्दर ओंठ कितने भद्दे लगते हैं ऐसी मुद्रा में और आँखें कितनी छोटी होकर कौड़ी की तरह बेहूदी हो जाती हैं। आन्तरिक भावना के साथ आदमी का रूप कितना बदल जाता है।

फिर हफ्ते भर मैं वहाँ न जा सका। कुछ कामों में फँसा रह गया। वकील साहब कहीं बाहर जाने वाले थे, शायद चले भी गए हों, और न भी गए हों तो

उनसे भी मिल लूँगा, यही सोचकर मैं गया तो दरवाजे से घुसते ही देखा...वकीलन सामने बैठी थीं और बिल्ली के एक नन्हें-से बच्चे को गोद में बैठाए बड़े दुलार से उस पर हाथ फेर रही थीं। मैंने घुसते ही कहा, "मालूम होता है, अब आपकी परेशानी दुगनी हो गई है...यह शायद पूसी का बच्चा है?"

"हाँ, इसका नाम मैंने रम्मी रखा है...पर...पूसी बेचारी..." कहते हुए उनके शब्द साफ नहीं निकल रहे थे, भीतर पेट में जैसे कोई गुबार भरा हुआ था। आँखों में तरलता दिखाई पड़ रही थी और तब रुक-रुककर उन्होंने कहा था, "पूसी मर गई। जिस दिन तुम आए थे और मैंने उसके लकड़ी मार दी थी, उसके बाद तीन-चार दिन तक पूसी दिखाई नहीं पड़ी, मैं समझी कहीं भाग गई। पर चार दिन बाद वह अपने मुँह में इस बच्चे को दबोचे हुए आई थी...पूसी बहुत दुबली हो गई थी। इसे मेरे सामने रखकर बुरी तरह हाँफने लगी थी और फिर काँपते कदमों से बीमार की तरह बाहर निकल गई थी...वहीं बाहर गली में कुत्तों ने उसे दौड़ाकर बुरी तरह नोंच डाला...चिथड़ा-चिथड़ा कर दिया बेचारी को।" और उनके आँसू आँखों की कोर में न रुक पाने के कारण छलक पड़े।

इसी बीच पूसी का बच्चा रम्मी वकीलन की गोद से उतर कर धीरे-धीरे रेंगता हुआ बाहर की तरफ चला गया था। हम बात कर रहे थे कि उसकी पतली-सी आवाज सुनाई पड़ी। मुझसे दरवाजा खुला रह गया था और गली का कुत्ता उसे अपने जबड़ों में दबाए बुरी तरह झिंझोड़ता हुआ दरवाजे से उतर कर भागा था। वकीलन बुरी तरह चीख पड़ीं, "हाय राम, मार डाला मेरे रम्मी को...जल्दी दौड़ो प्रकाश...कुत्ते उसे नोंच डालेंगे..." उनकी जंगली आवाज सुनकर मैं बेतहाशा गली में कुत्ते के पीछे दौड़ा पर कुत्ता रम्मी को लेकर लापता था।

लौटकर आया तो वकीलन की आँखें आँसुओं से भरी हुई थीं। मुझे देखते ही वह एकदम बोलीं, "खड़े-खड़े देख क्या रहे हो...उधर मसजिद के पीछे जाकर देखो जहाँ घूरा पड़ता है। वह वहीं होगा...अभी रम्मी बच जाएगा।" उनके हाथ काँप रहे थे और आँखों से बूँदें ढुलक रही थीं।

मैं चारों तरफ खोजकर आया पर रम्मी नहीं मिला। वकीलन उतावली-सी और घबराई हुई दरवाजे पर ही खड़ी थीं। मुझे खाली हाथ देखते ही उनकी करुणा का रुका हुआ बाँध टूट गया। मैं उन्हें हाथ का सहारा देकर भीतर ले गया पर वह बराबर सिसकती रहीं, "रम्मी को कुत्तों ने मार डाला होगा..."

वकीलन चुप तो हो गईं पर गहरी पड़ती रात में खामोश बैठी हुई थीं...लगता था जैसे उनका चेहरा कभी नन्हें-से शिशु में बदल जाता है...और कभी प्रसव

वेदना से पीड़ित माँ के गर्वीले चेहरे में...और वे खामोश बैठी खिड़की से दिखाई पड़ते आसमान की ओर इस तरह ताक रही थीं जैसे वहाँ बहुत-सी मासूम आत्माएँ...नन्हें-नन्हें शिशु सफेद पंख लगाए उड़ रहे हों...

मैंने वातावरण हलका करने के लिए पूछा, "वकील साहस कब आएँगे!" तो उन्होंने वैसी ही उदासी से उत्तर दिया था, "घर में अकेली हूँ इसलिए पूछ रहे हो...आ जाएँगे जब आना होगा...मैं तो हर समय अकेली ही हूँ...जब घर भरा रहता है तब भी अकेली ही रहती हूँ। अब तुम जाओ बहुत रात हो गई है..."

आखिर मैं उठकर चला आया...नुक्कड़ वाले जमघट में फिर वही हँसी और कानाफूसी सुनाई दी। वह हँसी एक गलत गुनाह का एहसास करा रही थी...जैसे किसी का औरत होना गुनाह था। अकेला होना गुनाह था और रात का होना गुनाह था। वह हँसी मेरे दिमाग और मन में टकराती रही। और वह अकेलापन मुझे सालता रहा पर न वह हँसी खत्म होती थी, और न औरत का अकेलापन और न उसकी वह लम्बी रात।...

(इलाहाबाद, 1951)

राजा निरबंसिया

'एक राजा निरबंसिया थे,' माँ कहानी सुनाया करती थीं। उनके आस-पास ही चार-पाँच बच्चे अपनी मुट्ठियों में फूल दबाए कहानी समाप्त होने पर गौरों पर चढ़ाने के लिए उत्सुक-से बैठ जाते थे। आटे का सुंदर-सा चौक पुरा होता, उसी चौक पर मिट्टी की छह गौरें रखी जातीं, जिनमें से ऊपर वाली के बिंदिया और सिंदूर लगता, बाकी पाँचों नीचे दबी पूजा ग्रहण करती रहतीं। एक ओर दीपक की बाती स्थिर-सी जलती रहती और मंगल-घट रखा रहता, जिस पर रोली से सथिया बनाया जाता। सभी बैठे बच्चों के मुख पर फूल चढ़ाने की उतावली की जगह कहानी सुनने की सहज स्थिरता उभर आती।

'एक राजा निरबंसिया थे,' माँ सुनाया करती थीं, "उनके राज में बड़ी खुशहाली थी। सब वरण के लोग अपना-अपना काम-काज देखते थे। कोई दुखी नहीं दिखाई पड़ता था। राजा के एक लक्ष्मी-सी रानी थी, चंद्रमा-सी सुंदर और...और राजा को बहुत प्यारी। राजा राज-काज देखते और सुख से रानी के साथ महल में रहते..."

मेरे सामने मेरे खयालों का राजा था, राजा जगपती! तब जगपती से मेरी दाँतकाटी दोस्ती थी, दोनों मिडिल स्कूल में पढ़ने जाते। दोनों एक-से घर के थे, इसलिए बराबरी की निभती थी। मैं मैट्रिक पास करके एक स्कूल में नौकर हो गया और जगपती क़स्बे के ही वकील के यहाँ मुहर्रिर। जिस साल जगपती मुहर्रिर हुआ, उसी वर्ष पास के गाँव में उसकी शादी हुई, पर ऐसी हुई कि लोगों ने तमाशा बना देना चाहा। लड़की वालों का कुछ विश्वास था कि शादी के बाद लड़की

की विदा नहीं होगी। ब्याह हो जाएगा और सातवीं भाँवर तब पड़ेगी, जब पहली विदा की सायत होगी और तभी लड़की अपनी ससुराल जाएगी। जगपती की पत्नी थोड़ी-बहुत पढ़ी-लिखी थी, पर घर की लीक को कौन मेटे! बारात बिना बहू के वापस आ गई और लड़के वालों ने तय कर लिया कि अब जगपती की शादी कहीं और कर दी जाएगी, चाहे कानी-लूली से हो, पर वह लड़की अब घर में नहीं आएगी। लेकिन साल खतम होते-होते सब ठीक-ठाक हो गया। लड़की वालों ने माफ़ी माँग ली और जगपती की पत्नी अपनी ससुराल आ ही गई।

जगपती को जैसे सब-कुछ मिल गया और सास ने बहू की बलइयाँ लेकर घर की चाबियाँ सौंप दीं, गृहस्थी का ढंग-चार समझा दिया। जगपती की माँ न जाने कब से आस लगाए बैठी थीं। उन्होंने आराम की साँस ली। पूजा-पाठ में समय कटने लगा, दोपहरियाँ दूसरे घरों के आँगन में बीतने लगीं। पर साँस का रोग था उन्हें, सो एक दिन उन्होंने अपनी अंतिम घड़ियाँ गिनते हुए चन्दा को पास बुलाकर समझाया था, "बेटा, जगपती को बड़े लाड़-प्यार से पाला है। जब से तुम्हारे ससुर नहीं रहे, तब से इसके छोटे-छोटे हठ को पूरा करती रही हूँ...अब तुम ध्यान रखना।" फिर रुककर उन्होंने कहा था, "जगपती किसी लायक हुआ है, तो रिश्तेदारों की आँखों में करकने लगा है। तुम्हारे बाप ने ब्याह के वक्त नादानी की, जो तुम्हें विदा नहीं किया। मेरे दुश्मन देवर-जेठों को मौका मिल गया। तूमार खड़ा कर दिया कि अब विदा करवाना नाक कटवाना है।...जगपती का ब्याह क्या हुआ, उन लोगों की छाती पर साँप लोट गया। सोचा, घर की इज्जत रखने की आड़ लेकर रंग में भंग कर दें।...अब बेटा, इस घर की लाज तुम्हारी लाज है। आज को तुम्हारे ससुर होते, तो भला..." कहते-कहते माँ की आँखों में आँसू आ गए, और वह जगपती की देखभाल उसे सौंपकर सदा के लिए मौन हो गई थीं।

एक अरमान उनके साथ ही चला गया कि जगपती की सन्तान को, चार बरस इंतज़ार करने के बाद भी वह गोद में न खिला पाईं। और चन्दा ने मन में सब्र कर लिया था, यही सोचकर कि कुल-देवता का अंश तो उसे जीवन-भर पूजने को मिल गया है। घर में चारों तरफ जैसे उदारता बिखरी रहती, अपनापा बरसता रहता। उसे लगता, जैसे घर की अँधेरी, एकांत कोठरियों में वह शांत शीतलता है जो उसे भरमा लेती है। घर की सब कुंडियों की खनक उसके कानों में बस गई थी, हर दरवाजे की चरमराहट पहचान बन गई थी।...

"एक रोज राजा आखेट को गए," माँ सुनाती थीं, "राजा आखेट को जाते थे, तो सातवें रोज जरूर महल में लौट आते थे। पर उस दफा जब गए, तो सातवाँ दिन निकल गया, पर राजा नहीं लौटे। रानी को बड़ी चिंता हुई। रानी एक मंत्री को साथ लेकर खोज में निकलीं..."

और इसी बीच जगपती को रिश्तेदारों की एक शादी में जाना पड़ा। उसके दूर के रिश्ते के भाई दयाराम की शादी थी। कह गया था कि दसवें दिन जरूर वापस आ जाएगा। पर छठे दिन ही खबर मिली कि बारात घर लौटने पर दयाराम के घर डाका पड़ गया। किसी मुखबिर ने सारी खबरें पहुँचा दी थीं कि लड़की वालों ने दयाराम का घर सोने-चाँदी से पाट दिया है...आखिर पुश्तैनी जमींदार की इकलौती लड़की थी। घर आए मेहमान लगभग विदा हो चुके थे। दूसरे रोज जगपती भी चलने वाला था। पर उसी रात डाका पड़ा। जवान आदमी, भला खून मानता है। डाकेवालों ने जब बन्दूकें चलाईं, तो सबकी घिग्घी बँध गई। पर जगपती और दयाराम ने छाती ठोंककर लाठियाँ उठा लीं। घर में कुहराम मच गया।...फिर सन्नाटा छा गया। डाके वाले बराबर गोलियाँ दाग रहे थे। बाहर का दरवाजा टूट चुका था। पर जगपती ने हिम्मत बढ़ाते हुए हाँक लगाई, "ये हवाई बन्दूकें इन तेल पिलाई लाठियों का मुकाबला नहीं कर पाएँगी, खबरदार!"

पर दरवाजे तड़-तड़ टूटते रहे और अन्त में एक गोली जगपती की जाँघ को पार करती निकल गई और दूसरी उसकी जाँघ के ऊपर कूल्हे में समाकर रह गई।

चन्दा रोती-कलपती और मनौतियाँ मानती जब वहाँ पहुँची, तो जगपती अस्पताल में था। दयाराम के थोड़ी चोट आई थी। उसे अस्पताल से छुट्टी मिल गई थी। जगपती की देखभाल के लिए वहीं अस्पताल में मरीजों के रिश्तेदारों के लिए जो कोठरियाँ बनी थीं, उन्हीं में चन्दा को रुकना पड़ा। कस्बे के अस्पताल से दयाराम का गाँव चार कोस पड़ता था। दूसरे-तीसरे वहाँ से आदमी आते-जाते रहते, जिस सामान की जरूरत होती, पहुँचा जाते।

पर धीरे-धीरे उन लोगों ने भी खबर लेना छोड़ दिया। एक दिन में ठीक होने वाला घाव तो था नहीं। जाँघ की हड्डी चटख गई थी और कूल्हे में आपरेशन से छह इंच गहरा घाव हो गया था।

कस्बे का अस्पताल था। कंपाउंडर ही मरीजों की देखभाल करते। बड़ा डॉक्टर तो नाम के लिए था या कस्बे के बड़े आदमियों के लिए। छोटे लोगों के लिए तो कंपोटर साहब ही ईश्वर के अवतार थे। मरीजों की देखभाल करनेवाले रिश्तेदारों की खाने-पीने की मुश्किलों से लेकर मरीज की नब्ज तक सँभालते थे। छोटी-सी इमारत में अस्पताल आबाद था। रोगियों के लिए सिर्फ छह-सात खाटें थीं। मरीजों के कमरे से लगा दवा बनाने का कमरा था, उसी में एक ओर एक आराम-कुरसी थी और एक नीची-सी मेज। उसी कुरसी पर बड़ा डॉक्टर आकर कभी-कभार बैठता, नहीं तो बचनसिंह कंपाउंडर ही जमा रहता। अस्पताल में या तो फौजदारी के शहीद आते या गिर-गिरा के हाथ-पैर तोड़ लेनेवाले एक-आध लोग। छटे-छमासे कोई औरत दिख गई, तो दिख गई, जैसे उन्हें कभी रोग घेरता ही नहीं था। कभी कोई बीमार पड़ती, तो घर वाले हाल बता के आठ-दस रोज की दवा एक साथ ले जाते और फिर उसके जीने-मरने की खबर तक न मिलती।

उस दिन बचनसिंह जगपती के घाव की पट्टी बदलने आया। उसके आने में और पट्टी खोलने में कुछ ऐसी लापरवाही थी, जैसे गलत बँधी पगड़ी को ठीक से बाँधने के लिए खोल रहा हो। चन्दा उसकी कुरसी के पास ही साँस रोके खड़ी थी। वह और रोगियों से बात भी करता जा रहा था। इधर मिनिट-भर को देखता, फिर जैसे अभ्यस्त-से उसके हाथ अपना काम करने लगते। पट्टी एक जगह खून से चिपक गई थी, जगपती बुरी तरह कराह उठा। चन्दा के मुख से चीख निकल गई। बचनसिंह ने सतर्क होकर देखा तो चन्दा मुँह में धोती का पल्ला खोंसे अपनी भयातुर आवाज दबाने की चेष्टा कर रही थी, जगपती एकबारगी मछली-सा तड़पकर रह गया। बचनसिंह की उँगलियाँ थोड़ी-सी थरथराईं कि उसकी बाँह पर टप से चंदा का आँसू चू पड़ा।

बचनसिंह सिहर-सा गया और उसके हाथों की अभ्यस्त निठुराई को जैसे किसी मानवीय कोमलता ने धीरे से छू दिया। आहों, कराहों, दर्द-भरी चीखों और चटखते शरीर के जिस वातावरण में रहते हुए भी वह बिलकुल अलग रहता था, फोड़ों को पके आम-सा दबा देता था, खाल को आलू-सा छील देता था...उसके मन से जिस दर्द का अहसास उठ गया था, वह उसे आज फिर हुआ और वह बच्चे की तरह फूँक-फूँककर पट्टी को नम करके खोलने लगा। चन्दा की ओर धीरे से निगाह उठाकर देखते हुए फुसफुसाया, "च्...च्...रोगी की हिम्मत टूट जाती है ऐसे।"

पर जैसे यह कहते-कहते उसका मन खुद "अपनी बात से उचट गया। यह बेपरवाही तो चीख और कराहों की एकरसता से उसे मिली थी, रोगी की हिम्मत बढ़ाने की कर्तव्य-निष्ठा से नहीं। जब तक वह घाव की मरहम-पट्टी करता रहा, तब तक किन्हीं दो आँखों की करुणा उसे घेरे रही।

और हाथ धोते समय वह चन्दा की उन चूड़ियों से भरी कलाइयों को बेझिझक देखता रहा, जो अपनी खुशी उससे माँग रही थीं। चन्दा पानी डालती जा रही थी और बचनसिंह हाथ धोते-धोते उसकी कलाइयों, हथेलियों और पैरों को देखता जा रहा था। दवाखाने की ओर जाते हुए उसने चन्दा को हाथ के इशारे से बुलाकर कहा, "दिल छोटा मत करना....जाँघ का घाव तो दस रोज में भर जाएगा। कूल्हे का घाव कुछ दिन जरूर लेगा। अच्छी-से-अच्छी दवाई दूँगा। दवाइयाँ तो ऐसी हैं कि मुरदे को चंगा कर दें, पर हमारे अस्पताल में नहीं आतीं, फिर भी..."

"तो किसी दूसरे अस्पताल से नहीं आ सकतीं वो दवाइयाँ?" चन्दा ने पूछा।

"आ तो सकती हैं पर मरीज को अपना पैसा खर्च करना पड़ता है, उनमें..." बचनसिंह ने कहा।

चन्दा चुप रह गई तो बचनसिंह के मुँह से अनायास ही निकल पड़ा, "किसी चीज की जरूरत हो तो मुझसे बताना।...रही दवाइयाँ, सो कहीं-न-कहीं से इन्तजाम करके ला दूँगा। महकमे से मँगाएँगे, तो आते-अवाते महीनों लग जाएँगे। शहर के डॉक्टर से मँगवा दूँगा। ताकत की दवाइयों की बड़ी जरूरत है उन्हें। अच्छा, देखा जाएगा..." कहते-कहते वह रुक गया।

चन्दा ने कृतज्ञता-भरी नजरों से उसे देखा और उसे लगा जैसे आँधी में उड़ते पत्ते को कोई अटकाव मिल गया हो। आकर वह जगपती की खाट से लग कर बैठ गई। उसकी हथेली लेकर वह सहलाती रही। नाखूनों को अपने पोरों से दबाती रही।

धीरे-धीरे बाहर अँधेरा बढ़ चला। बचनसिंह तेल की एक लालटेन लाकर मरीजों के कमरे के एक कोने में रख गया। चन्दा ने जगपती की कलाई दाबते-दाबते धीरे से कहा, "कंपाउंडर साहब कह रहे थे..." और इतना कहकर वह जगपती का ध्यान आकृष्ट करने के लिए चुप हो गई।

"क्या कह रहे थे?" जगपती अनमने स्वर में बोला।

"कुछ ताकत की दवाइयाँ तुम्हारे लिए जरूरी हैं!"

"मैं जानता हूँ।"

“पर...”

“देखो चन्दा, चादर के बराबर ही पैर फैलाए जा सकते हैं। हमारी औकात इन दवाइयों की नहीं है।”

“औकात आदमी की देखी जाती है कि पैसे की, तुम तो...”

“देखा जाएगा।”

“कंपाउंडर साहब इंतजाम कर देंगे, उनसे कहूँगी मैं।”

“नहीं चन्दा, उधारखाते से मेरा इलाज नहीं होगा...चाहे एक के चार दिन लग जाएँ।”

“इसमें तो...”

“तुम नहीं जानती, कर्ज कोढ़ का रोग होता है, एक बार लगने से तन तो गलता ही है, मन भी रोगी हो जाता है।”

“लेकिन...” कहते-कहते वह रुक गई।

जगपती ने अपनी बात की टेक रखने के लिए दूसरी ओर मुँह घुमा लिया।

और तीसरे रोज जगपती के सिरहाने कई ताकत की दवाइयाँ रखी थीं, और चन्दा की ठहरने वाली कोठरी में उसके लेटने के लिए एक खाट भी पहुँच गई थी। चन्दा जब आई, तो जगपती के चेहरे पर मानसिक पीड़ा की असंख्य रेखाएँ उभरी थीं, जैसे वह अपनी बीमारी से लड़ने के अलावा स्वयं अपनी आत्मा से भी लड़ रहा हो...चन्दा की नादानी और स्नेह से भी उलझ रहा हो और सबसे ऊपर सहायता करनेवाले की दया से जूझ रहा हो।

चन्दा ने देखा तो जैसे वह यह सब सह न पाई। उसके जी में आया कि कह दे, क्या आज तक तुमने कभी किसी से उधार पैसे नहीं लिए? पर वह तो खुद तुमने लिए थे और तुम्हें मेरे सामने स्वीकार नहीं करना पड़ा था। इसीलिए लेते झिझक नहीं लगी, पर आज मेरे सामने उसे स्वीकार करते तुम्हारा झूठा पौरुष तिलमिलाकर जाग पड़ा है। पर जगपती के मुख पर बिखरी हुई पीड़ा में जिस आदर्श की गहराई थी, वह चन्दा के मन में चोर की तरह घुस गई, और बड़ी स्वाभाविकता से उसने उसके माथे पर हाथ फेरते हुए कहा, “ये दवाइयाँ किसी की मेहरबानी नहीं है, मैंने हाथ का कड़ा बेचने को दे दिया था। उसी से आई हैं।”

“मुझसे पूछा तक नहीं और...” जगपती ने कहा और जैसे खुद मन की कमजोरी को दाब गया–कड़ा बेचने से तो अच्छा था कि बचनसिंह की दया ही

ओढ़ ली जाती। और उसे हलका-सा पछतावा भी था कि नाहक वह रौ में बड़ी-बड़ी बातें कह जाता है, ज्ञानियों की तरह सीख दे देता है।

और जब चन्दा अँधेरा होते उठकर अपनी कोठरी में सोने के लिए जाने को हुई, तो कहते-कहते यह बात दबा गई कि बचनसिंह ने उसके लिए एक खाट का इंतजाम भी करा दिया है। कमरे से निकली, तो सीधी कोठरी में गई और हाथ का कड़ा लेकर सीधे दवाखाने की ओर चली गई, जहाँ बचनसिंह अकेला डॉक्टर की कुरसी पर आराम से टाँगें फैलाए लैम्प की पीली रोशनी में लेटा था। जगपती का व्यवहार चंदा को लग गया था, और यह भी कि वह क्यों बचनसिंह का एहसान अभी से लाद ले, पति के लिए जेवर की कितनी औकात है। वह बेधड़क-सी दवाखाने में घुस गई। दिन की पहचान के कारण उसे कमरे की मेज-कुरसी और दवाओं की अलमारी की स्थिति का अनुमान था, वैसे कमरा अँधेरा ही पड़ा था, क्योंकि लैंप की रोशनी केवल अपने वृत्त में अधिक प्रकाशवान् होकर कोनों के अँधेरे को और घनीभूत कर रही थी। बचनसिंह ने चन्दा को घुसते ही पहचान लिया। वह उठकर खड़ा हो गया। चन्दा ने भीतर कदम तो रख दिया, पर सहसा सहम गई, जैसे वह किसी अँधेरे कुएँ में अपने आप कूद पड़ी हो, ऐसा कुआँ, जो निरंतर पतला होता गया है...और जिसमें पानी की गहराई पाताल की परतों तक चली गई हो, जिसमें पड़कर वह नीचे धँसती चली जा रही हो, नीचे...अँधेरा...एकांत घुटन...पाप!

बचनसिंह अवाक् ताकता रह गया और चन्दा ऐसे वापस लौट पड़ी, जैसे किसी काले पिशाच के पंजों से मुक्ति मिली हो। बचनसिंह के सामने क्षण-भर में सारी परिस्थिति कौंध गई और उसने वहीं से बहुत संयत आवाज में जबान को दबाते हुए जैसे बड़ी धीमी आवाज़ में–'चन्दा!' वह आवाज इतनी बेआवाज थी और निरर्थक होते हुए भी इतनी सार्थक थी कि उस खामोशी में अर्थ भर गया।

चन्दा रुक गई।

बचनसिंह उसके पास जाकर रुक गया।

सामने का घना पेड़ स्तब्ध खड़ा था, उसकी काली परछाईं की परिधि जैसे एक बार फैलकर उन्हें अपने वृत्त में समेट लेती और दूसरे ही क्षण मुक्त कर देती। दवाखाने का लैंप सहसा भभककर रुक गया और मरीजों के कमरे में से एक कराह की आवाज दूर मैदान के छोर तक जाकर डूब गई।

चन्दा ने वैसे ही नीचे ताकते हुए अपने को संयत करते हुए कहा, "ये कड़ा तुम्हें देने आई थी।"

"तो वापस क्यों चली जा रही थीं?"

चन्दा चुप। और दो क्षण रुककर उसने अपने हाथ का सोने का कड़ा धीरे से उसकी ओर बढ़ा दिया, जैसे देने का साहस न होते हुए भी यह काम आवश्यक था।

बचनसिंह ने उसकी सारी काया को एक बार देखते हुए अपनी आँखें उसके सिर पर जमा दीं, जिसके ऊपर पड़े कपड़े के पार नरम चिकनाई से भरे लंबे-लंबे बाल थे, जिनकी भाप-सी महक फैलती जा रही थी। वह धीरे से बोला, "लाओ।"

चन्दा ने कड़ा उसकी ओर बढ़ा दिया। कड़ा हाथ में लेकर वह बोला, "सुनो।"

चन्दा ने प्रश्न-भरी नजरें उसकी ओर उठा दीं।

उनमें झाँकते हुए, पर अपने हाथ से उसकी कलाई पकड़ते हुए उसने वह कड़ा उसकी कलाई में पहना दिया।

चन्दा चुपचाप कोठरी की ओर चल दी और बचनसिंह दवाखाने की ओर। कालिख बुरी तरह बढ़ गई थी और सामने खड़े पेड़ की काली परछाईं गहरी पड़ गई थी। दोनों लौट गए थे। पर जैसे उस कालिख में कुछ रह गया था, छूट गया था। दवाखाने का लैम्प जो जलते-जलते एक बार भभका था, उसमें तेल न रह जाने के कारण बत्ती की लौ बीच से फट गई थी, उसके ऊपर धुएँ की लकीरें बल खाती, साँप की तरह अँधेरे में विलीन हो जाती थीं।

सुबह जब चन्दा जगपती के पास पहुँची और बिस्तर ठीक करने लगी, तो जगपती को लगा कि चन्दा बहुत उदास थी। क्षण-क्षण में चन्दा के मुख पर अनगिनत भाव आ-जा रहे थे, जिनमें असमंजस था, पीड़ा थी और निरीहता। कोई अदृश्य पाप कर चुकने के बाद हृदय की गहराई से किए गए पश्चात्ताप-जैसी धूमिल चमक!...

"रानी मंत्री के साथ जब निराश होकर लौटी, तो देखा, राजा महल में उपस्थित थे। उनकी खुशी का ठिकाना न रहा।" माँ सुनाया करती थीं, "पर राजा को रानी का इस तरह मंत्री के साथ जाना अच्छा नहीं लगा। रानी ने राजा को समझाया कि वह तो केवल राजा के प्रति अटूट प्रेम के कारण अपने को न रोक सकी। राजा-रानी एक-दूसरे को बहुत चाहते थे। पर दोनों के दिलों में एक बात शूल-सी गड़ती रहती कि उनके कोई सन्तान न थी...राजवंश का दीपक

बुझने जा रहा था। संतान के अभाव में उनका लोक-परलोक बिगड़ा जा रहा था और कुल की मर्यादा नष्ट होने की शंका बढ़ती जा रही थी।..."

दूसरे दिन बचनसिंह ने मरीज़ों की मरहम-पट्टी करते वक्त बताया था कि उसका तबादला मैनपुरी के सदर अस्पताल में हो गया है और वह परसों यहाँ से चला जाएगा। जगपती ने सुना, तो उसे भला ही लगा।...आए दिन रोग घेरे रहते हैं, बचनसिंह उसके शहर के अस्पताल में पहुँच रहा है, तो कुछ मदद मिलती ही रहेगी। आखिर वह ठीक तो होगा ही और फिर मैनपुरी के सिवा कहाँ जाएगा? पर दूसरे ही क्षण उसका दिल अथक भारीपन से भर गया। पता नहीं क्यों चन्दा के अस्तित्व का ध्यान आते ही उसे इस सूचना में कुछ ऐसे नुकीले काँटे दिखाई देने लगे, जो उसके शरीर में किसी भी समय चुभ सकते थे, ज़रा–सा बेखबर होने पर बींध सकते थे। और तब उसके सामने आदमी के अधिकार की लक्ष्मण-रेखाएँ धुएँ की लकीर की तरह काँपकर मिटने लगीं और मन में छिपे सन्देह के राक्षस बाना बदल योगी के रूप में घूमने लगे।

और पन्द्रह-बीस रोज बाद जब जगपती की हालत सुधर गई, तो चन्दा उसे लेकर घर लौट आई। जगपती चलने-फिरने लायक हो गया। घर का ताला जब खोला, तब रात झुक आई थी। और फिर उनकी गली में तो शाम से ही अँधेरा भरना शुरू हो जाता था। पर गली में आते ही उन्हें लगा, जैसे कि बनवास काटकर राजधानी लौटे हों। नुक्कड़ पर ही जमना सुनार की कोठरी में सुरही फिंक रही थी, जिसके दराजदार दरवाजों से लालटेन की रोशनी की लकीर झाँक रही थी और कच्ची तम्बाकू का धुआँ रुँधी गली के मुहाने पर बुरी तरह भर गया था। सामने ही मुंशीजी अपनी जिंगला ख़टिया के गड्ढे में, कुप्पी के मद्धिम प्रकाश में खसरा-खतौनी बिछाए मीज़ान लगाने में मशगूल थे। जब जगपती के घर का दरवाजा खड़का, तो अँधेरे में उसकी चाची ने अपने जंगले से देखा और वहीं से बैठे-बैठे अपने घर के भीतर ऐलान कर दिया-"राजा निरबंसिया अस्पताल से लौट आए...कुलमा भी आई हैं!"

ये शब्द सुनकर घर के अँधेरे बरोठे में घुसते ही जगपती हॉफकर बैठ गया, झुँझलाकर चन्दा से बोला, "अँधेरे में क्या मेरे हाथ-पैर तुड़वाओगी, भीतर जाकर लालटेन जला लाओ न।"

"तेल नहीं होगा, इस वक्त जरा ऐसे ही काम..."

"तुम्हारे कभी कुछ नहीं होगा...न तेल न..." कहते-कहते जगपती एकदम चुप रह गया। और चन्दा को लगा कि आज पहली बार जगपती ने उसके व्यर्थ मातृत्व पर इतनी गहरी चोट कर दी, जिसकी गहराई की उसने कभी कल्पना भी नहीं की थी। दोनों खामोश, बिना एक बात किए अन्दर चले गए।

रात के बढ़ते सन्नाटे में दोनों के सामने दो बातें थीं...

जगपती के कान में जैसे कोई व्यंग्य से कह रहा था-राजा निरबंसिया अस्पताल से लौट आए!

और चन्दा के दिल में वह बात चुभ रही थी-तुम्हारे कभी कुछ नहीं होगा...

और सिसकती-सिसकती चन्दा न जाने कब सो गई। पर जगपती की आँखों में नींद न आई। खाट पर पड़े-पड़े उसके चारों ओर एक मोहक, भयावना-सा जाल फैल गया। लेटे-लेटे उसे लगा, जैसे उसका स्वयं का आकार बहुत क्षीण होता-होता बिन्दु-सा रह गया, पर बिन्दु के हाथ थे, पैर थे और दिल की धड़कन भी। कोठरी का घुटा-घुटा-सा अँधियारा, मटमैली दीवारें और गहन गुफाओं-सी अलमारियाँ, जिनमें से बार-बार कोई झाँककर देखता था...और वह सिहर उठता था...फिर जैसे सब कुछ तबदील हो गया हो। ...उसे लगा कि उसका आकार बढ़ता जा रहा है, बढ़ता जा रहा है। वह मनुष्य हुआ, लंबा-तगड़ा तंदुरुस्त पुरुष हुआ, उसकी शिराओं में कुछ फूट पड़ने के लिए व्याकुलता से खौल उठा। उसके हाथ शरीर के अनुपात से बहुत बड़े, डरावने और भयानक हो गए, उनमें लंबे-लंबे नाखून निकल आए...वह राक्षस हुआ, दैत्य...आदिम बर्बर!

और बड़ी तेजी से सारा कमरा एकबारगी चक्कर काट गया...। फिर सब धीरे-धीरे स्थिर होने लगा और उसकी साँसें ठीक होती जान पड़ीं। फिर जैसे बहुत कोशिश करने पर घिग्घी बँध जाने के बाद उसकी आवाज फूटी, "चन्दा!"

चन्दा की नरम साँसों की हल्की सरसराहट कमरे में जान डालने लगी। जगपती अपनी पाटी का सहारा लेकर झुका। काँपते पैर उसने जमीन पर रखे और चन्दा की खाट के पाए से सिर टिकाकर बैठ गया। उसे लगा, जैसे चन्दा की इन साँसों की आवाज में जीवन का संगीत गूँज रहा है। वह उठा और चन्दा के मुख पर झुक गया।...उस अँधेरे में आँखें गड़ाए-गड़ाए जैसे बहुत देर बाद स्वयं चन्दा के मुख पर आभा फूटकर अपने-आप बिखरने लगी...उसके नक्श

उज्ज्वल हो उठे और जगपती की आँखों को ज्योति मिल गई। वह मुग्ध-सा ताकता रहा।

चन्दा के बिखरे बाल, जिनमें हाल के जनमे बच्चे के गबुआरे बालों की-सी महक ...दूध की कचआइंध...शरीर के रस की-सी मिठास और स्नेह-सी चिकनाहट और वह माथा जिस पर बालों के पास तमाम छोटे-छोटे, नरम-नरम-से रोएँ...रेशम से...और उस पर कभी लगाई गई सेंदुर की बिन्दी का हलका मिटा हुआ-सा आभास ...नन्हें-नन्हें निर्द्वद्व सोए पलक! और उनकी मासूम-सी काँटों की तरह बरौनियाँ और साँस में घुलकर आती हुई वह आत्मा की निष्कपट आवाज की लय...फूल की पंखुरी-से पतले-पतले होंठ, उन पर पड़ी रेखाएँ, जिनमें सिर्फ दूध-सी महक!

उसकी आँखों के सामने ममता-सी छा गई, केवल ममता, और उसके मुख से अस्फुट शब्द निकल गया, "बच्ची!"

डरते-डरते उसके बालों की एक लट को बड़े जतन से उसने हथेली पर रखा और उँगली से उस पर लकीरें खींचने लगा। उसे लगा, जैसे कोई शिशु उसके अंक में आने के लिए छटपटाकर निराश होकर सो गया हो। उसने दोनों हथेलियों को पसारकर उसके सिर को अपनी सीमा में भर लेना चाहा कि कोई कठोर चीज उसकी उँगलियों से टकराई।

वह जैसे होश में आया हो।

बड़े सहारे से उसने चन्दा के सिर के नीचे टटोला। एक रूमाल में बँधा कुछ उसके हाथ में आ गया। अपने को संयत करता वहीं जमीन पर बैठ गया, उसी अँधेरे में उस रूमाल को खोला, तो जैसे साँप सूँघ गया, चन्दा के हाथ के दोनों सोने के कड़े उसमें लिपटे थे!

और तब उसके सामने सब सृष्टि धीरे-धीरे टुकड़े होकर बिखरने लगी। ये कड़े तो चन्दा बेचकर उसका इलाज करा रही थी। वे सब दवाइयाँ और ताकत के टॉनिक...उसने तो कहा था, ये दवाइयाँ किसी की मेहरबानी नहीं हैं, मैंने हाथ के कड़े बेचने को दिए थे...पर...! उसका गला बुरी तरह सूख गया। जबान जैसे तालू से चिपककर रह गई। उसने चाहा कि चन्दा को झकझोरकर उठाए, पर शरीर की शक्ति बह-सी गई थी, रक्त पानी हो गया था।

थोड़ा संयत हुआ, उसने वह कड़े उसी रूमाल में लपेटकर उसकी खाट के कोने पर रख दिए और बड़ी मुश्किल से अपनी खाट की पाटी पकड़कर लुढ़क गया।

"चन्दा झूठ बोली! पर क्यों? कड़े आज तक छिपाए रही। उसने इतना बड़ा दुराव क्यों किया? आखिर क्यों? किसलिए?" और जगपती का दिल भारी हो आया। उसे फिर लगा कि उसका शरीर सिमटता जा रहा है और वह एक सींक का बना ढाँचा रह गया...नितांत हलका, हवा में उड़कर भटकने वाले तिनके-सा।

उस रात के बाद रोज जगपती सोचता रहा कि चन्दा से कड़े माँगकर बेच ले और कोई छोटा-मोटा कारोबार ही शुरू कर दे, क्योंकि नौकरी छूट चुकी थी। इतने दिन की गैरहाजिरी के बाद वकील साहब ने दूसरा मुहर्रिर रख लिया था। वह रोज यही सोचता। पर जब चन्दा सामने आती, तो न जाने कैसी असहाय-सी उसकी अवस्था हो जाती। उसे लगता, जैसे कड़े माँगकर वह चन्दा से पत्नीत्व का पद भी छीन लेगा। मातृत्व तो भगवान् ने छीन ही लिया...वह सोचता, आखिर चन्दा क्या रह जाएगी? एक स्त्री से यदि पत्नीत्व और मातृत्व छीन लिया गया, तो उसके जीवन की सार्थकता ही क्या? चन्दा के साथ वह यह अन्याय कैसे करे? उससे दूसरी आँख की रोशनी कैसे माँग ले? फिर तो वह नितांत अंधी हो जाएगी। और उन कड़ों को माँगने के पीछे जिस इतिहास की आत्मा नंगी हो जाएगी, कैसे वह उस लज्जा को स्वयं ही उघार कर ढाँप पायेगा?

और वह इन्हीं ख्यालों में डूबा सुबह से शाम तक इधर-उधर काम की टोह में घूमता रहता। किसी से उधार ले ले? पर किस सम्पत्ति पर? क्या है उसके पास, जिसके आधार पर कोई उसे कुछ देगा? और मुहल्ले के लोग...जो एक-एक पाई पर जान देते हैं, कोई चीज खरीदते वक्त भाव में एक पैसा कम मिलने पर मीलों पैदल जाकर एक पैसा बचाते हैं। एक-एक पैसे की मसाले की पुड़िया बँधवाकर ग्यारह बार पैसों का हिसाब जोड़कर एक-आध पैसा उधारकर, मिन्नतें करते सौदा घर लाते हैं। गली में कोई खोंचेवाला फँस गया, तो दो पैसे की चीज को लड़-झगड़कर, चार दाने ज्यादा पाने की नीयत से, दो जगह बँधवाते हैं। भाव के ज़रा से फर्क पर घंटों बहस करते हैं। शाम को सड़ी-गली तरकारियों को किफायत के कारण लाते हैं, ऐसे लोगों से किस मुँह से माँग कर वह उनकी गरीबी के अहसास पर ठोकर लगाए!

पर उस दिन शाम को जब वह घर पहुँचा, तो बरोठे में ही एक साइकिल रखी नजर आई। दिमाग पर जोर डालने के बाद भी वह आगंतुक की कल्पना न कर पाया। पर जब भीतर वाले दरवाजे पर पहुँचा, तो सहसा हँसी की आवाज सुनकर ठिठक गया। उस हँसी में एक अजीब-सा उन्माद था। और उसके बाद

चन्दा का स्वर–

"अब आते ही होंगे, बैठिए न दो मिनट और!...अपनी आँख से देख लीजिए और उन्हें समझाते जाइए कि अभी तंदुरुस्ती इस लायक नहीं, जो दिन-दिन-भर घूमना बरदाश्त कर सकें।"

"हाँ...भई, कमजोरी इतनी जल्दी नहीं मिट सकती, खयाल नहीं करेंगे, तो नुकसान उठाएँगे!" कोई पुरुष स्वर था यह।

जगपती असमंजस में पड़ गया। वह एकदम भीतर घुस जाए? इसमें क्या हर्ज है? पर जब उसने पैर उठाए, तो वे बाहर को जा रहे थे। बाहर बरोठे में साइकिल को पकड़ते ही उसे सूझ आई, वहीं से जैसे अनजान बनता बड़े प्रयत्न से आवाज को खोलता चिल्लाया, "अरे चन्दा! यह साइकिल किसकी है? कौन मेहरबान..."

चन्दा उसकी आवाज सुनकर कमरे से बाहर निकलकर जैसे खुशखबरी सुना रही थी, "अपने कंपाउंडर साहब आए हैं, खोजते-खोजते आज घर का पता लगा पाए हैं, तुम्हारे इंतजार में बैठे हैं!"

"कौन बचनसिंह?...अच्छा, अच्छा... वही तो मैं कहूँ, भला कौन..." कहता जगपती पास पहुँचा, और बातों में इस तरह उलझ गया, जैसे सारी परिस्थिति उसने स्वीकार कर ली हो।

बचनसिंह जब फिर आने की बात कहकर चला गया, तो चन्दा ने बहुत अपनेपन से जगपती के सामने बात शुरू की, "जाने कैसे-कैसे आदमी होते हैं..."

"क्यों, क्या हुआ? कैसे होते हैं आदमी?" जगपती ने पूछा।

"इतनी छोटी जान-पहचान में तुम मरदों के घर में न रहते घुसकर बैठ सकते हो? तुम तो उलटे पैरों लौट आओगे।" चन्दा कहकर जगपती के मुख पर कुछ इच्छित प्रतिक्रिया देख सकने के लिए गहरी निगाहों से ताकने लगी।

जगपती ने चन्दा की ओर ऐसे देखा, जैसे यह बात भी कहने की या पूछने की है! फिर बोला, "बचनसिंह अपनी तरह का आदमी है, अपनी तरह का अकेला..."

"होगा...पर..." कहते-कहते चन्दा रुक गई।

"आड़े वक्त काम आने वाला आदमी है, लेकिन उससे फायदा उठा सकना जितना आसान है...उतना...मेरा मतलब है कि...जिससे कुछ लिया जाएगा, उसे दिया भी तो जाएगा।" जगपती ने आँखें दीवार पर गड़ाते हुए कहा।

और चन्दा उठकर चली गई।

उस दिन के बाद बचनसिंह लगभग रोज ही आने-जाने लगा। जगपती उसके साथ इधर-उधर घूमता भी रहता। बचनसिंह के साथ वह जब तक रहता, अजीब-सी घुटन उसके दिल को बाँध लेती, और तभी जीवन की तमाम विषमताएँ भी उसकी निगाहों के सामने उभरने लगतीं, आखिर वह स्वयं एक आदमी है...बेकार...यह माना कि उसके सामने पेट पालने की कोई इतनी विकराल समस्या नहीं, वह भूखों नहीं मर रहा है, जाड़े में काँप नहीं रहा है, पर उसके दो-हाथ पैर हैं...शरीर का पिंजरा है जो कुछ माँगता है...कुछ! और वह सोचता, यह कुछ क्या है? सुख? शायद हाँ, शायद नहीं। वह तो दुःख में भी जी सकने का आदी है, अभावों में जीवित रह सकने वाला आश्चर्यजनक कीड़ा है। तो फिर...वासना? शायद हाँ, शायद नहीं। चन्दा का शरीर लेकर उसने उस क्षणिकता को भी देखा है। तो फिर धन?...शायद हाँ, शायद नहीं। उसने धन के लिए अपने को खपाया है। पर वह भी तो उस अदृश्य प्यास को बुझा नहीं पाया। तो फिर?...तो फिर क्या?...वह कुछ क्या है, जो उसकी आत्मा में नासूर-सा रिसता रहता है, अपना उपचार माँगता है? शायद काम! हाँ, यही, बिलकुल यही, जो उसके जीवन की घड़ियों को निपट सूना न छोड़े, जिसमें वह अपनी शक्ति लगा सके, अपना मन डुबो सके, अपने को सार्थक अनुभव कर सके, चाहे उसमें सुख हो या दुःख, अरक्षा हो या सुरक्षा, शोषण हो या पोषण...उसे सिर्फ काम चाहिए! करने के लिए कुछ चाहिए। यही तो उसकी प्रकृत आवश्यकता है, पहली और आखिरी माँग है, क्योंकि वह उस घर में नहीं पैदा हुआ, जहाँ सिर्फ जबान हिलाकर शासन करने वाले होते हैं। वह उस घर में भी नहीं पैदा हुआ, जहाँ सिर्फ माँगकर जीनेवाले होते हैं। वह उस घर का है, जो सिर्फ काम करना जानता है, काम ही जिसकी आस है। वह सिर्फ काम चाहता है, काम!

और एक दिन उसकी काम-धाम की समस्या भी हल हो गई। तालाब वाले ऊँचे मैदान के दक्षिण ओर जगपती की लकड़ी की टाल खुल गई। तक टँग गया। टाल की जमीन पर लक्ष्मी-पूजन भी हो गया और हवन भी हुआ। लकड़ी की कोई कमी नहीं थी। गाँवों से आने वाली गाड़ियों का, इस कारोबार में पैरे हुए आदमियों की मदद से मोल-तोल करवा के वहाँ गिरवा दिया गया। गाँठें एक ओर रखी गईं, चैलों का चट्टा करीने से लग गया और गुद्दे चीरने के लिए डाल दिए गए। दो-तीन गाड़ियों का सौदा करके टाल चालू कर दी गई। भविष्य में स्वयं पेड़ खरीदकर कटाने का तय किया गया। बड़ी-बड़ी स्कीमें बनीं कि किस

तरह जलाने की लकड़ी से बढ़ाते-बढ़ाते एक दिन इमारती लकड़ी की कोठी बनेगी। चीरने की नई मशीन लगेगी। कारोबार बढ़ जाने पर बचनसिंह भी नौकरी छोड़कर उसी में लग जाएगा। और उसने महसूस किया कि वह काम में लग गया है, अब चौबीसों घंटे उसके सामने काम है...उसके समय का उपयोग है। दिन-भर में वह एक घंटे के लिए किसी का मित्र हो सकता है, कुछ देर के लिए वह पति हो सकता है, पर बाकी समय? दिन और रात के बाकी घंटे...उन घंटों के अभाव को सिर्फ उसका अपना काम ही भर सकता है...और अब वह कामदार था...

वह कामदार तो था, लेकिन जब टाल की उस ऊँची जमीन पर पड़े छप्पर के नीचे तखत पर वह गल्ला रखकर बैठता, सामने लगे लकड़ियों के ढेर, कटे हुए पेड़ों के तने, जड़ों को लुढ़का हुआ देखता, तो एक निरीहता बरबस उसके दिल को बाँधने लगती। उसे लगता, एक व्यर्थ पिशाच का शरीर टुकड़े-टुकड़े करके उसके सामने डाल दिया गया है।...फिर इन पर और कुल्हाड़ी चलेगी और इनके रेशे-रेशे अलग हो जाएँगे और तब इनकी ठठरियों को सुखाकर, किसी पैसेवाले के हाथ, तक पर तौलकर बेच दिया जाएगा।

और तब उसकी निगाहें सामने खड़े ताड़ पर अटक जातीं, जिसके बड़े-बड़े पत्तों पर सुर्ख गरदन वाले गिद्ध पर फड़फड़ाकर देर तक खामोश बैठे रहते। ताड़ का काला गड़रेदार तना...और उसके सामने ठहरी हुई वायु में निस्सहाय काँपती, भारहीन नीम की पत्तियाँ चकराती झड़ती रहतीं...धूल-भरी धरती पर लकड़ी की गाड़ियों के पहियों की पड़ी हुई लीक धुँधली-सी चमक उठती और बगलवाले मूँगफली के पेंच की एकरस खरखराती आवाज कानों में भरने लगती। बगलवाली कच्ची पगडंडी से कोई गुजरकर, टीले के ढलान से तालाब की नीचाई में उतर जाता, जिसके गँदले पानी में कूड़ा तैरता रहता और सुअर कीचड़ में मुँह डालकर उस कूड़े को रौंदते रहते...

दोपहर सिमटती और शाम की धुंध छाने लगती, तो वह लालटेन जलाकर छप्पर के खंभे की कील में टाँग देता और उसके थोड़ी ही देर बाद अस्पताल वाली सड़क से बचनसिंह एक काले धब्बे की तरह आता दिखाई पड़ता।

गहरे पड़ते अँधेरे में उसका आकार धीरे-धीरे बढ़ता जाता और जगपती के सामने जब वह आकर खड़ा होता, तो वह उसे बहुत विशाल-सा लगने लगता, जिसके सामने उसे अपना अस्तित्व डूबता महसूस होता।

एक-आध बिक्री की बातें होतीं और तब दोनों घर की ओर चल देते। घर पहुँचकर बचनसिंह कुछ देर जरूर रुकता, बैठता, इधर-उधर की बातें करता। कभी

मौका पड़ जाता, तो जगपती और बचनसिंह की थाली भी साथ लग जाती। चन्दा सामने बैठकर दोनों को खिलाती।

बचनसिंह बोलता जाता, "क्या तरकारी बनी है! मसाला ऐसा पड़ा है कि उसकी भी बहार है और तरकारी का स्वाद भी नहीं मरा। होटलों में या तो मसाला ही मसाला रहेगा या सिरफ तरकारी ही तरकारी। वाह! वाह! क्या बात है अंदाज की!!"

और चन्दा बीच-बीच में टोककर बोलती जाती, "इन्हें तो जब तक दाल में प्याज का भुना घी न मिले, तब तक पेट ही नहीं भरता।"

या-"सिरका अगर इन्हें मिल जाए, तो समझो, सब कुछ मिल गया। पहले मुझे सिरका न जाने कैसा लगता था, पर अब ऐसा जबान पर चढ़ा है कि..."

या-"इन्हें कागज-सी पतली रोटी पसंद ही नहीं आती। अब मुझसे कोई पतली रोटी बनाने को कहे, तो बनती ही नहीं, आदत पड़ गई है, और फिर मन ही नहीं करता..." .

पर चन्दा की आँखें बचनसिंह की थाली पर ही जमी रहतीं। रोटी निबटी, तो रोटी परोस दी। दाल खत्म नहीं हुई, तो भी एक चमचा और परोस दी।

और जगपती सिर झुकाए खाता रहता। सिर्फ एक गिलास पानी माँगता और चन्दा चौंककर पानी देने के पहले कहती, "अरे, तुमने तो कुछ लिया ही नहीं।" कहते-कहते वह पानी दे देती और तब उसके दिल पर गहरी-सी चोट लगती, न जाने क्यों वह खामोशी की चोट उसे बड़ी पीड़ा दे जाती...पर वह अपने को समझा लेती, कोई मेहमान तो नहीं हैं...माँग सकते थे। भूख नहीं होगी।

जगपती खाना खाकर टाल पर लेटने चला जाता, क्योंकि अभी तक कोई चौकीदार नहीं मिला था। छप्पर के नीचे तखत पर जब वह लेटता, तो अनायास ही उसका दिल भर-भर आता। पता नहीं, कौन-कौन-से दर्द एक-दूसरे में मिलकर तरह-तरह की टीस, चटखन और ऐंठन पैदा करने लगते। कोई एक रग दुखती तो वह सहलाता भी, जब सभी नसें चटखती हों तो कहाँ-कहाँ राहत का अकेला हाथ सहलाए!

लेटे-लेटे उसकी निगाह ताड़ के उस ओर बनी पुख्ता कब्र पर जम जाती, जिसके सिरहाने कँटीले बबूल का एकाकी पेड़ सुन्न-सा खड़ा रहता। उस कब्र पर एक परदानशीन औरत बड़े लिहाज से आकर सवेरे-सवेरे बेला और चमेली के फूल चढ़ा जाती...घूम-घूमकर उसके फेरे लेती और माथा टेककर कुछ कदम

उदास-उदास-सी चलकर एकदम तेजी से मुड़कर बिसातियों के मुहल्ले में खो जाती। शाम होते फिर आती। एक दीया बारती और अगर बत्तियाँ जलाती। फिर मुड़ते हुए ओढ़नी का पल्ला कंधों पर डालती, तो दीए की लौ काँपती, कभी काँपकर बुझ जाती, पर उसके कदम बढ़ चुके होते, पहले धीमे, थके, उदास-से और फिर तेज, सधे, सामान्य-से। और वह फिर उसी मुहल्ले में खो जाती और तब रात की तनहाइयों में...बबूल के काँटों के बीच, उस साँय-साँय करते ऊँचे-नीचे मैदान में जैसे उस कब्र से कोई रूह निकलकर निपट अकेली भटकती रहती।...

तभी ताड़ पर बैठे सुर्ख गरदन वाले गिद्ध मनहूस-सी आवाज में किलबिला उठते और ताड़ के पत्ते भयानकता से खड़बड़ा उठते। जगपती का बदन काँप जाता और वह भटकती रूह जिंदा रह सकने के लिए जैसे कब्र की ईंटों में, बबूल के साए-तले दुबक जाती। जगपती अपनी टाँगों को पेट से भींचकर, कंबल में मुँह छिपा औंधा लेट जाता।

तड़के ही ठेके पर लगे लकड़हारे लकड़ी चीरने आ जाते। तब जगपती कंबल लपेट, घर की ओर चला जाता...

"राजा रोज सबेरे टहलने जाते थे," माँ सुनाया करती थीं, "एक दिन जैसे ही महल के बाहर निकलकर आए कि सड़क पर झाड़ू लगाने वाली मेहतरानी उन्हें देखते ही अपना झाड़ू-पंजा पटककर माथा पीटने लगी, और कहने लगी, "हाय राम! आज राजा निरबंसिया का मुँह देखा है, न जाने रोटी भी नसीब होगी कि नहीं...न जाने कौन-सी बिपत टूट पड़े।" राजा को इतना दुःख हुआ कि उलटे पैरों महल को लौट गए। मन्त्री को हुकुम दिया कि मेहतरानी का घर नाज से भर दें। और सब राजसी वस्त्र उतार, राजा उसी क्षण जंगल की ओर चले गए। उसी रात रानी को सपना हुआ कि कल की रात तेरी मनोकामना पूरी होने वाली है। रानी बहुत पछता रही थी। पर फौरन ही रानी राजा को खोजती-खोजती उस सराय में पहुँच गई, जहाँ वह टिके हुए थे। रानी भेष बदलकर सेवा करने वाली भटियारिन बनकर राजा के पास रात में पहुँची। रात-भर उनके साथ रही और सुबह राजा के जागने से पहले सराय छोड़ महल में लौट गई। राजा सुबह उठकर दूसरे देश की ओर चले गए। दो ही दिनों में राजा के निकल जाने की खबर राज-भर में फैल गई, राजा निकल गए, चारों तरफ यही खबर फैली थी..."

और उस दिन टोले-मुहल्ले के हर आँगन में बरसात के मेंह की तरह यह खबर बरसकर फैल गई कि चन्दा के बाल-बच्चा होने वाला है।

नुक्कड़ पर जमुना सुनार की कोठरी में फिंकती सुरही रुक गई। मुंशीजी ने अपना मीजान लगाना छोड़ विस्फारित नेत्रों से ताक कर खबर सुनी। बंसी किराने वाले ने कुएँ में आधी गई रस्सी खींच, डोल मन पर पटककर सुना। सुदर्शन दरजी ने मशीन के पहिए को हथेली से रगड़कर रोककर सुना। हंसराज पंजाबी ने अपनी नील लगी मलगुजी कमीज की आस्तीनें चढ़ाते हुए सुना। और जगपती की बेवा चाची ने औरतों के जमघट में बड़े विश्वास, पर भेद-भरे स्वर में सुनाया-"आज छह साल हो गए शादी को...न बाल, न बच्चा...न जाने किसका पाप है उसके पेट में!...और किसका होगा सिवा उस मुस्टंडे कंपोटर के! न जाने कहाँ से कुलच्छनी इस मुहल्ले में आ गई!...इस गली की तो पुश्तों से ऐसी मरजाद रही है कि गैर मरद औरत की परछाईं तक नहीं देख पाए। यहाँ के मरद तो बस अपने घर की औरतों को जानते हैं। उन्हें तो पड़ोसी के घर की जनानों की गिनती तक नहीं मालूम!" यह कहते-कहते उनका चेहरा तमतमा आया और सब औरतें देवलोक की देवियों की तरह गंभीर बनीं, अपनी पवित्रता की महानता के बोझ से दबी धीरे-धीरे खिसक गईं।

सुबह यह खबर फैलने से पहले जगपती टाल पर चला गया था। पर सुनी उसने भी आज ही थी। दिन-भर वह तखत पर कोने की ओर मुँह किए पड़ा रहा। न ठेके की लकड़ियाँ चिरवाईं न बिक्री की ओर ध्यान दिया, न दोपहर का खाना खाने ही घर गया। जब रात अच्छी तरह फैल गई तो वह एक हिंसक पशु की भाँति उठा। उसने अपनी उँगलियाँ चटकाईं, मुट्ठी बाँधकर बाँह का जोर देखा, तो नसें तनीं और बाँह में कठोर कंपन-सा हुआ। उसने तीन-चार पूरी साँसें खींचीं और मजबूत कदमों से घर की ओर चल पड़ा। मैदान खत्म हुआ...कंकड़ की सड़क आई...सड़क खत्म हुई, गली आई। पर गली के अँधेरे में घुसते ही वह सहम गया, जैसे किसी ने अदृश्य हाथों से उसे पकड़कर सारा रक्त निचोड़ लिया, उसकी फटी हुई शक्ति की नस पर हिम-शीतल होंठ रखकर सारा रस चूस लिया। और गली के अँधेरे की हिकारत-भरी कालिख और भी भारी हो गई, जिसमें घुसने से उसकी साँस रुक जाएगी...घुट जाएगी।

वह पीछे मुड़ा, पर रुक गया। फिर कुछ संयत होकर वह चोरों की तरह निःशब्द कदमों से किसी तरह घर की भीतरी देहरी तक पहुँच गया।

दाईं ओर की रसोई वाली दहलीज में कुप्पी टिमटिमा रही थी और चन्दा

अस्त-व्यस्त-सी दीवार से सिर टेके शायद आसमान निहारते-निहारते सो गई थी। कुप्पी का प्रकाश उसके आधे चेहरे को उजागर किए था और आधा चेहरा गहन कालिमा में डूबा अदृश्य था।

वह खामोशी से खड़ा ताकता रहा। चन्दा के चेहरे पर नारीत्व की प्रौढ़ता आज उसे दिखाई दी। चेहरे की सारी कमनीयता न जाने कहाँ खो गई थी, उसका अछूतापन न जाने कहाँ लुप्त हो गया है। फूला-फूला मुख। जैसे टहनी से तोड़े फूल को पानी में डालकर ताजा किया गया हो, जिसकी पंखुरियों में टूटन की सुरमई रेखाएँ पड़ गई हों, पर भीगने से भारीपन आ गया हो।

उसके खुले पैर पर उसकी निगाह पड़ी, तो सूजा-सा लगा। एड़ियाँ भरी, सूजी-सी और नाखूनों के पास अजब-सा सूखापन। जगपती का दिल एक बार मसोस उठा। उसने चाहा कि बढ़कर उसे उठा ले। अपने हाथों से उसका पूरा शरीर छू-छूकर सारा कलुष पोंछ दे, अपनी साँसों की अग्नि में तपाकर एक बार फिर उसे पवित्र कर ले। और उसकी आँखों की गहराई में झाँककर कहे-देवलोक से किस शापवश निर्वासित हो तुम इधर आ गईं, चन्दा? यह शाप तो अमिट था।

तभी चन्दा ने हड़बड़ाकर आँखें खोलीं। जगपती को सामने देख उसे लगा कि वह एकदम नंगी हो गई हो। अतिशय लज्जित हो उसने अपने पैर समेट लिए। घुटनों से धोती नीचे सरकाई और बहुत संयत-सी उठकर रसोई के अँधेरे में खो गई।

जगपती एकदम हताश हो, वहीं कमरे की देहरी पर चौखट से सिर टिका बैठ गया। नजर कमरे में गई, तो लगा कि पराए स्वर वहाँ गूँज रहे हैं, जिनमें चन्दा का भी एक है। हर तरफ, घर के हर कोने से, अँधेरा सैलाब की तरह बढ़ता आ रहा था...एक अजीब निस्तब्धता...असमंजस! गति पर पथभ्रष्ट! शक्लें, पर आकारहीन।

"खाना खा लेते," चन्दा का स्वर कानों में पड़ा। वह अनजाने ऐसे उठ बैठा, जैसे तैयार बैठा हो। उसकी बात की आज तक उसने अवज्ञा न की थी। खाने तो बैठ गया, पर कौर नीचे नहीं सरक रहा था। तभी चन्दा ने बड़े सधे शब्दों में कहा, "कल मैं गाँव जाना चाहती हूँ।"

जैसे वह इस सूचना से परिचित था, बोला, "अच्छा।"

चन्दा फिर बोली, "मैंने बहुत पहले घर चिट्ठी डाल दी थी, भैया कल लेने आ रहे हैं।"

"तो ठीक है," जगपती वैसे ही डूबा-डूबा बोला।

चन्दा का बाँध टूट गया और वह वहीं घुटनों में मुँह दबाकर कातर-सी फफक-फफककर रो पड़ी। न उठ सकी, न हिल सकी।

जगपती क्षण-भर को विचलित हुआ, पर जैसे जम जाने के लिए। उसके होंठ फड़के और क्रोध के ज्वालामुखी को जबरन दबाते हुए भी वह फूट पड़ां, "यह सब मुझे क्या दिखा रही है? बेशर्म! बेगैरत!...उस वक्त नहीं सोचा था, जब...जब...मेरी लाश तले..."

"तब...तब की बात झूठ है...", सिसकियों के बीच चन्दा का स्वर फूटा, "लेकिन जब तुमने मुझे बेच दिया..."

आग सुलगाता-सा एक भरपूर हाथ चन्दा की कनपटी पर पड़ा। और जगपती अपनी हथेली को दूसरी से दबाता, खाना छोड़कर कोठरी में घुस गया। और रात-भर कुंडी चढ़ाए उसी कालिख में घुटता रहा।

दूसरे दिन चन्दा घर छोड़कर अपने गाँव चली गई।

जगपती पूरा दिन और रात टाल पर ही काट देता। उसी वीराने में, तालाब के बगल, कब्र, बबूल और ताड़ के पड़ोस में। पर मन मुरदा हो गया था। जबरदस्ती वह अपने को वहीं रोके रहता।...उसका दिल होता, कहीं निकल जाए। पर ऐसी कमजोरी उसके तन और मन को खोखला कर गई थी कि चाहने पर भी वह जा न पाता। हिकारत-भरी नजरें सहता, पर वहीं पड़ा रहता। काफी दिनों बाद जब नहीं रहा गया, तो एक दिन जगपती घर पर ताला लगा, नजदीक के गाँव में लकड़ी कटाने चला गया। उसे लग रहा था कि अब वह पंगु हो गया है, बिलकुल लँगड़ा, एक रेंगता कीड़ा, जिसके न आँख है, न कान, न मन, न इच्छा।

वह उस बाग में पहुँच गया, जहाँ खरीदे पेड़ कटने थे। दो आरेवालों ने पतले पेड़ के तने पर आरा रखा और कर्र-कर्र का अबाध शोर शुरू हो गया। दूसरे पेड़ पर बन्ने और शकूरे की कुल्हाड़ी बज उठी। और गाँव से दूर उस बाग में एक अनहद शोर शुरू हो गया। जड़ पर कुल्हाड़ी पड़ती तो पूरा पेड़ थर्रा जाता।

करीब के खेत की मेंड़ पर बैठे जगपती का शरीर भी जैसे काँप-कॉप उठता। चन्दा ने कहा था, "लेकिन जब तुमने मुझे बेच दिया..." क्या वह ठीक कहती थी? क्या बचनसिंह ने टाल के लिए जो रुपये दिए थे, उसका ब्याज इधर चुकता

हुआ? क्या सिर्फ वही रुपये आग बन गए, जिसकी आँच में उसकी सहनशीलता, विश्वास और आदर्श मोम-से पिघल गए।

"श...कूरे!" बाग से लगे दड़े पर से किसी ने आवाज लगाई। शकूरे ने कुल्हाड़ी रोककर वहीं से हाँक लगाई, "कोने के खेत से लीक बनी है, ज़रा मेड़ मारकर नँघा ला गाड़ी।"

जगपती का ध्यान भंग हुआ। उसने मुड़कर दड़े पर आँखें गड़ाईं। दो भैंसा गाड़ियाँ लकड़ी भरने के लिए आ पहुँची थीं। शकूरे ने जगपती के पास आकर कहा, "एक गाड़ी का भर्त तो हो गया, बल्कि डेढ़ का...अब इस पतरिया पेड़ को न छाँट दें?"

जगपती ने उस पेड़ की ओर देखा, जिसे काटने के लिए शकूरे ने इशारा किया था, छोटे-से पेड़ की एक शाख हरी पत्तियों से भरी थी। वह बोला, "अरे यह तो हरा है अभी ...इसे छोड़ दो।".

"हरा होने से क्या, उखट तो गया है। न फूल का, न फल का। अब कौन इसमें फल-फूल आएँगे, चार दिन में पत्ती झुरा जाएँगी।" शकूरे ने पेड़ की ओर देखते हुए उस्तादी अन्दाज से कहा।

"जैसा ठीक समझो तुम," जगपती ने कहा, और उठकर मेड़-मेड़ पक्के कुएँ पर पानी पीने चला गया।

दोपहर ढलते गाड़ियाँ भरकर तैयार हुईं और शहर की ओर रवाना हो गईं। जगपती को उनके साथ आना पड़ा। गाड़ियाँ लकड़ी से लदी शहर की ओर चली जा रही थीं और जगपती गरदन झुकाए कच्ची सड़क की धूल में डूबा, भारी कदमों से धीरे-धीरे उन्हीं की बजती घंटियों के साथ निर्जीव-सा बढ़ता जा रहा था...

"कई बरस बाद राजा परदेश से बहुत-सा धन कमाकर गाड़ी में लादकर अपने देश की ओर लौटे," माँ सुनाया करती थीं, "राजा की गाड़ी का पहिया महल से कुछ दूर पतेल की झाड़ी में उलझ गया। हर तरह की कोशिश की, पर पहिया न निकला। तब एक पंडित ने बताया, कि 'सकट" के दिन का जनमा बालक अगर अपने घर की सुपारी लाकर उसमें छुआ दे, तो पहिया निकल जाएगा। वहीं दो बालक खेल रहे थे। उन्होंने यह सुना तो कूदकर पहुँचे और कहने लगे कि हमारी पैदाइश सकट की है, पर सुपारी तब लाएँगे, जब तुम आधा धन देने का वादा करो। राजा ने बात मान ली। बालक दौड़े-दौड़े घर गए। सुपारी लाकर

छुआ दी, फिर घर का रास्ता बताते आगे-आगे चले। आखिर गाड़ी महल के सामने उन्होंने रोक ली।

"राजा को बड़ा अचरज हुआ कि हमारे ही महल में ये बालक कहाँ से आ गए? भीतर पहुँचे, तो रानी खुशी से बेहाल हो गई।

"पर राजा ने पहले उन बालकों के बारे में पूछा, तो रानी ने कहा कि ये दोनों बालक उन्हीं के राजकुमार हैं। राजा को विश्वास नहीं हुआ। रानी बहुत दुखी हुई।"

गाड़ियाँ जब टाल पर आकर लगीं और जगपती तखत पर हाथ-पैर ढीले करके बैठ गया, तो पगडंडी से गुजरते मुंशीजी ने उसके पास आकर बताया, "अभी उस दिन वसूली में तुम्हारी ससुराल के नजदीक एक गाँव में जाना हुआ, तो पता लगा कि पन्द्रह-बीस दिन हुए चन्दा के लड़का हुआ है।" और फिर जैसे मुहल्ले में सुनी-सुनाई बातों पर परदा डालते हुए बोले, "भगवान् के राज में देर है, अंधेर नहीं, जगपती भैया!"

जगपती ने सुना तो पहले उसने गहरी नजरों से मुंशीजी को ताका, पर वह उनके तीर का निशाना ठीक-ठीक नहीं खोज पाया। पर सब-कुछ सहन करते हुए बोला, "देर और अंधेर दोनों हैं!"

"अंधेर तो सरासर है...तिरिया चरित्तर है सब! बड़े-बड़े हार गए..." कहते-कहते मुंशीजी रुक गए, पर कुछ इस तरह, जैसे कोई बड़ी भेद-भरी बात है, जिसे उनकी गोल होती हुई आँखें समझा देंगी।

जगपती मुंशीजी की तरफ ताकता रह गया। मिनिट-भर मनहूस-सा मौन छाया रहा, उसे तोड़ते हुए मुंशीजी बड़ी दर्द-भरी आवाज में बोले, "सुन तो लिया होगा तुमने?"

"क्या?" कहने को तो जगपती कह गया, पर उसे लगा कि अभी मुंशीजी उस गाँव में फैली बात को ही बड़ी बेदर्दी से कह डालेंगे, उसने नाहक पूछा।

तभी मुंशीजी ने उसकी नाक के पास मुँह ले जाते हुए कहा, "चन्दा दूसरे के घर बैठ रही है...कोई मदसूदन है वहीं का। पर बच्चा दीवार बन गया है, चाहते तो वो यही हैं कि मर जाए, तो रास्ता खुले, पर रामजी की मरजी...सुना है, बच्चे के रहते भी वो चन्दा को बैठाने को तैयार है।"

जगपती की साँस गले में अटककर रह गई। बस, आँखें मुंशीजी के चेहरे पर पथराई-सी जड़ी थीं।

मुंशीजी बोले, "अदालत से बच्चा तुम्हें मिल सकता है।...अब काहे की शरम-लिहाज!"

"अपना कहकर किस मुँह से माँगूँ, बाबा? हर तरफ तो कर्ज से दबा हूँ। तन से, मन से, पैसे से, इज्जत से, किसके बल पर दुनिया सँजोने की कोशिश करूँ?" कहते-कहते वह अपने में खो गया।

मुंशीजी वहीं बैठ गए। जब रात झुक आई तो जगपती के साथ ही मुंशीजी भी उठे। उसके कंधे पर हाथ रखे वह उसे गली तक लाए। अपनी कोठरी आने पर पीठ सहलाकर उसे छोड़ दिया। वह गरदन झुकाए गली के अँधेरे में उन्हीं खयालों में डूबा ऐसे चला आया, जैसे कुछ हुआ ही न हो। पर कुछ ऐसा बोझ था, जो न सोचने देता था और न समझने। जब चाची की बैठक के पास से गुजरने लगा, तो सहसा उसके कानों में भनक पड़ी-"आ गए सत्यानासी! कुलबोरन!"

उसने जरा नजर उठाकर देखा, तो गली की चाची-भौजाइयाँ बैठक में जमा थीं और चन्दा की ही चर्चा छिड़ी थी। पर वह चुपचाप निकल गया।

इतने दिनों बाद ताला खोला और बरोठे के अँधेरे में कुछ सूझ न पड़ा, तो एकाएक वह रात उसकी आँखों के सामने घूम गई जब वह अस्पताल से चन्दा के साथ लौटा था। बेवा चाची का जहरबुझा तीर, 'राजा निरबंसिया अस्पताल से लौट आये।' और आज सत्यानासी! कुलबोरन! और स्वयं उसका वह वाक्य, जो चन्दा को छेद गया था, 'तुम्हारे कभी कुछ न होगा...!' और उस रात की शिशु चन्दा!

चन्दा के लड़का हुआ है।...वह कुछ और जनती, आदमी का बच्चा न जनती! ...वह और कुछ भी जनती, कंकड़, पत्थर! वह नारी न बनती, बच्ची ही बनी रहती, उस रात की शिशु चन्दा! पर चन्दा यह सब क्या करने जा रही है? उसके जीते-जी वह दूसरे के घर बैठने जा रही है? कितने बड़े पाप में ढकेल दिया चन्दा को...पर उसे भी तो कुछ सोचना चाहिए! आखिर क्या? पर मेरे जीते-जी तो यह सब अच्छा नहीं। वह इतनी घृणा बरदाश्त करके भी जीने को तैयार है! या मुझे जलाने को? वह मुझे नीच समझती है, कायर...नहीं तो एक बार खबर तो लेती। बच्चा हुआ, तो पता तो लगता। पर नहीं, वह उसका कौन है? कोई भी नहीं! औलाद ही तो वह स्नेह की धुरी है, जो आदमी-औरत के पहियों को साधकर तन के दलदल से पार ले जाती है...नहीं तो हर औरत वेश्या है और हर आदमी वासना का कीड़ा। तो क्या चन्दा...औरत नहीं रही? वह

जरूर औरत थी, पर स्वयं मैंने उसे नरक में डाल दिया! वह बच्चा मेरा कोई नहीं, पर चन्दा तो मेरी है। एक बार उसे ले आता फिर यहाँ...रात के मोहक अँधेरे में उसके फूल से अधरों को देखता...निर्द्वंद्व सोए पलकों को निहारता. ..साँसों की दूध-सी अछूती महक को समेट लेता...

आज का अँधेरा! घर में तेल भी नहीं, जो दीया जला ले। और फिर किसके लिए कौन ज़लाए? चन्दा के लिए...पर उसे तो उसने बेच दिया था। सिवा चन्दा के कौन-सी सम्पत्ति उसके पास थी, जिसके आधार पर कोई कर्ज देता। कर्ज न मिलता, तो यह सब कैसे चलता? काम...पेड़ कहाँ से कटते? और तब शकूरे के वे शब्द उसके कानों में गूँज गए, 'हरा होने से क्या, उखट तो गया है...' वह स्वयं भी तो एक उखटा हुआ पेड़ है, न फल का न फूल का, सब व्यर्थ ही तो है। जो कुछ सोचा उस पर कभी विश्वास न कर पाया। चन्दा को चाहता रहा, पर उसके दिल में चाहत न जगा पाया। उसे कहीं से एक पैसा माँगने पर डाँटता रहा, पर खुद लेता रहा और आज...वह दूसरे के घर बैठ रही है...उसे छोड़कर...वह अकेला है,...हर तरफ बोझ है, जिसमें उसकी नस-नस कुचली जा रही है, रग-रग फट गई है।...और वह किसी तरह टटोल-टटोलकर भीतर घर में पहुँचा...

"रानी अपने कुल-देवता के मंदिर में पहुँची," माँ सुनाया करती थीं, "अपने सतीत्व को सिद्ध करने के लिए उन्होंने घोर तपस्या की। राजा देखते रहे! कुल-देवता प्रसन्न हुए और उन्होंने अपनी दैवी शक्ति से दोनों बालकों को तत्काल जनमे शिशुओं में बदल दिया। रानी की छातियों में दूध भर आया, उनमें से धार फूट पड़ी, जो शिशुओं के मुँह में गिरने लगी। राजा को रानी के सतीत्व का सबूत मिल गया। उन्होंने रानी के चरण पकड़ लिए और कहा कि तुम देवी हो! ये मेरे पुत्र हैं! और उस दिन से राजा ने फिर से राजकाज संभाल लिया..."

पर उसी रात जगपती अपना सारा कारोबार त्याग, अफीम और तेल पीकर मर गया। क्योंकि चन्दा के पास कोई दैवी शक्ति नहीं थी और जगपती राजा नहीं, वह बचनसिंह कंपाउंडर का कर्जदार था!...

"राजा ने दो बातें कीं," माँ सुनाती थीं, "एक तो रानी के नाम से उन्होंने बड़ा मंदिर बनवाया और दूसरे, राजा के नए सिक्कों पर बड़े राजकुमार का नाम खुदवाकर चालू किया, जिससे राज-भर में अगले उत्तराधिकारी की खबर हो जाए..."

जगपती ने मरते वक्त दो परचे छोड़े, एक चन्दा के नाम, दूसरा कानून के नाम।

चन्दा को उसने लिखा था-"चन्दा, मेरी अंतिम चाह यही है कि तुम बच्चे को लेकर चली आना...अभी एक-दो दिन मेरी लाश की दुर्गति होगी, तब तक तुम आ सकोगी। चन्दा आदमी को पाप नहीं पश्चाताप मारता है, मैं बहुत पहले मर चुका था। बच्चे को लेकर जरूर चली आना।"

कानून को उसने लिखा था-"किसी ने मुझे मारा नहीं है...किसी आदमी ने नहीं। मैं जानता हूँ कि मेरे जहर की पहचान करने के लिए मेरा सीना चीरा जाएगा। उसमें जहर है। मैंने अफीम नहीं, रुपये खाए हैं, उन रुपयों में कर्ज का जहर था, उसी ने मुझे मारा है। मेरी लाश तब तक न जलाई जाए, जब तक चन्दा बच्चे को लेकर न आ जाए। आग बच्चे से दिलवाई जाए। बस।"

माँ जब कहानी समाप्त करती थीं, तो आस-पास बैठे बच्चे फूल चढ़ाते थे। मेरी कहानी भी खत्म हो गई, पर...

(इलाहाबाद, 1954)

देवा की माँ

उसकी माँ दरियाँ बुनती थी और वह बेकार था। दरियाँ बुनने का भी कोई ऐसा बँधा हुआ सिलसिला नहीं था, जिसे काम कहा जा सके। कभी कोई अपनी जरूरत से बुनवा लेता और कभी बेजरूरत भी-उसे काम देने की नीयत से दे देता, या बरसों का कोई गद्दा-लिहाफ जब जवाब दे जाता, उपल्ला और अस्तर फट जाता और बदरंग नामा भीतर से झाँकने लगता, तो उसे काम में ले आने का एक यही तरीका था कि उसे देवा की माँ को दे दिया जाए और वह महीने-दो-महीने में दरी बुनकर दे जाए। मेहनत-मजूरी का दाम धीरे-धीरे पटता रहता, क्योंकि कोई धन्धा तो था नहीं कि इस हाथ ले, उस हाथ दे। यही क्या कम था कि जरूरत पड़ने पर उसे कहीं-न-कहीं से पैसे मिल ही जाते।

यहाँ के ये सारे परिवार एक-दूसरे से बेतरह जलते थे, कुढ़ते थे; पर वक्त की मार ने उनकी जबानों को कुन्द कर रखा था, हर एक की बेबसी ने एक अनदेखे धागे में बड़े ही आश्चर्यजनक रूप में उन्हें बाँध रखा था, जिसका कोई सिरा नजर नहीं आता था। यही वजह थी कि जवान होते हुए भी, देवा के बेकार रहने को, लोगों ने बड़ी निस्संग स्वाभाविकता से स्वीकार कर लिया था।

देवा जब अपने चारों ओर नजर घुमाता तो उसे यह सब खलता। खुद अपनी माँ की बेईमानी चुभती; जो दरियों के लिए रूहड़ लेते वक्त पन्सेरी पर आधा सेर ज्यादा लेने की नीयत से, मैल के एवज में साढ़े पाँच सेर के लिए झगड़ती, और इस तरह आधा सेर रुई बचा-बचाकर आठ-दस दरियों के बाद, एक अपनी निजी दरी बनाकर बेच लेती। वह अपने चारों तरफ जब लोगों को देखता तो उसे लगता कि उनके चेहरे एकदम एक-से हैं, जिन पर नफरत, प्यार, प्रशंसा या निन्दा–कुछ भी तो नहीं उभरती। अजीब-सी एकरसता थी, जैसे एक शंकर-से योगी हैं, जो विष पी-पीकर स्थिर-से बैठे हैं, आँखें मूँदे!

इसीलिए वह घर से भागा-भागा रहता। मौलवी साहब के अस्तबल में लगे

शास्त्री के छापाखाने में बैठा रहता, वहाँ की एकरस आवाज से जब मन ऊबता तो ठाकुर की इमली के नीचे वाले चबूतरे की महफ़िल में पहुँच जाता। कस्बे-भर की सनसनीपूर्ण ख़बरें उसे शास्त्री के छापाख़ाने में मिलती रहतीं और सरकार के कारनामों की सूचनाएँ ठाकुर की महफ़िल में जमा होने वाले बेसिक और नॉर्मल स्कूल के अध्यापकों और पण्डितों से मिलतीं। इन दोनों ही जगह उसे ऐसे आदमी दिखाई पड़ते थे, जो अपनी बातों और अपने स्वार्थों से अलग-से होकर आस-पास और दूर-दूर के सुख-दुःख और संघर्ष के प्रति जिन्दा दिखाई पड़ते थे...यहाँ आकर जैसे वह अपने को भुला बैठता और बहुतों की पाँत में शामिल हो जाता। इसीलिए कभी-कभी अनचाहे–बिना सोचे, उसे देर हो जाती। सुबह से आ-जमता तो बातों में वक्त का अन्दाज न रहता। दोपहर चढ़े जब घर पहुँचता तो दिल छोटा होने लगता, खयाल आता, इतना वक्त बेकार बरबाद कर दिया, इससे अच्छा होता कि अम्मा के काम में हाथ बँटाता, और कुछ न सही तो रूहड़ ही नोचता, जिससे धुनकने के लिए डाली जा सकती या सूत की लच्छियाँ ही बनाता, जिससे रँगने में आसानी होती। घर में घुसता, बरामदे में ही अड्डा सजा होता, सूत का जाल पुरा होता और रंगीन सूत की पण्डियाँ इधर-उधर लुढ़कती होतीं, कसने वाला हत्था एक ओर पड़ा होता और अम्मा बैठी सूत कातती होती या रूहड़ नोचती होती। आहट सुनकर बिना उसकी ओर देखे उठती और कोठरी में घुस जाती। डिबिया में से लम्बी जंजीर वाली घड़ी निकालती, घड़ी हथेली पर रखती तो जंजीर हथेली के उस पार झूल जाती; उसे कुछ क्षण देखती...एकटक...जैसे सुइयों की गिनती पढ़ने में उसे कुछ याद आता हो...

और तभी देवा का मन भर आता, अपनी बेपरवाही और उदासीनता पर पश्चात्ताप होता। सोचता, आखिर माँ भी तो घर में अकेली पड़ी रहती है, कहीं आती-जाती नहीं। क्या उसका दिल नहीं भटकता होगा? फिर माँ पर कुछ झुँझलाहट भी होती कि ये कुछ बोलती क्यों नहीं, देर से आने पर डाँटती क्यों नहीं, कुछ पूछती क्यों नहीं? पर वह नहीं पूछती। जैसे सब स्वीकार कर लिया हो। लेकिन तभी उसे लगता कि वह कितने पीड़ित मौन से सब-कुछ पूछ लेती है। जब कोठरी में घड़ी देखने जाती है, तो शायद वह अपने से ही उत्तर माँगती है कि देवा अब तक कहाँ रहा? और फिर उसके बाद सुइयों पर नजर गड़ाकर कुछ कहती है कि देखो, तुम्हारा देवा कैसा हो गया...मेरा कुछ भी ख्याल नहीं रखता, क्या इसकी उम्मीद भी छोड़ दूँ?

और तब देवा की आँखें नम हो जातीं, वह अपने को सारी बातों का जिम्मेदार

पाता। उसे पिता की याद आती, जिसे उसने देखा तो था पर कभी महसूस नहीं किया।

माँ कोठरी से निकलती, आसन बिछाती और खाना परोसकर देवा को आवाज देती, "आ देबू, ज़रा पानी रख ले दो गिलास..."

तब देवा को पता चलता कि माँ भी बिना खाये बैठी रही है, कहता, "अम्मा तुम खा लेती न, मैं ज़रा मास्टरजी के पास गया था। उनके हाथ में पचास-साठ की नौकरी तो रहती ही है। शायद अब से स्कूल खुलने पर कुछ ख्याल कर लें..." पर झूठ बोलते उसे कुछ न लगता, कह चुकने के बाद माँ के चेहरे की स्थिरता जैसे उसे धिक्कारती और वह अपने में सिमट जाता...माँ धीरे से मुसकरा देती और कहती, "रामलाल की एक दरी बनानी है, सूत तो तैयार है, तू कल रँगरेज से रँगवा दे, झटपट निबटा लूँ..."

"अम्मा, घर पर ही रंग ले, बाजार में बहुत दाम पड़ते हैं।"

"पक्का रंग तो घर पर मैं तैयार कर लूँ, पर कुटाई नहीं होती, और बिना कूटे रंग नहीं चढ़ता, मेरा तो कन्धा बेकार है, नहीं तो..."

"अरे कुटाई मैं करूँगा...कल तुम औटाकर रंग बना देना, फिर सब मेरा काम..."

और दूसरे दिन देवा जब उठता तो खुद जाकर चूल्हा सुलगाता और कहता, "अम्मा, पहले रंग औटा लो, फिर बैठा मैं कूटता रहूँगा तब तक तुम खाना बना लेना..."

माँ पतीला चढ़ा देती, रंग की पुड़िया चूल्हे के पास लाकर रख देती और पटा डालकर बैठ जाती तो देवा देखता–कुछ देर तो लगेगी ही, ज़रा बाहर निकलता, फिर आकर झाँक जाता कि अब माँ ने पानी में रंग डाला या नहीं। फिर निकल जाता और निकलता तो निकल ही जाता। जब वापस आता तो धूप चढ़ आई होती, दोपहरी तपती होती और माँ पटिया पर सूत रखे, हाँफते-हाँफते कूटती होती। बालों की लटें रूखी-सी झूलती होतीं, बाँहों की नसें सूत-सी उभर आतीं और उसके हाथ रंग से बदरंग होते। माँ आहट सुनती तो लच्छियों को तार पर फैलाकर कोठरी में घुस जाती।

इसी तरह दिन बीतते जाते और देवा को कभी यह महसूस भी न हो पाता कि आखिर यह सब कैसे चलता जाता है। माँ किन खयालों में डूबी रहती है। और क्या सोचती रहती है? और न वह पूछ ही पाता, क्योंकि जब भी पूछने का अवसर आता तो वह घड़ी और उसकी सोने की जंजीर बीच में आ जाती। माँ उदास दिखाई पड़ती और वह स्वयं अपने प्रति असन्तोष से पछताता होता। यदि वह कोशिश भी करता तो साहस न पड़ता...क्योंकि उस घड़ी और उसकी सोने की जंजीर से उसके पिता का इतिहास जुड़ा था, जो कहीं स्टेशन-मास्टर थे और वर्षों से दूसरी शादी करके अपने बाल-बच्चों के साथ रह रहे थे। उसने सिर्फ इतना सुना था कि पाँच वर्ष पहले वे कुछ घण्टों के लिए माँ से मिलने आये थे। तब दूसरी शादी कर चुके थे। माँ ने कहीं से उधार लाकर उनके लिए खाना बनाया था, पर उन्होंने खाया नहीं था। उस वक्त पड़ोस की औरतों ने माँ से कहा था कि अपनी और देवा की परवरिश के लिए कुछ माहवार तै कर लेना चाहिए, पर माँ ने वह बात ही नहीं उठायी। चलते वक्त पिता ने माँ से कहा था कि घड़ी की जरूरत पड़ जाती है कभी-कभी, उसे दे दो तो लेता जाऊँ। तो माँ ने जवाब दिया था कि यही एक चीज पास रह गई है जो देवा को भी उसके वक्त का ज्ञान कराती रहती है। हाँ, यदि सोने की जंजीर की जरूरत हो तो वह ले लें। पर पिता ने बात खुल जाने के कारण और घड़ी माँगने के पीछे जंजीर की असली ख्वाहिश जाहिर होने के कारण, आगे बात नहीं बढ़ायी थी और चले गए थे।

उनके जाने के बाद बग़ल के मकान की बूढ़ी बातों का पता लगाने आई थी, क्योंकि उस दिन सभी घरों में यही चर्चा थी...पीछे-पीछे देवा की माँ की बुराइयाँ भी बड़ी ईमानदारी से बयान की जा रही थीं और उससे भी ज्यादा ईमानदारी और चिन्ता से उसकी सहनशक्ति, सन्तोष और मुसीबतों को दोहराया जा रहा था। वृद्धा आकर वहाँ बैठी और उसने पूछा था, "क्यों देबू की माँ, बातचीत का कैसा रवैया था उनका?"

"वैसा ही था चाची, सचमुच कोई फरक नहीं था...मैं तो समझी थी कि पता नहीं कैसे पेश आएँ, पर सुभाव नहीं बदला। तन से तो एकदम बदल गए हैं। मैं तो पहली नजर में पहचान नहीं पायी, अभी से सामने के दो दाँत बदलवाने पड़ गए हैं..."

"अच्छा, बात क्या-क्या हुई? तुम्हारी बातों का क्या जवाब दिया?"

"मैं तो उन्हीं की सुनती रही चाची, बीच-बीच में खामोश हो जाते थे, लगता था कि अपने किए पर उन्हें दुःख हो रहा है, ऐसे में क्या कुरेदती? कह रहे थे, मन नहीं जमता कहीं। बड़ी देर तक समझाते रहे थे कि क्या-क्या सोच रहे हैं। फिक्रों से परेशान थे...चलते वक्त घड़ी मुझसे जरूर माँगी थी, सो मुझसे देते न बनी...पता नहीं कैसा मोह हो गया है उससे..."

तो उनकी ये सब फिक्रें और दुःख सिर्फ घड़ी के लिए ही था, उसकी जंजीर तो सोने की है न!" बूढ़ी ने निष्कर्ष निकालते हुए कहा था।

"सो नहीं चाची, उन्हें लेना ही होता तो क्या मैं इनकार कर पाती! मैंने कहा था कि चाहे तो जंजीर लेते जाएँ, पर उन्होंने फिर उसकी बात ही नहीं की।"

"हिम्मत नहीं पड़ी होगी, नहीं तो अब वे तुम्हें क्या समझते होंगे..."

"ऐसी बात नहीं चाची, उनमें ये सब बातें थीं ही नहीं...आदमी में वैसे भी खोट नहीं होती, उससे कुरस्ता तो औरत ही डालती है। मैं तो घर रहती थी, ये ड्यूटियों पर दौड़ते रहते थे, महीनों बाद आना होता था। वहीं वह मिल गई और उसने बहका लिया। औरत चाहे तो अच्छे-भले आदमी को उलझाते कितनी देर लगती है! अगर उन्होंने यह सब समझ-बूझकर ही किया होता तो भला यहाँ आते? और असल बात यह थी चाची कि मैं उनसे घुल-मिल ही नहीं पायी थी। ससुराल में रहते घर की भीड़-भाड़ और हया-शरम में कभी अपनेपन की बात ही नहीं कर पायी। उन्होंने मुझे जाना ही नहीं और अनजान में जो कर बैठे वह तो हो ही गया..."

"अरे ऐसे सोचने से काम नहीं चलता, सब ऊँच-नीच देखा करो देबू की अम्मा! आदमी इतने सीधे नहीं होते। हर बात के पीछे मतलब होता है इनका....तुम्हें अपनी परवरिश की बात चलानी थी..." बूढ़ी ने बात का तार फिर पकड़ते हुए कहा।

"कहा तो, क्या चलाती... मैं तो सन्तोष किए बैठी हूँ। दो-तीन साल की और देर है, तब तक देबू करने-धरने लायक हुआ जाता है। काहे को कहीं मुँह डालूँ? देवा की फिक्र थी उन्हें भी, कह रहे थे, वैसे वो अपने पास बुला लेते, पर मेरा भी लगकर रहना नहीं हो पाता, इसीलिए सोचता हूँ, जैसा वहाँ तैसा यहाँ। अगर रहे तो मेरी निगाह के सामने रहे, नहीं तो तुमसे अच्छा और कौन होगा उसके लिए। उसके लिए बड़ी हिदायतें देते रहे थे। कहते थे, 'तुम्हीं से

सब कुछ सीखेगा। आजकल लड़कों को हवा लग जाती है। तुम्हारा डर-खौफ अगर उसके ऊपर से उठ गया तो बिगड़ जाएगा। अपने को सँभाले रहना, जिस घर में जनमी हो उसका ध्यान रखना। बड़ी ऊँची शान रही है तुम्हारे बाबूजी की..."

बूढ़ी थोड़ी देर बाद उठकर चली गई थी।

तब से देवा पर उसकी नजरें और भी सतर्कता और प्यार से जम गई थीं। वह देवा को पेट काट-काटकर पढ़ाती रही, और जब वह पढ़-लिखकर बेकार बैठ गया, तब भी वह उसे उसी तरह देखती रही। उसके इधर-उधर बैठने को सतर्क नजरों से निहारती रही और जब-जब देर से लौटने पर वह झूठ बोलकर अपने को भुलावा देता तो उसके उस भ्रम को तोड़ने की उसने कभी कोशिश नहीं की। आखिर उसके भ्रम को तोड़कर वह कौन-सी सच्चाई उसे दिखा सकती थी? इस बात को वह खूब जानती थी।

एक रोज जब वह घर लौटा था तो हमेशा की तरह देर हो गई थी। उस रोज उसके साथ एक आदमी और था, जिसकी साइकिल के पीछे किताबों का ढेर बँधा था और सामने हैण्डिल पर लटके झोले में अखबार भरे थे। उस आदमी की आँखों में एक अजीब-सा विश्वास था, और उसके चेहरे पर मेहनत की कठोरता थी। देवा दरवाजे पर खड़ा-खड़ा कुछ देर उससे बातें करता रहा और जब भीतर आया था तो उसकी बातों में द्विविधा या झिझक नहीं थी। जैसे मन का गुबार एकदम बाहर छोड़ आया हो और अपनी सार्थकता का अनुभव करने लगा हो, आकर बोला था, "अम्मा, तुम खा लिया करो। मेरे इन्तजार में बैठे रहना ठीक नहीं। मेरा तो पैर निकल गया है..."

सुनकर माँ को ऐसा लगा था कि मन में आज तक जो टूटन थी वह शायद भर रही है, पर उसे कुछ दुःख भी हुआ था कि कहीं देवा उसकी तरफ से एकदम बेपरवाह न हो जाए। वह दिन-दिन-भर वहशियों की तरह घूमता और रात गए देर तक कुप्पी के प्रकाश में न जाने क्या-क्या पढ़ता। अब देर से आने पर उसे संकोच न होता तो माँ के दिल पर घूँसा-सा लगता। उसे चिढ़ भी होती, दुःख भी होता, और एक अजीब अव्यक्त-सा सुख भी मिलता। उसे लगता कि देवा कुछ अच्छा कर रहा है, पर यह अपनी तरफ से बेपरवाही भी बुरी है।

एक दिन उसे पता लगा कि देवा राजनीतिक आदमियों के साथ उठने-बैठने लगा है, उनके साथ झोला डाले इधर-उधर घूमता रहता है। अब वह अपने बारे में या घर के बारे में उतना चिन्तित नहीं है, जितना कहीं दूर बैठे लोगों या शहर के दूसरे लोगों के लिए है। कभी-कभी रात को भी बाहर रह जाता। घरों में देवा की चर्चा होती कि वह अखबार बेचने लगा है। बेकार आदमियों की तरह घर-घर दौड़ता फिरता है और चार पैसे का अखबार पहुँचाता है। चर्चा अगर बुराइयों पर चल पड़ी तो देवा और उसकी माँ को एकदम काला करार दे दिया जाता और कभी अच्छाइयों पर मुड़ गई तो उसकी जीवनी-शक्ति के सामने सब सिर झुका देते।

और वह सोचती...देवा भी सपनों में उलझा जा रहा है। उसमें जो आग सुलगी है, जो स्थिरता आई है, वह उसे शक्ति देगी; पर वह दीन-दुनिया की नंगी बातें करता है, उसकी बातों में कच्चापन है, पर बचपना नहीं। और माँ को लगता है कि देवा अब निपट अकेला नहीं है, वह बहुतों से अनदेखे रूप में जुड़ गया है...

पर यह बात भी उसके दिल में बहुत नहीं जमती, आखिर इससे होना क्या है? इसलिए सोचते-सोचते बात मुँह से निकल ही पड़ी। देवा अखबार बाँटकर आया था। माँ ने खाते वक्त उससे कहा था, "देबू, तुम्हारा यह अखबार बेचना हमें अच्छा नहीं लगता..."

देवा चुप ही रहा था। जब खाना खाकर चलने लगा तो माँ ने रोककर कहा, "यह पाँच सेर सूत लेते जाओ, सामने तुलवाकर देना, जब आना तब रँगवाकर लेते आना..."

देवा ने सुना और एक झोले में सूत भर लिया। पूछा, "कौन-से रंग में रँगेगा?"

"चार सेर नीला और एक सेर पीला, 'बाडर' के लिए।"

चलते-चलते उसे याद आया तो बोला, "अम्मा, मुझे समय नहीं मिलेगा, तुम मेरा कुरता ज़रा धोकर डाल देना, इस्तरी मैं कर लूँगा, कल के लिए कोई कुरता नहीं है।" अम्मा ने हूँ की ओर वह चला गया।

माँ ने कुरते को साबुन से धोकर, कलफ़ और नील लगाया, तार पर फैलाया और इन्तजार किया, पर देवा नहीं आया। खाना बनाकर बैठी रही, पर वह नहीं लौटा। रात आई और चली गई लेकिन देवा के वापस आते पैरों की आहट नहीं सुनाई पड़ी। तुलसी के बिरवे के ऊपर बँधी अलगनी पर उसका कुरता सूखकर

सिकुड़ गया, पर वह नहीं लौटा। माँ की आँखों से नींद उड़कर उसे खोजती रही लेकिन किसी सूने पहर में भी वह वापस नहीं आया। और माँ ने यह भी स्वीकार कर लिया। अलगनी से कुरता उतारकर, तह कर बक्से में रख दिया। पता नहीं किस वक्त आकर माँग बैठे।

तीसरे रोज पण्डित अपनी दरी माँगने जरूर आये। तब उसने यही कहा था, "छै-सात दिन में पहुँचा दूँगी। देवा को सूत रंगने के लिए दे दिया था, पता नहीं किस रँगरेज के यहाँ डाल आया है। देवा कल-परसों बाहर से वापस आ जाएगा तो दो-चार दिन में बिन के मैं खुद दे आऊँगी, परेशान न हों।"

"हुँ...कल-परसों देवा वापस आ जाएगा! कहाँ की कह के गया है? वह साल-भर से पहले नहीं आता, गिरफ्तारी हुई है कि मजाक है..."

"गिरफ्तारी..." माँ ने चौंककर कहा था।

"आन्दोलन किया है तो सजा भुगतनी ही पड़ेगी..."

सुनकर माँ ने खामोशी साध ली थी। बस इतना-भर कहा कि दरी पहुँच जाएगी, जैसे भी होगी।

गली में यह बात फैल गई थी कि देवा जेल चला गया है। यहाँ से कुछ लोगों के साथ वह करहल तहसील गया था, वहीं गिरफ्तार हो गया है। सजा एक साल की हुई है, लेकिन दो सौ रुपया जुर्माना भर दे तो आधी सज़ा कट सकती है। पर उसके साथियों में कोई जुर्माना भरने की बात को ठीक नहीं समझता। देवा ने जुर्म क्या किया है, इसके बारे में किसी को ठीक-ठीक नहीं पता। जब माँ की समझ में कुछ नहीं आया, तो वह हताश-सी हो गई थी। गली के लोग इसलिए भी कोई बात नहीं सुझाते थे कि उन्हें कहीं रुपए का इन्तजाम न करना पड़ जाए। तब वह और किससे कहती! अकेली बैठती तो देवा के पिताजी का ध्यान बार-बार आता। वे देवा के लिए कितने चिन्तित थे। सोचा, अगर उन्हें पता चलेगा तो यही कहेंगे कि मुझे खबर तक नहीं दी। आखिर बेटा तो मेरा भी है, और कौन करेगा उसके लिए। जो हुआ सो हो चुका, पर क्या खून और प्यार के फर्ज छूट जाते हैं।

तब एक दिन उसने "उन्हें' चिट्ठी लिखी थी–'देवा करहल तहसील में गिरफ्तार हो गया है। कुछ कह के नहीं गया। थोड़े दिन पहले पण्डितजी से यह खबर मिली है। वह यह भी कहते हैं कि दो सौ रुपया जुर्माना दे दिया जाए

तो देवा की आधी सजा कट जाएगी। इतवार की रात को गया था। यहाँ बिलकुल अकेली हूँ, जी नहीं लगता, देवा की वजह से बड़ा सूना लगता है। कुछ काम भी नहीं कर पाती। आप जो पैरवी ठीक समझें, करके उसे छुड़ा लायें। हो सके तो यहाँ होते हुए आप करहल निकल जाएँ।

जो आदमी अपने काम से गया था और देवा की माँ का खत ले गया था वह वापस आया तो लिखावट के दो शब्द तक साथ न लाया। जबानी उसने यही बताया था कि स्टेशन-मास्टरजी का कहना है कि मुझसे पूछकर और मेरी मर्जी से देवा चलता होता तो मैं अपना सिर भी रोपता; उसका क्या ठिकाना, आज छुड़ाया कल फिर चला जाएगा...नौकरी-पेशा आदमी हूँ, और ये सब काम करने के लिए वक्त चाहिए, वह कहाँ से लाऊँ...कल ही मुझे दूसरी जगह रिलीव करना है।

देवा की माँ ने सुना तो पहले विश्वास नहीं आया। सोचा, शायद बेमौके चिट्ठी हाथ में पड़ी हो, पता नहीं दिमाग किन परेशानियों में फँसा हो कि यह खबर पाकर तिलमिला गए हों। जब ठण्डे दिल से सोचेंगे तो शायद डाक से चिट्ठी डाल दें। या शायद अपने घर की बात बाहरवाले के सामने न करना चाहते हों, तो भी चिट्ठी डाक से ही आयेगी। लेकिन महीनों इन्तजार के बाद भी डाक से कोई चिट्ठी नहीं आई। वह भीतर कोठरी में जाती, घड़ी हथेली पर रखती तो वही जंजीर हथेली के उस पार झूल जाती, वह घड़ी को पल-दो पल देखती। घड़ी की सुइयाँ वक्त बदलती जातीं, पर वे सूनेपन की घड़ियाँ स्थिर-अडिग खड़ी थीं, अकेलेपन के पल अमिट हो गए थे, जिन्हें घड़ी की सुइयाँ नहीं हटा पायीं।

इधर पण्डितजी का दरी का तकाजा नाराजी का रूप धारण करता जा रहा था, उधर वह सारा कारबार रोके, हताश, उन परछाइयों का इन्तजार कर रही थी जो चलती हैं, बनती हैं, मिटती हैं, पर बोलती नहीं। आखिर एक दिन जब पण्डितजी खरी-खोटी सुना गए और सूत रंगने देने वाली बात को महज बेईमानी और झूठी बात करार देकर बड़बड़ाते चले गए तो वह आँखों में आँसू भरे चरखा कातती रही। टूटते सूत से सूत जोड़ने की कोशिश करती रही और सिसकती रही...सोचती रही और रोती रही, उसके सूत तो ऐसे बिखर गए थे, जो पकड़ाई में ही नहीं आते थे।

जब अँधेरा झुक आया और घर की बँधी-बँधी फिजा में ऊब भरने लगी तो वह एक गहरी साँस लेकर उठी थी, चरखे की चरमराहट रुकी तो और भी

निस्तब्धता छा गई थी। वह कोटरी में पहुँची, तब न जाने कौन-सा घाव उघड़ गया कि आँखें अनायास भरभराकर बह उठीं।

और तब अँधेरे में बैठे-बैठे उसके सामने जैसे सत्य उजागर होता गया था...वह अब तक किन परछाइयों पर विश्वास करती आई...देवा के पिताजी पर...पर वह कितनी बड़ी प्रवंचना थी...कितना बड़ा धोखा वह देते आ रहे हैं। कितनी सफ़ाई से सारी जिम्मेदारी टाल गए थे और कितनी खूबसूरती से उसके नारीत्व और पत्नीत्व को बातों से तृप्त कर गए थे...इसलिए कि वह कुछ और न सोच सके...वह सिर्फ यही तो चाहते थे कि वह इसी तरह लँगड़ाती, घिसटती और अधूरी रहकर भी पति के आकाशी आदर्श की गरिमा में अपने को धन्य मानती रहे...वह नीचे उतरकर धरती का स्पर्श न करने पाये...कहते थे–देवा पर तुम्हारा ही असर पड़ेगा...और इस बात में वे उसकी लज्जा को कितनी बड़ी चुनौती दे गए थे...पर...तब उसकी आँख पर कौन-सा परदा पड़ा था!

और तब वह उस अँधेरी कोठरी से निकली थी। सिन्दूर की डिबिया उसके हाथों में थी और तुलसी के बिरवे पर चाँदनी मुसकरा रही थी। चारों तरफ दूध-सा फैला था और एक अजीब-सी शीतलता थी। वह सिन्दूर की डिबिया हाथ में लिये तुलसी को निहारती रही थी। भीतर बवण्डर-सा था। काँपती उँगलियों से उसने डिबिया खोली थी और सारा सिन्दूर तुलसी की नीली-नीली पत्तियों पर बिखेरकर अपना सुहाग उसे सौंप, सजल नयनों से उस बिरवे को ताकती रही थी। तुलसी की पँखुरियाँ सिन्दूर मिली दूधिया चमक से जैसे और भी नीली पड़ गई थीं। और वह तुलसी के बिखेरुए पर माथा टेके, उस निपट अकेली रात में, अपने एकाकीपन को सोच-सोचकर खिसिया-खिसियाकर रोयी थी, शंका से भर-भर उठी थी, डर से घबरायी थी, पर कहीं कुछ था जो उसे रुलाता था और ढाढ़स बँधाता था, उसकी आँखों में पानी का सैलाब लाता था और सोख लेता था–

उस दिन से उसने माँग नहीं भरी...और कोई चारा न देखकर घड़ी-की जंजीर बेचकर रुई खरीद लायी थी। पण्डित की दरी भी बुनकर दे आई थी।

तब से वह लगातार खरीदी हुई रुई की दरियाँ बुनती रहती, सूत कातती रहती और एक-एक बुनकर सहेज-सहेजकर रखती जाती। किसी का काम मिल जाता तो कर देती, नहीं तो अपने काम में लगी रहती। देवा को बिछुड़े तो इतने दिन हो गए थे कि अब लगता था–वह दूर ही चला गया। जब उसकी बहुत याद आती तो सन्दूक से उसका कुरता निकालती, तह खोलती, उसे देखती और फिर सँभालकर रख देती।

और जब आज साल-भर बाद देवा सामने आकर खड़ा हो गया तो माँ का वही चरखा चल रहा था, जिसका हत्था शीशे की तरह चमकने लगा था। वही स्थिरता माँ के चेहरे पर छायी थी जो सहज भक्ति से मिल पाती है, और सूत कातते क्षणों की खामोशी–जैसे आराधना का मौन! देवा ललचाया-सा खड़ा देखता रह गया। माँ ने उसका संकोच परखा था। उसे लगा कि अभी वह कुछ वैसी बातें कहेगा जिसमें वही पुराना भ्रम होगा, उसे नौकरी मिल जाने वाली बात जैसी कोई हलकी बचत होगी। पर देवा ने वैसी कोई बात नहीं कही तो चरखे की माल पर हाथ फेरती हुई वह उठी और तब उसने नजदीक से देवा को देखा। वह जैसे पक गया था, उसके मुख पर तपस्या की आभा थी, कच्चा बचपना कहीं दुबक गया था। सारे प्रश्न और उत्तर अपने-आप सहज हो गए। सब सरल था। उसकी आँखों में ममता भर गई, बोली, "देबू, आ गया तू।"

"अम्मा..." और रुककर वह बोला था, "बड़ी भूख लगी है।"

"भूख..." उसने कहा।

"साल-भर से भूखा हूँ...अम्मा पूरे एक साल से..."

तब सारा समय सिमट आया, सब स्वाभाविक हो गया। माँ ने खाना परोसा, देवा ने पानी रखा और माँ-बेटे बेवक्त खाने बैठ गए। खाते-खाते देवा ने कहा, "बाबूजी अस्पताल में हैं।"

"क्या हुआ?" माँ के चेहरे पर सब प्रकृत था।

"मोटर में जान-पहचान का खलासी मिला था। मुझे पहचाना तो उसने बताया था कि बाबूजी को प्लूरिसी हो गई है। एक बार हालत इतनी खराब हो गई कि चौबीस घण्टे बेहोश रहे, फिर कुछ हालत ठीक हुई, पर तीन-चार रोज बाद फिर बिगड़ गई...छोटे अस्पताल से बड़े में चले गए हैं..."

"कब से खराब है?"

"एक महीने से, कल जाके देख आऊँ?" देवा बोला।

माँ चुप रही। तीन-चार कौर उसने और खाये, गट-गट पानी पिया और उठ गई।

शाम गहरी-गहरी उदास थी। देवा का मन हुआ कि इतने दिनों बाद जाकर लोगों से मिल ले। लौटकर आया तो माँ चरखे के तकुए की नोक पटिया पर घिस रही थी। आज माँ की स्वाभाविक उदासीनता में कुछ कलक थी। उदासीनता की दृढ़ता की जगह खोया-खोया मोह था।

रात को माँ दिये के प्रकाश में बैठी चरखे की रुई साफ करती रही। यह चरखा ही शायद उसका सबसे बड़ा सहारा था। सूत कातते हुए टूटे तार जोड़ते-जोड़ते अथाह धैर्य और अटूट दृढ़ता उसकी प्रकृति में आ गई थी। प्रत्येक बार टूटनेवाले तार ने उसकी खीझ, झुँझलाहट और असन्तोष को जीत लिया था। इसी में उसका निस्तार था, यह चरखा ही उसका गूँगा गुरु था।

रुई साफ़ करने के बाद शायद वह लेटती, पर चरखे को खाट के सिरहाने रखकर वह अन्धी अलमारी के पास खड़ी रही। अरसे से रखी हुई चीजों को उठा-उठाकर निहारती रही। कील में लटकते कृष्णजी के कलैण्डर को देखती रही और फिर मोम लेकर चरखे की माल सूँतने लगी।

एक झपकी के बाद जब देवा की आँख खुली तो देखा, माँ सूत की पूनियों के ढेर के सामने सिर झुकाये बैठी है...मोह का आवरण उसके चारों ओर अदृश्य-सा फैला है और उस अँधियारे में उसकी काया असमंजस में पड़ी है। वह कुछ चाह रही थी–पाना या खोना!...पर जैसे न वह पा सकती थी और न खो सकती थी...वहाँ से उठकर उसने दिये को बुझाया तो देवा ने आँखें मूँद लीं, और इस इन्तजार में कि अब माँ लेटेगी, वह खुद सो गया।

सुबह की नरम सरदी से वह कुछ जल्दी ही जागा। दीवार के मोखे से प्रकाश की रेखा आ रही थी और कोठरी का अँधियारा भूरा-भूरा हो गया था। उसे कुछ शुभ-सा लगा। माँ की खाट खाली थी। कुछ खटका मन में हुआ। उठकर कोठरी की चौखट तक आया।

बाहर आँगन में जैसे पवित्रता छायी थी...हलकी सरदी और मन के उजियारे की तरह पावन प्रकाश! और उस प्रातः के सुरमई आकाश से झरती हुई वह आभामय रोशनी, जिसमें आँगन का तुलसी का बिरवा किसी विश्वास के अंकुर-सा स्थिर खड़ा था! उसके घिरुए पर माटी का दीपक जल रहा था, जिसकी अकम्पित लौ में तुलसी की छाया तले सिर टेके, माँ की सिन्दूर-भरी माँग चमक रही थी।

अकस्मात् इतने विशाल शुभ को ग्रहण कर सकने में अपने को असमर्थ पाकर, वह आँखें मूँदकर उस पूर्णता को पा सकने के लिए यन्त्रचालित-सा खाट पर मुँह गड़ाकर लेटा रहा। थोड़ी देर बाद आहट हुई तो एकाएक वह आँखें न खोल पाया...कहीं अर्थ खो न जाए, पूर्णता लुप्त न हो जाए।

"देबू ..देबू..." माँ ने पुकारा था, "सबेरा हो गया देबू, उठो..."

उठकर वह बाहर आँगन में आ गया और माँ कोठरी में घुसी रही। जब वह बाहर आई तो देवा बोला, “अम्मा, हम लोग चलकर बाबूजी को आज ही देख आएँ।”

माँ ने ऐसे देखा कि क्या वह सचमुच ही यह बात कह रहा था और क्या उसके लिए भी कह रहा था? माँ को खामोश देखकर वह बोला, “तुम तैयारी कर लो, अभी सवेरे दस बजे चलकर रात की गाड़ी से वापस आ जाएँगे।”

“मैं नहीं जाऊँगी...” कहते-कहते माँ कमरे की तरफ मुड़ गई।

“तुम नहीं जाओगी?” देवा ने जैसे बात समझने के लिए दोहरायी।

“नहीं!” माँ के स्वर में दृढ़ता थी।

“तो मैं चला जाऊँ...?” देवा सहसा कह गया।

“नहीं।” माँ ने उसी दृढ़ता से कहा और अपने काम में लग गई।

(मैनपुरी, 1955)

भरेपूरे-अधूरे

घर में मोटर साइकिल के आने से एक नई रौनक आ गई थी। मोटर साइकिल के आते ही सबसे पहले बैठक की खिड़कियों पर नए परदे पड़ गए थे। जयप्रकाश बाबू ने यह भी महसूस किया था कि राधा अब साड़ी बदलकर और बाल सँवारकर ही बाहर निकलने लगी है, सब्जीवाला अब भी आता है, पर राधा भाव-ताव पर उससे उतना तकरार नहीं करती, जितना कि पहले किया करती थी...

बरामदे में मोटर साइकिल खड़ी रहती, तो ऐसा लगता रहता, जैसे घर में कुछ बाँकपन आ गया है। राधा की नजर इस बात पर भी रहने लगी कि चारों बच्चों में से कोई भी नंगे पैरों बाहर न निकल जाए।

क्रोशिए से उसने बैठक की मेज के लिए जालीदार टेबिल-क्लॉथ भी बुन लिया था और हर रोज बच्चों के स्कूल जाने से पहले उनके जूतों पर पॉलिश भी कर दिया करती थी।

जयप्रकाश बाबू को इससे बड़ी सन्तुष्टि होती थी...सैकिण्डहैण्ड मोटर साइकिल खरीद लाने के बाद से घर में अजीब-सा ढब और बड़प्पन आ गया था। बच्चे शेर हो गए थे, बीवी पड़ोसियों को 'घर बनाने" की हिदायतें देने लगी थी और दूसरों के घरों का हालत देखकर अब ज़रा ज्यादा दुःखी होने लगी थी।

पड़ोस वालों की मशीन पर वह जयप्रकाश बाबू के लिए धारीदार नाइट सूट सिल लाई थी और हर रात उन्हें जबरदस्ती पहना देती थी।

"सलीका तो तुमने सीखा ही नहीं!" राधा कभी-कभी उन्हें ताना देती, "ऐसे अच्छा नहीं लगता कि धोती और बनियाइन पहनकर सवेरे-सवेरे घूमने लगो. ..सुबह-सवेरे भी कई लोग आ ही जाते हैं..." और अपने पैरों के नाखूनों पर वह नेलपॉलिश भी लगाने लगी थी।

जयप्रकाश बाबू सोकर उठते और गुसलखाने से वापस आते तो उन्हें स्टूल पर शेव का सामान रखा हुआ मिलने लगा था...

और एकाएक हुए परिवर्तन से कभी-कभी वे चकित रह जाते थे। पर मन में कहीं यह सन्तोष और भी गहरा जाता कि अब घर कुछ ऊपर उठ रहा है। उनके जीवन-स्तर में सुधार हो रहा है।

मोटर साइकिल का इतना गहरा और महत्त्वपूर्ण प्रभाव उनके रहन-सहन पर पड़ जाएगा, यह उन्होंने पहले कभी नहीं सोचा था।

और पड़ोसी औरतों के बीच राधा बड़े विश्वास और सहज स्वाभिमान से कहती, "सबसे पहली चीज तो घर है! आदमी घर बना ले तो समझो, सब कुछ बना लिया...माधुरी के पापा कह रहे थे कि एक खाने की मेज और ले आएँगे ...आजकल कौन खाता है चौके में बैठकर..."

जयप्रकाश बाबू को अपना बनता हुआ घर दिखाई देता, तो बड़ी खुशी से भर जाते...लगता था जैसे राधा में एक बार फिर से चुस्ती आ गई है। उसने बच्चों के सोने का इंतजाम दूसरे कमरे में कर दिया था। और दो कोनों में पड़ी खाटों को सटाकर बिछा दिया गया था। जो खाट नीची पड़ती थी, उसके नीचे ईंटें लगाकर बराबर कर दिया था। उन दोनों खाटों से बने हुए डबल-बेड पर चौबीसों घण्टे बिस्तर बिछा रहा था और जयप्रकाश बाबू का नाइट सूट वह बिला नागा सिरहाने रख देती थी...

घर में चाहे और कुछ न आया हो, पर मोटर साइकिल के आ जाने से एक अजीब-सी सम्पन्नता लगने लगी थी।

"कुछ दिनों बाद नई खरीद लेना!"

"और क्या...इस पुरानी पर अच्छी तरह चलाना सीख जाऊँगा...तब तक नई का नम्बर आ जाएगा..."

"एक रोज ज़रा हमें भी घुमा लाओ...कितने महीने हो गए हैं घर से बाहर गए हुए!"

"अब तुम अपने झंझट से निपट लो, तब घुमाने ले जाया करेंगे...ज़रा-सा कहीं झटका-वटका लग गया तो तकलीफ में पड़ जाओगी..."

"ये झंझट तुम्हीं लगा देते हो...खिसको...उधर..." राधा बड़े प्यार से उलाहना देकर आहिस्ता से बगल में लेटकर सो जाती।

एक दिन जयप्रकाश बाबू दफ्तर से लौटे तो देर भी हो गई थी और मोटर

साइकिल भी साथ नहीं थी। राधा ने देखा तो अचरज में पड़ गई। इससे पहले कि वह कुछ पूछे जयप्रकाश बाबू ने कहा, "ज़रा-सा तेल गरम कर देना..."

"क्यों, क्या हुआ ?"

"वह साली मोटर साइकिल स्लिप हो गई...पुरानी तो है ही, पुरजे चुस्त-दुरुस्त नहीं हैं...वह तो कहो, जान बच गई, नहीं तो हड्डी-पसली चूर हो जाती..."

"मोटर साइकिल कहाँ है ?"

"मरम्मत के लिए डाल आया हूँ। चेन साली टूट गई...अगला पहिया अलग हो गया। साली धुरी से उड़ गया..."

"बड़ी खैर हुई !" राधा ने आतंकित भाव से कहा।

और रात में जयप्रकाश बाबू अपनी कमर पर मालिश करवाते रहे।

"धमक लग गई है !" राधा ने आतंकित भाव से कहा।

"दर्द तो इतना हो रहा है कि लगता है साली हड्डी हट गई है..."

"तुम मोटर साइकिल बेच डालो–लेना तो अब नई लेना। पुरानी चीज पुरानी ही होती है..."

और जब मैकेनिक ने मरम्मत का खासा खर्चा बता दिया तो जयप्रकाश बाबू ने बारह सौ में खरीदी हुई मोटर साइकिल आठ सौ में बेच दी और रुपया बैंक में जमा कर आए।

"यह तुमने अच्छा किया..." राधा ने सुना तो बोली, "अब इस रुपए से कोई जरूरत की चीज खरीद लेंगे...माधुरी रेडियो की रट लगाए हुए है...न हो तो..."

"नहीं-नहीं, इसमें से पाई भी खर्च नहीं करनी है। आठ सौ में रुपया जोड़ते जाएँगे, तब नई मोटर साइकिल खरीद लाएँगे..."

पर चौथे महीने ही जब घर में नया बच्चा आया तो खर्चे एकाएक खड़े हो गए और आठ सौ की रकम घटकर जब पाँच सौ के करीब आ गई तो जयप्रकाश बाबू फौरन बाजार जाकर साढ़े चार सौ का रेडियो खरीद लाए। जो पचास ऊपर बचे थे, उनसे कुछ और छोटी-मोटी जरूरत की चीजें खरीद ली गईं।

और तब राधा ने पड़ोसिनों को एक बार फिर भाषण दिया-"कहने लगे, दिन-भर घर में अकेले जी ऊबता होगा...रेडियो से ज़रा दुकेला-पन हो जाता है ...नहीं...नहीं, किस्तों पर नहीं, नकद लाए हैं। ये किस्त-विस्त का झंझट कौन पाले, बहनजी !"

दिन-भर घर में रेडियो चहकता रहता। जयप्रकाश बाबू को सन्तोष होता कि चलो यह भी एक काम की चीज आ गई।

साबुत गोभी घर में पकी देखकर तो वे चकित ही रह गए कि तभी राधा ने गोद की मुन्नी को लिटाते हुए गर्व से पूछा, "कैसा लगा?"

"बहुत बढ़िया...बढ़िया बना है!"

"रेडियो पर संगीत-शिक्षा का प्रोग्राम भी आता है। घर में हारमोनियम हो तो माधुरी सीख ले...अगले महीने से हारमोनियम सिखलाने का पाठ शुरू कर रहे हैं रेडियोवाले...माधुरी का बड़ा मन है सीखने को..." राधा ने सहजता से कहा।

"पैसे कहाँ हैं?" जयप्रकाश बाबू ने सधा-सा उत्तर दे दिया, "एक पाई नहीं बचती है।"

"यही दिन है उसके सीखने के...कल को पराए घर चली जाएगी..."

"देखो..." जयप्रकाश बाबू ने कहा और उन्हें एकाएक लगा कि ऊपर उठता हुआ घर सहसा कहीं पर अटक गया है। राधा के नाखूनों पर पॉलिश है। खाटें भी डबल बेड बनी हुई हैं। बच्चे भी दूसरे कमरे में सोते हैं। नाइट ड्रेस भी एकाध धोब चल जाएगी...पर कहीं कुछ है जो रुक गया और वह पूरे घर की खुशहाली को कैद किए हुए है। ज्यादा अफसोस उन्हें नहीं हुआ, पर मन में बुरा जरूर लगता रहा।

"देख रहे हो, कितने बाल टूटने लगे हैं!" अपने बाल काढ़ते हुए राधा ने उन्हें दिखाया था, "इतनी-सी चोटी रह गई!" उसने छाती पर बाल लाकर अपने अंदाज से नापते हुए कहा था।

"घनापन भी उतना नहीं रह गया है..." जयप्रकाश बाबू ने उसकी बात की ताइद में कहा, "यह एकाएक क्यों झड़ने लगे?"

"जब से मुन्नी हुई है, तभी से झड़ने लगे हैं...गाँठ बराबर जूड़ा रह गया है!" उसने बाल लपेटकर छोटा-सा जूड़ा बना लिया था।

एक दिन बच्चों की हुड़दंग में रेडियो धड़ाम से नीचे आ गिरा। कैबिनेट टुकड़े-टुकड़े हो गया। नाब्स की हंडियाँ बुरी तरह भीतर घुस गईं और मरम्मत करने वाले ने करीब नब्बे रुपए की मरम्मत बताई तो जयप्रकाश बाबू अचकचा गए। तनख्वाह में से नब्बे रुपए काटकर निकाल देना मुमकिन नहीं था। आखिर सोच-सोचकर वे ढाई सौ रुपए ले आए और उन्हें फिर बैंक में जमा कर दिया गया।

"इसमें से अब एक पाई नहीं निकाली जाएगी...डेढ़ सौ और जोड़कर नया रेडियो ही आएगा!" उन्होंने एलान कर दिया।

बच्चे भी खुश बने रहे कि यह फैसला सही है। जयप्रकाश बाबू को यह सन्तोष था कि घर की हालत में कोई खास फर्क नहीं आया था। राधा के पैर के नाखूनों पर अब भी पॉलिश चमकती है। बच्चे दूसरे कमरे में सोते हैं। नाइट ड्रेस जरूर फट गई है पर खाटें अब भी डबल-बेड बनी हुई हैं। सिर्फ यह हुआ कि घर अपनी जगह पर रुका हुआ है। रहन-सहन जैसे ठहर कर रह गया है।

"फिर मुसीबत में डाल दिया न!" राधा ने जब एक दिन कहा तो जयप्रकाश बाबू अवाक् सुनते रह गए। उन्हें चुप देखकर उसने फिर उलाहना दिया, "कहती थी, कि इंतजाम कर लो...पर नहीं...अब भुगतना..." उसकी आँखों में हल्की शोखी और होठों पर मुसकराहट थी।

"यह तो तुम्हें ख्याल रखना चाहिए..."

"यह खूब रही!"

"बड़ी मुश्किल हो जाएगी..." जयप्रकाश बाबू ने कहा।

"पड़ोसवाली बहनजी को भी जरूरत पड़ गई थी...खतरा भी कोई नहीं हुआ। अस्सी रुपए में एक ईसाई नर्स है, वह एक देती है..."

"दिखा लो।" जयप्रकाश बाबू ने बहुत आसानी से कहा और चुपचाप बैठ गए।

अगले हफ्ते ही उन्हें बैंक से सौ रुपया लाना पड़ा और सब ठीक-ठाक हो गया।

और बचे हुए रुपयों में से एक सौ बीस का जब हारमोनियम लाकर उन्होंने माधुरी के सामने रख दिया तो राधा खुश हुई, "चलो, पैसा जरूरत की चीज में लग गया...माधुरी का बड़ा मन था!"

जयप्रकाश बाबू को भी खुशी हुई और बचे हुए तीस रुपयों की वे छोटी-मोटी जरूरतों की चीजें खरीद लाए।

वह हारमोनियम बहुत दिन बजता रहा। पर जब माधुरी का शौक थम गया तो उसे लपेटकर मेज के नीचे रख दिया गया।

कई हफ्तों बाद जब एक दिन माधुरी ने फिर स्वर-साधना शुरू करनी चाही तो देखा कि उसकी धौंकनी की चाल चूहों ने काट डाली है। लकड़ी भी वे जगह-जगह से कुतर गए थे।

"माधुरी के लिए कुछ सोचा?" एक दिन राधा ने कहा तो जयप्रकाश बाबू ने हल्की चिन्ता से उसे देखा।

"लिखा तो है एकाध जगह!" उन्होंने कहा।

"मैं आज दोपहर उधर बाजार गई थी तो बुआजी मिली थीं...एक लड़का बताया है उन्होंने!" राधा बोली।

"अच्छा...देख लेंगे!"

"और सुनो, यह हारमोनियम अलग कर दो, माधुरी बजाती-वजाती भी नहीं। बस, पड़ा है...बगैर बाजा-मास्टर के सीखे भी तो कैसे...कैसे?"

"कितने रुपए मिल जाएँगे...पड़ा रहने दो।" उन्होंने कहा।

"क्या फायदा..."

"अच्छा..."

और तीसरे-चौथे दिन जयप्रकाश बाबू हरमोनियम लेकर गए और सत्तर रुपए लेकर लौट आए। रुपए लाकर उन्होंने रामायण में रख दिए और बोले, "इसमें से कोई खर्चा मत करना, समझी ...वक्त-जरूरत के लिए पड़े रहेंगे..."

"हाँ...छोटी-मोटी जरूरतें आ ही जाती हैं!" राधा ने कहा, "चार पैसे पास हों तो अच्छा ही है।"

उन्होंने गौर से राधा को देखा। उसके पैर के नाखूनों पर पॉलिश चमक रही है! बच्चे दूसरे कमरे में ही सोते हैं। नाइट ड्रेस के टुकड़े घर में सफाई के काम आ रहे हैं। खाटें वैसी ही डबल बेड बनी हैं।

"कल मैं ज़रा ऊन खरीद लाऊँ?" कई दिनों बाद राधा ने कहा था, "उसमें से ले लूँ, यह भी तो जरूरी ही है...मुन्ना के पास स्वेटर कहाँ है!" अपने बालों में तेल लगाते हुए राधा ने फिर अफसोस से अपनी चोटी को देखा और चुप हो गई।

"तुम्हारे बाल सचमुच बहुत गिर गए हैं..." जयप्रकाश बाबू ने बड़ी आत्मीयता से कहा।

"शादी के वक्त घर-भर में सबसे लम्बे बाल थे हमारे..." राधा बोली।

"वक्त कितनी जल्दी गुजर जाता है!" जयप्रकाश बाबू ने हसरत से उसे देखते हुए कहा।

"तुम्हारे बाल भी तो बहुत सफेद हो गए हैं..." राधा बोली।

"उमर का तकाजा है..."

"इतनी उमर अभी कहाँ से हो गई है...तुमसे ज्यादा उमरवालों के सिर-काले रखे हुए हैं!"

"तुम्हें आँवले के तेल से कुछ फायदा हुआ?" जयप्रकाश बाबू ने पूछा।

"कुछ भी तो नहीं हुआ..." राधा की आवाज में हलकी-सी निराशा थी।

"और कोई तेल इस्तेमाल कर देखो..."

"कुछ होगा नहीं...तेईस नम्बर वाली है न...गुप्ताजी के घर में...वे सब इस्तेमाल करके देख चुकी हैं..."

"उनके बाल तो बहुत अच्छे हैं..."

"नकली लगाती हैं..."

"ऊन खरीदने जाना तो तुम भी लेते आना..."

"मैं नहीं लाती...मुरदा औरतों के हों, कौन जाने..."

"अरे, भाई, नायलन के भी होते हैं...इसमें क्या बात है...समझी...लेती आना ...तुम्हारे जूड़ा अच्छा लगता है। बाल या दाँत खराब हो जाएँ तो आदमी कित्ता बूढ़ा लगने लगता है..."

और दूसरे ही दिन राधा बाजार जाकर तीन बच्चों के लिए पैंतालीस रुपए का ऊन खरीद लाई। घर लौटी तो जयप्रकाश बाबू खाट पर बैठे चाय पी रहे थे।

"ठीक है!" ऊन दिखाते हुए राधा ने पूछा।

"अच्छे रंग हैं!" जयप्रकाश बाबू बोले, "यह तो हमने देखा ही नहीं था..."

"अच्छा लगता है?" राधा ने अपने भरे जूड़े में पिनों को दबाते हुए कहा।

"तुम तो बदल गई..." उनकी आँखों में प्यार की मद्धिम-सी लौ दमक उठी थी।

"सोलह रुपए बच गए थे, सो उनमें से एक यह लेती आई हूँ!" कहते हुए राधा ने एक पैकिट जयप्रकाश बाबू के हाथ में पकड़ा दिया, "सोचा कि कोई जरूरत की ही चीज लेती चलूँ...नहीं तो ये सोलह भी यूँ ही उड़ जाते।"

"ये क्या?"

"देख लेना..."

"अरे, यह तुम नाहक लेती आईं।" डिब्बा खोलकर शीशी देखते हुए जयप्रकाश बाबू बोले, "इसमें कहीं पूरी तरह बाल काले होते हैं? टिकाऊ थोड़े ही हैं..."

“बार-बार लगाने से हो जाते हैं...” राधा बोली, “लाओ, रख आऊँ...कल छुट्टी है, लगा लेना...”

“सब खर्च कर आई?”

“सात रुपए बचे हैं...पाँच-सात दिन तो निकल जाएँगे...महीना भी पार आ लगा है। और अब फिलहाल कोई ऐसी खास जरूरत भी नहीं है...चल जाएगा।” कहती हुई राधा ऊन व खिजाब की शीशी लेती हुई भीतर चली गई।

जयप्रकाश बाबू उसे गौर से देखते रहे...नाखूनों पर पॉलिश है। कमरे में खाटें भी डबल-बेड बनी हुई हैं। बच्चे दूसरे कमरे में सोते हैं...घर भी ज्यों-का-ज्यों है। तभी उन्हें एकाएक ख्याल आया और वहीं से बोले, “सुनती हो, वह, तस्वीर के पीछे रखे देना...”

(दिल्ली, 1964)

पराया शहर

उसने यही सुना था कि पुरखे पहले गाँव में ही रहते थे। खेती-बारी करते थे। घर का कोई एक आदमी कुछ पढ़-लिख गया था तो तहसील में उसका आना-जाना शुरू हुआ था। वैसे उपज बेचने के लिए उसके घरवालों को शहर की मण्डी में जाना पड़ता था। पर वह मेले में जाने की तरह होता था। सुना था कि दादा के बाप अनाज बेचने जाने के लिए दो दिन से तैयारी शुरू कर देते थे। बैलगाड़ी में नयी रस्सियाँ लपेटते और अपनी मूँछों पर मक्खन मलते थे, फिर पगड़ी बाँधकर और गाड़ी में बड़ी-बड़ी पोटरियाँ भरकर कस्बे जाते थे। लौटते थे तो घी की जलेबी और गमा देवी के प्रसाद के बताशे और कुप्पी की देवी का जल लेकर।

इनके अलावा दो-चार बातें और उसने सुनी हैं। उसी वक्त घर में एक लड़का बेकार निकल गया था...जिसका खेती-बारी में मन नहीं लगता था। वह और कोई नहीं, खुद उसी का दादा था, जो चार हरूफ उर्दू के सीख गया था और जरूरत पड़ने पर अँगरेजी बोलने वाले साहब को पानी वगैरह पिलाने की हिम्मत कर लेता था...जानवरों की बोटी-बोटी की पहचान उसे थी और इसीलिए कस्बे के काँजी-हाउस में उसे तीन रुपए माहवार की नौकरी मिल गई थी। ऊपर की आदमनी भी बहुत हो जाती थी, क्योंकि जिसका जानवर फँस गया वही कुछ-न-कुछ देकर जाता था...और इस तरह तनख्वाह और कुल आमदनी मिलाकर करीब साढ़े तीन-पौने चार सौ रुपए महीने पड़ जाते थे।

अधकचरे शहर से उसके पुरखों का यही पहला सम्बन्ध था। और वहीं शहर में उसके दादा के इकलौता लड़का पैदा हुआ था...जिसका नामकरण देवी दुर्गा पर हुआ था—दुर्गादयाल!

आगे चलकर दुर्गादयाल ने शहर में बहुत नाम कमाया। जब-जब इस नाम

की शोहरत का ख्याल आता है, सुखबीर का मन घबराने लगता है। तरह-तरह की बातें दिमाग में उठने लगती हैं और उसके सामने वे तमाम दृश्य घूम जाते हैं जिनका सम्बन्ध माँ की मौत के बाद के समय से है। उसकी माँ थी, बस इतना अहसास-भर उसे है क्योंकि उसे माँ का चेहरा मोहरा कतई याद नहीं...

अगर मौका होली का न होता तो सुखबीर को बहुत ही याद न आता। वह बस में चला जा रहा था कि किसी शैतान लड़के ने पानी से भरा गुब्बारा फेंका था और उसके पास बैठी महिला के कन्धे से टकराकर फट से फूट गया था। तभी एकाएक उसे होली की याद हो आई थी।

जब-जब कोई त्यौहार पास आने लगता है, सुखबीर का मन उचटने लगता है। पन्द्रह साल हो गए इस दिल्ली में रहते-रहते, पर मन में कहीं यह बात नहीं उठती कि यह दिल्ली उसकी है। वह इसे अपना नहीं कह पाता।

और कहता भी कौन है...जिससे भी बात होती है वह अपने-अपने शहर या गाँव या कस्बे को याद करता है और अजनबीपन की झलक आँखों में उतर आती है। हर आदमी किसी-न-किसी शहर से जुड़ा हुआ है...वह शहर जो उसका अपना है, जहाँ की यादें उसे सताती हैं...साथवालों का ख्याल आता है। सगे-सम्बन्धियों, घरवालों, रिश्तेदारों की, नाते की डोर उन्हें अब तक बाँधे हुए है। उन सबके पास कुछ ऐसा है जिसे वे लोग अपना कह सकते हैं। तब बड़ी तकलीफ होती है और उसे अपने उस शहर का ख्याल आता है जहाँ वह पैदा हुआ था...

और उन ख्यालों के साथ वे सब बातें जुड़ी हुई हैं जिनके कारण उसका मन घबराने लगता है। बाप की शोहरत का ध्यान आते ही उसके कानों में वह बहुत पुरानी आवाज हथौड़े-से मारने लगती...

"है कोई माई का लाल जो जमानत दे दे।"

उसका बाप घर बन्द करके भीतर से चीख रहा था और गिरफ्तारी के लिए आई हुई पुलिस घर घेरे बैठी थी। मुहल्ले के बहुत-से लोग दूर-दूर तमाशा देखने के लिए खड़े थे और वह स्कूल से आया था...घर पर यह नजारा देखकर वह हक्का-बक्का रह गया था। कुछ भी समझ में नहीं आता था। पुलिस के सात-आठ आदमी और थे जो साफे बाँधे और लाठियाँ लिए मन्दिर वाले चबूतरे पर बैठे थे। उनकी आँखों में खून छल-छला रहा था। अजीब-सा सकता छाया हुआ था।

घर की कुण्डी भीतर से बन्द थी और छत पर खड़ा उसका बाप चीख रहा था, "है कोई माई का लाल जो जमानत दे दे।"

उसे स्कूल से आया देख लोगों में फुसफुसाहट हुई थी, "शायद अब दरवाजा खोले...कहीं ऐसा न हो कि पुलिस इस लड़के को ही पकड़ ले।" तब उसने डरी-डरी आँखों से चारों ओर देखा था। सबकी आँखों में पुलिस का खौफ समाया था। वक्त देखकर सबने कबूतर की तरह आँखें फेर ली थीं और उसका बाप पसीना पोंछता हुआ छत से चिल्ला रहा था। डर के मारे वह हलवाई की दूकान के पटरे से चिपककर खड़ा हो गया था। तभी हलवाई की औरत ने उससे कहा था, "जा भाग जा; नहीं तो पकड़ा जाएगा...भाग यहाँ से।" आधे प्यार और आधे तिरस्कार से कही हुई बात वह अब तक भुला नहीं पाता।

वह उसका अपना शहर था, अपनी गली थी और गली के अपने लोग थे। उसका बाप आसरे के लिए चिल्ला रहा था और पुलिस के डर से सब खामोश थे। और तब उसे लगा कि अगर माँ जिन्दा होती तो अभी दरवाजा खोलकर उसे आँचल में छिपा लेती...डर और अकेलेपन के कारण उसकी आँखों में आँसू आ गए थे और वह अपना बस्ता लिए फिर स्कूल की तरफ भाग गया था।

वही पहला दिन था जब से लगातार वह अपने बाप की बढ़ती हुई शोहरत से घबराने लगा था। उसने अपने बाप को बहुत प्यार किया था पर शहर में होने वाली बातों में रोज-ब-रोज उसे अपने बाप के किस्से सुनाई पड़ते थे। जिस तरह लोग दुर्गादयाल का नाम लेते थे, वह सुखबीर को चुभता था...सबकी नजरों में हिकारत तैरती रहती थी और उसका मन भारी हो आता था। और तब उसे अपने बाप से तथा स्वयं से घृणा होती थी।

जब पुलिस ने उसके घर पर घेरा डाला था और तमाशबीनों की भीड़ मजा लेने के लिए खड़ी थी...उस रोजवाली बात जिन्दगी-भर के लिए साथ ही गई...

उसका वह घर और वह गलियाँ...

जहाँ दोनों गलियाँ जमीन पर पड़े सूखते हुए पैजामे की तरह फैली थीं...जहाँ जंगली कबूतर उड़-उड़कर आया करते थे और अबाबीलें चक्कर काटती थीं। जहाँ नानबाई की दूकान की पतली चिमनी जलती हुई सिगरेट की तरह धीरे-धीरे धुआँ देती रहती थी। जहाँ मुख्तार साहब का मकान खिड़कियों का चश्मा लगाए खड़ा था। वे गलियाँ और उसका वह मकान–उसके लिए सब पराए थे...

उसका बाप दुर्गादयाल किसी लड़की को भगा लाया था। वह लड़की ही

उसके वारण्ट का कारण थी और तभी वह छत पर खड़ा चीख रहा था, "है कोई माई का लाल जो जमानत दे दे।"

तमाशबीनों की उस भीड़ में से तब दीक्षितजी निकले थे और दुर्गादयाल ने दरवाजा खोलकर अपने को पुलिस के हवाले कर दिया था। जब तक वह केस चलता रहा सुखबीर के लिए जीना मुहाल हो गया था। आखिर दुर्गादयाल ने केस जीत लिया था और उस लड़की से शादी कर ली थी।

तभी से उसके लिए वह घर पराया हो गया था। बस्ती में निकलते वह घबराता था। हर जगह उसे यही सुनना पड़ता था कि उसी दुर्गादयाल का लड़का है यह–उसी बदमाश का...बहुत दिनों तक वह यही सब सुनता रहा। कभी जब वह अपने बाप की तरफ देखता था तो लगता कि अपनी उन करतूतों का कोई पछतावा उसे नहीं है–वह बहुत खुश था और दुनिया की परवाह उसे नहीं थी।

और बस्ती में ऐसे लोग भी थे जो उसके साथ उठते-बैठते और सम्बन्ध रखते थे। उसकी तारीफ करते थे और शायद डर की वजह से आदर भी करते थे।

लेकिन बहुत-सी ऐसी गलत-सलत बातें भी उसके साथ जोड़ दी गई थीं जिनका कोई सम्बन्ध उससे नहीं था और उन सभी बातों के तीर सुखबीर की छाती में चुभते थे।

...पन्द्रह साल से वह घर से निकला हुआ है।

जमाना बदलता जा रहा था और दूरियाँ बढ़ती जा रही थीं। जिन्दगी के वे सब सहारे, जिनसे मन बड़ा रहता था, धीरे-धीरे टूटते जा रहे थे। सुखबीर को यही लगता था कि उसका रिश्ता अपने बाप से भी खत्म हो गया है–दस-बीस बरस पहले से ही–जब से वह बाहर निकलने लायक हुआ था। उस मानसिक यातना से छुटकारा पाने के लिए ही वह बाहर भागा था। और दुर्गादयाल ने भी सारे रिश्ते उससे तोड़ लिये थे। न उसका कोई घर-बार था और न कोई ऐसा, जिसे वह अपना कह सके।

पर दुर्गदयाल की जिन्दगी ढलती उम्र में भी चढ़ी नदी की तरह बह रही थी। सुखबीर जब उसके बारे में सोचता तो उस रहस्य को समझ ही नहीं पाता था, जिसने दुर्गादयाल को इतना भरा-पूरा बना रखा था। घर में ही दस बार बात-बात में उसने सुखवीर से कहा था, "मुझे तुम्हारी जरूरत नहीं है, मेरे लिए सारी दुनिया

पड़ी है, दस आदमी ऐसे हैं जो मेरा साथ देने को तैयार हैं, तुम्हें अगर हमारी बातें बरदाश्त नहीं होतीं तो न हों। मैं फिकर नहीं करता..."

लेकिन अपने बाप से लड़ने की इच्छा उसमें नहीं थी।

और इसीलिए पन्द्रह साल पहले घर छोड़कर वह चला आया था। अपने बाप की आमदनी के जरियों का पता भी उसे नहीं था–उसके सारे सुख उस लाई हुई औरत के इर्द-गिर्द ही जमा थे।

पर जब भी कोई त्योहार आता है और सुखबीर को उसका पता चलता है तो उसका मन करता है कि वह भी किसी के साथ बैठकर कुछ वक्त बिताए–उसका भी अपना कोई घर होता, जहाँ जाकर वह त्योहार की खुशियों में शामिल होता। और तब उसे अपने बाप से भी ईर्ष्या होती थी, जो जिन्दगी को बड़ी धूमधाम से जी रहा था और वह अकेला था।

और आज जब वह सोचता है तो लगता है कि वह खुद और उसका वह बाप–दोनों दो इकाइयों की तरह अकेले खड़े हैं–जिन्दगी का वह तूफान एकाएक उतर गया है और खौफनाक सन्नाटा छा गया है–वक्त के साथ दोनों अकेले होते चले गए। उनकी दूरियाँ और भी बढ़ती गई हैं–ऐसा क्यों होता है कि हर आदमी अंत में अकेला ही रह जाता है!

आज सात साल हो गए वह घर नहीं गया–अपने बाप से नहीं मिला–सौतेली माँ के मरने पर भी घर नहीं गया। लेकिन इतना-भर उसने सुना था कि सौतेली माँ के मरने के समय उसका बाप बहुत रोया था और उसकी लाश को चौबीस घण्टे गोद में लिए बैठा रहा था–उसने भीतर से दरवाजा बन्द कर लिया था और लाश के पास बैठा अपना दुखड़ा रोता रहा था–तब गली-मुहल्ले वालों ने जोर-जबरदस्ती से उसे निकाला था और लाश का दाह-संस्कार हुआ था।

सौतेली माँ के मरने के बाद भी दुनिया से उसकी मोह-ममता टूटी नहीं थी–बल्कि और भी बढ़ गई थी–दोस्ती का दायरा और भी फैल गया था। वह हर चीज को पूरे मन से चाहता था और अंधों की तरह हर लाठी पर विश्वास करता था। हर आदमी के लिए जान देता था–दस मुसीबतें उठाकर भी दूसरों के काम करता था, "क्यों नहीं है मेरे पास? इतनी बड़ी दुनिया पड़ी है मेरे लिए..."

और एक बार अपने अकेलेपन में सुखबीर का मन ममता से भर आया था, तो उसने खत लिखा था, "बापू, अब तुम अकेले रह गए हो, मन न लगता

हो तो यहाँ मेरे पास चले जाओ। यहीं आकर रहो।" पर उसके जवाब में उसने लिखा था कि पराए शहर में उसका मन नहीं लगेगा। यहाँ दस लोग हैं, अपनी देहरी है और बहुत-से काम हैं जो उसे करने हैं। दीक्षितजी की लड़की की शादी है। पुत्तर चोट खाकर अस्पताल में पड़ा है और बाँके के यहाँ चोरी हो गई है। जिसका कुछ सुराग उसने लगा भी लिया है–इस वक्त वह नहीं आ सकता। और फिर बिराने शहर में वह आकर करेगा भी क्या? जहाँ कोई भी अपना नहीं है।

फिर जब एक दिन के लिए घर गया था तो दुर्गादयाल ने कहा था, "भाई, तुम्हें बड़े शहरों का चाव है, तुम रहो, यहाँ मुझे क्या कमी है। हर घर मेरा अपना है, वहाँ दिल्ली में यह अपनापन कहाँ मिलेगा...पराया शहर पराया ही होता है। हाँ, अब ज़रा पैसे की कमी होती जा रही है, तीस-चालीस रुपया भेज सको तो महीने पर भेज दिया करो..."

तब से वह रुपया-भर भेज देता था। यही सम्बन्ध बाकी रह गया था। छठे-छमाहे कभी एकाध खत आ जाता है। जब खत आता तो एक पल के लिए प्यार से उसका दिल उमड़ता था, फिर सब बदल जाता था और एक बार अपने अकेलेपन में सुखबीर का मन भर आया था...बस यूँ ही बैठे-बैठे उसे अपने बाप की याद आई थी, उसके दिन-दिन थकते हुए शरीर का ध्यान आया था। यह भी लगा था कि अब इस बुढ़ापे में कैसे क्या करता होगा, हारी-बीमारी में कौन सहारा देता होगा और तब उसने मन-ही-मन यह तय किया था कि वह उसे अब जबरदस्ती यहाँ ले आएगा और यहीं अपने पास रखेगा...सारे सम्बन्धों को फिर शुरू करेगा।

उस दिन वह यही सोच रहा था कि तभी दीक्षितजी की चिट्ठी उसे मिली थी, जिसमें उन्होंने पूछा था कि दुर्गादयाल उसके पास तो नहीं आया हुआ है? वह पिछले एक महीने से घर से गायब है। और आगे उन्होंने बहुत संभलकर लिखा था–अगले महीने में ही लड़की की शादी है। हमने दुर्गादयाल पर भरोसा करके कुछ जेवर उसे बनवाने को दिए थे, पर जब से जेवर दिए हैं, वह लापता है। इतना बड़ा धोखा होगा यह मैंने नहीं सोचा था। अगर दुर्गादयाल तुम्हारे पास है तो फौरन मुझे इत्तला दो या उसकी कोई खबर तुम्हें हो तो मुझे लिखो...

दीक्षितजी का पत्र पढ़कर सुखबीर का सिर घूम गया था–यह क्या किया? क्या अब इतने नीचे गिर गया है उसका बाप कि ब्याह के जेवर लेकर भाग जाए?

फिर दीक्षितजी का तार आया है और उसे शहर जाना पड़ा था, अपने बाप की खोज में सीधा जाकर वह दीक्षितजी से मिला था तो उनकी आवाज नहीं निकल रही थी पर अपने को इस धोखे की चोट से सँभालते हुए उन्होंने कहा था, "अब तुम्हीं बताओ सुखबीर! मेरा क्या होगा? मेरी तो इज्जत उतर जाएगी. ..आठ दिन बाकी हैं, इतने कम वक्त में कुछ कर भी नहीं सकता।"

"पुलिस में रिपोर्ट कीजिए और साले को बँधवा दीजिए।" किसी ने कहा तो सुखबीर का मन घृणा और पश्चात्ताप से बैठा जा रहा था। लेकिन और हो भी क्या सकता था? उसका सिर झुका जा रहा था–एक क्षण के लिए उसके मन में आया था कि वह पकड़ जाए और जेल में पड़ा बाकी जिन्दगी सड़ता रहे...अब वह कोई भी, किसी भी तरह का सम्बन्ध उससे नहीं रखेगा।

लेकिन दूसरे दिन उसका बाप शहर लौट आया था और दीक्षितजी के पास पहुँचकर उसने नए बने हुए जेवर सामने रख दिए थे और कहा था, "पण्डितजी, इस बार इज्जत रह गई; इन्हें रखिए, पर आगे कभी हम पर विश्वास न कीजिएगा–मैं कहूँ तब भी नहीं। यह जेवर मैं हार गया था। अब आज मुँह उजियारा हो रहा है।"

उस वक्त सुखबीर को लगा था कि उसका मुँह उजियारा नहीं और भी काला हो गया है। घर पहुँचकर दोनों में बड़ी तू-तू मैं-मैं हुई थी और दोनों ने सम्बन्धों को खत्म कर लिया था। दोनों ने एक-दूसरे का मुँह न देखने की कसमें खाई थीं। उसने माहवार रुपया लेने से इनकार कर दिया था और उसने भेजने से; और वे दोनों उस रात अजनबियों की तरह बिलकुल अलग हो गए थे। वह बगैर पैर छुए और घर में पानी पिए दिल्ली लौट आया था।

लेकिन इन सब बातों के बावजूद इतने बरस बाद उसका मन फिर उमड़ आया था और अपने बदनाम बाप से मिलने के लिए वह चल पड़ा। पराये शहर में मन नहीं लगता था।

होली की छुट्टी थी। उसने बिस्तर बाँधा और सफर तय करके घर पहुँचा तो देखा, घर पर ताला पड़ा हुआ था।

दोनों गलियाँ अब भी जमीन पर सूखते हुए पैमाने की तरह फैली थीं। अबाबीलें और कबूतर उड़ रहे थे। नानबाई की चिमनी से धुआँ निकल रहा था और मुख्तार साहब का मकान भी चश्मा लगाए खड़ा था–लेकिन उसके घर पर

ताला बन्द था। गली वालों ने भी इतने साल बाद उसे देखकर कोई खास उत्साह नहीं दिखलाया और उसका मन धड़कने लगा था। तरह-तरह की आशंकाएँ उठने लगी थीं। कहीं फिर कोई बात करके तो वह नहीं-भाग गया?

दीक्षितजी के घर जाकर उसने पूछा था। तो पता चला कि दो दिन पहले तक तो उन्होंने दुर्गादयाल को देखा था, अब पता नहीं होली पर कहाँ भाग गया। इन दिनों वह कुछ परेशान भी था। कर्जा भी कुछ चढ़ गया है...सभी का कुछ-न-कुछ उसे देना है

एक दिन के लिए वह दीक्षितजी के यहाँ ही रुक गया था। होली हुई–रास्तों, गलियों की फुलझड़ियों के फूल बन गए–चबूतरों पर गुलाल की लाली फैल गई पर उसका बदनाम बाप नहीं दिखाई पड़ा।

और दूसरे दिन सुबह जब वह बहुत भारी मन लिए दीक्षितजी के घर से बिदा लेकर निकला तो देखा कि उसके घर का ताला खुला हुआ है। बड़ा सहारा-सा मिला था उस वक्त...और उसने दरवाजा खटखटाया तो दुर्गादयाल निकलकर आया था।

"तुम कहाँ चले गए थे, बापू?"

"तुम कब आए थे?" अपनी बात न बताकर दुर्गादयाल ने सवाल पूछा था।

"हम तो कल आए थे...तुम्हारे पास...सोचा होली थी, तुम अकेले होंगे! लेकिन यहाँ ताला बन्द था।"

दुर्गादयाल की आँखें भर आई थीं और भरी हुई आवाज में उसने कहा था, "ऐसे ही चला गया था। यहाँ क्या करता सुखबीर! अब तो यह शहर भी पराया-सा लगता है। सब कुछ बीत गया। अब तो दो-दो, चार-चार पैसे के लिए लोग परायों की तरह पेश आते हैं, वही लोग जो अपने थे अब परेशान करते हैं। कोई साथ नहीं देता...दो पैसे की चीज देने से इनकार कर देते हैं...इतना परायापन आ गया है अपनों में!"

"तो चलो, मेरे साथ दिल्ली चलो...शहर तो वह भी पराया है बापू, फिर भी..." सुखबीर ने कहा था।

"अरे, इस पराएपन का निस्तार कहीं नहीं है सुखबीर, न यहाँ न वहाँ..." कहते-कहते उसकी गँदली आँखें डबडबा आई थीं, और उसने सुखबीर को बिदा कर दिया था। चलते वक्त यही कहा था, "तुम जी लगाकर नौकरी करो सुखबीर...मेरी चिन्ता मत करना–अपनी खैरियत की खबर देते रहना..."

और सुखबीर वापस नौकरी पर चला आया था। और उसे लगा था कि दुनिया में हर आदमी के दो ही शहर होते हैं–एक वह जहाँ वह पैदा होता है और उसका कोई रहता है, और दूसरा वह जहाँ वह अपनी रोजी के लिए जाता है और जिन्दगी गँवा देता है। तीसरा शहर तो अपना होता नहीं।

और बार-बार उसे अपने शहर का ख्याल आता है, जिसमें वह खुद रहता है और नौकरी करता है और जो अब तक पराया है। फिर उस शहर का ख्याल आता है जिसमें उसका बाप रहता है और जो अब उसके बाप के लिए भी पराया हो गया है।

(दिल्ली, 1965)

मरियम

कुछ ऐसा ही होता रहा है। हमेशा होता है। भारत से पाकिस्तान जाते हुए मैंने लगभग सभी को उदास, रोते या सिसकते हुए देखा है। चाहे वह इटारी का स्टेशन हो या दिल्ली का इंदिरा गाँधी हवाई अड्डा। मेरे मन में भी तब न जाने क्या-क्या बातें आती हैं...अजीब-सी उमस आँखों में भर जाती है। मन बार-बार पुकारने लगता है—शाहीन! शाहीन...लेकिन वह आवाज़ लाहौर तक नहीं पहुँचती।

शाहीन भारत आई थी—कुछ दिनों के लिए। उसने मुझे देखा लेकिन मैंने रिश्तों की कब्र की ओर नहीं देखा, जहाँ मेरे और शाहीन के निजी पल दफ़न थे।

शाहीन का कौन-सा ऐसा रूप है जो मैंने नहीं देखा। अब देखने को बाकी क्या है? उसके मन और अंगों का एक-एक खम और सलवट तो मुझे पता है। उसके पेट से पीठ तक फैला हुआ ऑपरेशन का निशान जानता है कि मैंने उसे कितना प्यार किया है।

लेकिन अब उन सबको याद करने में रखा क्या है? यह तो, मेरी और शाहीन की जिन्दगी अब बुझे हुए दियों का रास्ता है...दिए न जलें तो ठीक है, पर बुझे हुए दिए ज्यादा अँधेरा देते हैं!

शाहीन कुछ दिनों के लिए आई थी। मैं उसे आपा के पास नीचे छोड़कर अपने कमरे में चला आया।

रात थी।

मन भी एक तरह से बहुत शांत था। ड्रिंक्स निकालकर गिलास बनाया। एक घूँट लेकर बाथरूम में गया। बाल्टी में पड़े रुमाल दोपहर से भीग रहे थे। उन्हें धोया। सूखने के लिए किताबों पर फैलाया। फिर बैठा ड्रिंक लेता रहा। सामने

फैला सागर देखा–शान्त था। फिर एकाध घूँट और लिया। कुछ बत्तियाँ बुझाईं। सिरहाने की लाइट ऑन की। ए.सी. ऑन किया। ओढ़ने की चादर खोली और एक किताब निकाल कर पढ़ता रहा।

सुबह शाहीन ने ही जगाया। हालाँकि अब इस तरह उसे मेरे कमरे में आने का कोई हक नहीं था। यह हक तो उसने पाँच साल पहले खत्म कर दिया था जब वह मुझसे तलाक लेकर दूसरी शादी करके लाहौर चली गई थी। पर शायद वह अपना पुराना कमरा और पुराना शौहर देखना चाहती थी। औरत कोई भी हो, अपने छोड़े हुए घर को देखने वह एक बार जरूर आती है। खण्डहर देखकर उसे राहत भी मिलती है। शायद कुछ ऐसा ही देखने शाहीन ऊपर चली आई थी–आपा की आँख बचाकर। जब उसके धीमे से पुकारने पर आँख खोली तो लाइट ऑन थी। ड्रिंक का खाली गिलास शह देते हुए वजीर की तरह सिरहाने खड़ा था...

शाहीन को देखते ही मैं थर्रा गया...

यह लाश कहीं कब्र में करवट न बदल दे...

कहीं कब्र पर चढ़ाए हुए फूल अपनी जड़ें न फैला दें...

तभी शाहीन ने कहा–डिस्पिरिन है?

एकाएक पाँच साल पलट आए। ऐसे ही वह डिस्पिरिन माँगती थी। हमेशा। सुबह-सुबह। आज सब कुछ खत्म हो चुकने के बाद भी उसने उसी तरह डिस्पिरिन माँगी थी।

पाउच में पड़ी होगी! उसने कहा। उसे अब भी सब कुछ मालूम था। याद था।

मैंने पाउच उठाया, जिप खोली और सारा सामान उलट दिया। शाहीन ने पचासों बार इसी पाउच में मेरा शेविंग का सामान रखा था। छोटी-मोटी दवाइयाँ रखी थीं। मैंने पाउच पलटा, तो उसकी नजर ने न जाने कैसे एक पिन देखा, जो वहाँ था ही नहीं।

एकाएक वह बोली–वो पिन किसका है?

कौन-सा पिन...कैसा पिन? पर यह शायद अब भी शाहीन के अवचेतन में उलझा हुआ था, उसी तरह जैसे मेरे अवचेतन में इस पिन की मौजूदगी थी...तब यो हमारी जिन्दगी के शुरू-शुरू के दिन थे। उसका एक पिन चादर में उलझा रह गया था और उसे उठाकर मैंने अपनी किताब में बुक मार्क की तरह लगा दिया था। शाहीन के रहते मैंने सैकड़ों किताबें पढ़ी होंगी–किताबें बदलती रहीं,

पर वह बुक मार्क नहीं बदलता था...पर ताज्जुब था, आज–सब कुछ समाप्त होने के बावजूद मेरे पाउच की तमाम चीजों के बीच उसे फिर पिन दिखाई दिया था। वह पिन, जो कहीं था ही नहीं जो हुआ करता था।

सामान बिखेरते हुए मैंने कहा–कहाँ? कौन-सा पिन?

मुझे लगा! कहकर वह अपने में सिमट गई। असल में बात वह कुछ और ही कहना चाहती थी और बात तो वही बात होती है जो कही न जाए पर बात पहुँच जाए। शायद शाहीन कहना चाहती थी–एक पिन हुआ करता था!

मन भी मकड़ी की तरह अपने जाले में ही जी सकता है। हो सकता है कि यह मेरे मन की सच्चाई हो, जिसे मैं शाहीन से सुनना चाहता था! जो भी हो...शाहीन चाहे कोई भी हो, पर कोई भी शाहीन किसी दूसरी शाहीन का पिन नहीं सह सकती।

तब के रिश्ते अब कहाँ। एकाएक मैंने महसूस किया कि मैं शाहीन के देखने को भी शायद महसूस नहीं करता था। उसके खास तरह से देखने पर भी मन पर कुछ ज्यादा नहीं बीतता। उसकी नजर का असर और सम्मोहन बहुत गहरा और भयानक रहा है मुझ पर...लेकिन अब तो सब मुर्दा झील की तरह है। पानी जैसे सूखा नहीं, मर गया है। लेकिन तब भी उसकी आँखों में कुछ मछलियाँ तैर रही थीं, आमीन!

मरे और टूटे हुए लगाव–सबकी गवाह थी एक खामोशी। रुक-रुक कर साँस लेता हुआ सन्नाटा। कितना चौकन्ना रहना पड़ता है हमें। ज़रा-सी बात का कोई सूत्र हमें सघन क्षणों से जोड़ सकता है। ऐसे में अजनबी बन कर रहना कितना कठिन है। कई नहीं, सैकड़ों-हजारों ऐसे पल हो सकते हैं जिनके छोर पकड़ कर हम लौट सकते हैं। ऐसे पल और प्रसंग टूटे हुए सम्बन्धों का सन्नाटा तोड़ सकते हैं, इसलिए मैंने जान-बूझ कर बात का रुख मोड़ दिया।

अच्छा, एक बात बताओ शाहीन?

क्या?

लोग पाकिस्तान जाते हुए रोते क्यों हैं?

लोग भारत आते हुए भी उसी तरह रोते हैं!

शायद उन्हें भारत या पाकिस्तान छोड़ने का दुःख होता है! मैंने कहा।

नहीं, उन्हें सिर्फ एक-दूसरे को छोड़ने का दुःख होता है! शाहीन ने कहा। पता नहीं, क्यों और कैसे हमारी दुनियावी बातों में से भी व्यक्तिगत कोण और नुक्ते निकल आते हैं। यह जो 'एक-दूसरे को छोड़ने' का जुमला था, यह कई

पल हमारे बीच ठहर रह गया। बात तो कहीं और की थी, पर वह पर्सनल-सी बन गई थी।

आखिर शाहीन ने उस ठहरे हुए पल को संभाला–

मैं इतने बरसों बाद भारत आई तो उतरते वक्त बहुत नर्वस थी...मेरे दाँत में बहुत तेज टीस उठी...

कहते-कहते शाहीन जैसे खुद अपने ही जाल में मछली की तरह फंस गई। उसे याद ही नहीं रह गया था कि जिन्दगी और दाँत का दर्द एक-सा ही होता है... उम्र, मुल्क या साथी बदल जाने से दाँत के दर्द की वजह या जिन्दगी का रवैया नहीं बदलता।

अट्ठारह साल की शाहीन जब अलीगढ़ से दिल्ली होती हुई पहली बार आई थीं, तब भी यहाँ उतरते ही उसके दाँत में तेज टीस उठी थी और उसे एयरपोर्ट से सीधे डाक्टर के पास ले गया था। फिर बाद में हमारे शादीशुदा दिनों में उसने कई बार इस बात का जिक्र किया था कि दाँत के उस दर्द ने ही पहला सबूत दे दिया था कि तुम मेरा कितना ख्याल रख सकते हो।

...शाहीन वह दर्द असल में दर्द ही नहीं जो एक बार उठे...दर्द तो वही है जो बार-बार उठता है। लेकिन मैं यह बात कह नहीं पाया।

तभी फोन बज उठा। इतनी सुबह। हमेशा शाहीन ही मेरे ऊपर टिककर सुबह का फोन उठाया करती थी। कुछ देर घंटी बजती रही–कुछ देर हम दोनों के बीच के पल जिन्दा होकर थमे रहे। आखिर मैंने फोन उठाया। इंटरनल फोन पर आपा बोल रही थीं–

शाहीन तुम्हारे पास है?

नहीं तो आपा! मैं झूठ बोला।

कमरे में तो है नहीं!

तो बाथरूम में होगी–

शायद–

या फिर सुबह उठकर कम्पाउण्ड में टहलते निकल गई होगी–क्या पता, यह नया शौक हो उसका–चाय के लिए बोल दो आपा–तब तक आ जाएगी! मैंने फोन रख दिया।

झूठ भी तरह-तरह की सच्चाइयों को ज्यादा उजागर करता है। झूठ के इस दौर का शाहीन ने अच्छा इस्तेमाल किया था। उसने सिरहाने रखे गिलास में बासी पानी डालकर डिस्पिरिन खा ली थी।

अपनी चाय मँगवा लीजिए–मैं सुबह की चाय आपा के साथ ले लूँगी! शाहीन ने कहा।

अब किचिन में इंटरनल फोन नहीं है–नौकरों वाली बैरक में भी नहीं। अब वे अपने वक्त के मुताबिक चाय लाते हैं! मैंने उसे बताया।

ओह! शाहीन बोली–जैसे उसके मन को हल्का-सा धक्का लगा। मरे हुए पानी में दोनों मछलियों ने फिर एक करवट ली। तब इंटरनल फोन लगवाने की धुन शाहीन पर सवार थी। लेकिन अब–

वक्त की जंजीरें टूट चुकी थीं। हम दोनों के बीच से आजाद होकर वह उसी दिन कहीं चला गया था, जिस दिन शाहीन दूसरी शादी करके पाकिस्तान चली गई थी। अब हमारी अदालत में यादें अधूरे बयानों की तरह खड़ी थीं, पर गवाही देने वाला वक्त नामौजूद था।

सुबह-सुबह हमारे बीच एक कब्रिस्तान-सा फैल गया था। मुर्दों के बीच वक्त का कोई वजूद नहीं होता। वहाँ वक्त होता ही नहीं।

शाहीन नीचे चलने लगी तो मैंने इतना ही कहा–

देख लेना...आपा सामने न पड़ें...

मरे हुए पानी में मछलियों ने एक करवट फिर ली और शाहीन पराए पैरों से सीढ़ियाँ उतर गई। वह कमरा जो शाहीन की महक से भरा रहता था, उसमें आज एक कतरा महक भी वह नहीं छोड़ पाई थी। सीढ़ियों की खिड़की से आने वाली धूप में, उसके साथ उसकी परछाईं भी नीचे उतर गई थी।

मैं उठकर बाथरूम में गया। बरसों बाद उस ब्रश पर नजर गई...जिस ब्रश से शाहीन पेस्ट किया करती थी...ताज्जुब हुआ कि इतने बरसों तक वह ब्रश यहीं रखे-रखे ओझल कैसे हो गया था। क्या लौटने वाले लमहे ओझल चीजों को भी उठा लाते हैं!

फोन की घंटी फिर बजी। इंटरनल पर आपा थीं–

नाश्ता लग गया है, आओ...

शाहीन मिली?

अरे वह खो थोड़े ही गई थी। उसे अमलतास के खिले हुए पेड़ बहुत अच्छे लगे, उन्हें देखने कम्पाउण्ड के कोने तक चली गई थी...

फिर वही बात नाश्ते की मेज पर जारी रही।

तब ये पेड़ बहुत छोटे थे...अमलतास में अमलतास के फूल ही लगते हैं! आम में आम का ही फल आता है, अमरूद नहीं! आपा ने कहा।

तभी मेरी प्लेट की तरफ शाहीन का हाथ आकर रुक गया।

कुछ चाहिए आपको?

नहीं, आमलेट में कुछ काला-काला सा था...

वह प्याज का जला हुआ कतरा था।

लौटा हुआ लमहा एक और ओझल चीज को उठा लाया था।

और हम पुराने अखबारों की गड्डी की तरह एक-दूसरे के सामने बैठे थे। पुरानी खबरों को कोई दोहराता नहीं। खबरें पुराने अखबारों को पीछे छोड़कर आगे बढ़ जाती हैं।

फिर तुम्हें कैसा लगा...एयरपोर्ट पर उतरने के बाद? मैंने अनजाने में शाहीन से पूछ लिया, तो आपा को कुछ अजीब-सा लगा...कि 'फिर' लफ्ज से मैं किस या किन बातों का सिलसिला जोड़ रहा था। अब हमारे बीच फिर से जोड़ने वाली कोई कहानी या छूटा हुआ छोर तक बाकी था नहीं। खैर खुदा का, आपा ने कुछ जानने की कोशिश नहीं की। शाहीन ने बड़ी समझदारी से बात को आगे बढ़ा दिया–

आपा, वही तो पाकिस्तान में भी होता है। आम में आम ही लगता है...अमरूद में अमरूद...मैं एयरपोर्ट पर उतरी तो भारत अजनबी लगा था। पर फिर सड़कें, गलियाँ, बाजार, लोग–सब पहचाने से लगे–मौसम, पेड़, धूल, सब कुछ...

आपा ने बहुत ध्यान नहीं दिया। मैंने भी पहचान के अगले मुकामों को जानने की पेशकश नहीं की।

वैसे भी शाहीन को आपा के साथ शापिंग के लिए जाना था। शाहीन नहाने और तैयार होने चली गई...मैं अपने कमरे में लौट आया।

मकान भी कैसे बनते हैं। या तो बाथरूम के ऊपर बाथरूम होते हैं या फिर एक-दूसरे के गले में पानी की बाँहें डाले साथ-साथ बैठे होते हैं। शाहीन नहा रही थी...उसके बाथरूम में लगातार पानी गिरने की आवाज आ रही थी।

मैं उससे जरूर पूछना चाहता था कि क्या अब भी तुम्हारी कमर में नाड़े के वही और वैसे निशान पड़ते हैं...गीली रेत की सलवटों की तरह...लेकिन अब यह मालूम करने में रखा क्या था–और फिर यह पूछने की बात भी नहीं थी–देखने और महसूस करने की थी। मुझे लग रहा था कि शाहीन शलवार-कमीज पहनकर , बाजार जाएगी, पर जो चाहता था, वही हुआ। वह साड़ी-ब्लाउज़ पहनकर निकली। उसने पेटीकोट उसी तरह कसकर कमर पर बाँधा हुआ था, यह साड़ी की चुन्नटों

से पता चल रहा था। पेट से पीठ तक आपरेशन का वह निशान उसी तरह फैला हुआ झिलमिला रहा था। जिन्दगी बदल जाती है, जिन्दगी के निशान नहीं बदलते। यादों के मुकाम बदल जाते हैं, यादें नहीं बदलतीं।

कुछ देर बाद ही कार एकाएक लौट आई। आपा और शाहीन कुछ परेशानी में कार से उतरीं। उतरते ही बोलीं–दुकानें और डिपार्टमेंट स्टोर तड़-तड़ बन्द होने लगे। पता चला कि जोगेश्वरी और मोहम्मद अली रोड पर दंगा हो गया!

मन-ही-मन मेरी गर्दन शर्म से झुक गई। आखिर अब मैं शाहीन को क्या बताऊँगा–यही कि तुमने पाकिस्तान जाकर अच्छा किया–

शाहीन मेरी उलझन को समझ गई थी। मुझे मेरी शर्म से उबारते हुए उसने फौरन कहा–

यह कोई नई बात तो है नहीं। दंगे तो हमारे जमाने में–कहते-कहते उसने बात को पलटा–दंगे तो उस जमाने में भी हुआ करते थे–और पाकिस्तान में भी होते हैं...मुसलमान ही मुसलमान का सर पाकिस्तान में क़लम करता है।

तब तक लंच लग चुका था।

शाहीन कपड़े बदल कर आई। लुंगी और कुर्ता। लुंगी सिंध की थी और कुर्ता लखनऊ का। बात उसी तरह जारी रही। आपा ने दरयाफ्त किया–

सुना था, तुम्हारे देवर पर ड्रग्स का कोई केस चल रहा था–लाहौर से वह कौन आया था जावेद? जो बता रहा था–

आपा ने सवाल करके बात का रुख मेरी ओर मोड़ दिया था, पर जवाब तो शाहीन को देना था–

शाहीन ने बड़ी शाइस्तगी से जबाव दिया–

मेरा देवर पकड़ा गया था। वह जेल में सजा काट रहा है। वह भारत में होता, तब भी यही सजा काटता। कल हम अब्बू की कब्र पर गए थे–पाकिस्तान में चचाजान दफन हैं। मैं हर साल उनकी कब्र पर भी फातिहा पढ़ने जाती हूँ–दोनों कब्रों की महक तो एक सी है! मिट्टी की महक तो नहीं बदलती। मिट्टी के अलावा तो और कोई महक न यहाँ थी, न वहाँ है! अब तो दोनों पूरी तरह मिट्टी में मिल चुके हैं–

शाहीन कुछ ज्यादा ही पिघल गई थी। कहने लगी–

आपा! मामूजान भी तो करांची चले गए थे। वहाँ वो पाकिस्तान बनने के बाद भी अपना पाकिस्तान माँग रहे थे–आखिर एक दिन मारे गए–वो यहाँ भारत में भी मेरठ या भागलपुर के दंगों में मर सकते थे, बात तो एक ही है!

न मुसलमान हिन्दू को मारता है, न मुसलमान मुसलमान को मारता है–यह तो सिर्फ नफरत मारती है–आज भी मुहाजिर करांची में एक और पाकिस्तान की माँग लिए बैठे हैं–पाकिस्तान बना, पर पाकिस्तान अब तक बना कहाँ?

तुमने कौन-सा पाकिस्तान मेरे खिलाफ बनाया था शाहीन! यह मैं उससे पूछना चाहता। लेकिन तब तक रात काफी हो चुकी थी और शाहीन अपने कमरे में सोने चली गई थी।

सुबह फिर वही हुआ। मैं सो रहा था, शाहीन की आहट ने मुझे जगाया। हालाँकि अब इस तरह उसे मेरे कमरे में बार-बार आने का कोई हक नहीं था। यह हक तो उसने पाँच साल पहले खत्म कर दिया था, जब यह मुझसे तलाक लेकर, दूसरी शादी करके लाहौर चली गई थी–

उसे इस तरह मेरे कमरे में आने और मुझे जगाने का कोई हक नहीं था। मैंने पिछली रात भी उसी तरह बत्तियाँ बुझाई थीं। सिरहाने की लाइट ऑन थी। ए. सी. ऑन किया। ओढ़ने की चादर खोली थी और एक किताब निकालकर पढ़ता रहा था।

शाहीन आज भी आपा की आँख बचाकर ऊपर चली आई थी। उसने कल की तरह ही धीमे से पुकारा था, तो मेरी आँख खुली थी। लाइट ऑन थी और आज भी ड्रिंक का खाली गिलास शह देते हुए वजीर की तरह सिरहाने खड़ा था–

मैंने जब शाहीन को देखा तो वह बहुत परेशान-सी लगी, एकाएक कहने लगी–

जावेद! अभी-अभी, दस मिनट पहले शाहिद ने मुझे फोन किया।

शाहिद! यह तो तुम्हारे शौहर का नाम नहीं है!

नहीं, यह मेरे बेटे का नाम है...सवाल बाद में करना–छोटे से शाहिद ने मुझे फोन किया–हलो मम्मी! तो मैंने हस्बमामूल कहा–गुड मार्निंग बेटे...उठ गए तो सबसे पहले ब्रश करो–ओ.के. मम्मी! छोटा शाहिद बोला–मुझे लगा कि वह अपने इंटरनल फोन से बात कर रहा है, लेकिन जब उसने कहा–मम्मी! मैं ब्रश अभी कर लूँगा, लेकिन तुम वापस कब आ रही हो!–तब, तब जावेद मुझे याद आया कि मैं पाकिस्तान में नहीं भारत में हूँ!

यह भारत और पाकिस्तान को जोड़ने की क्या जरूरत है!

मेरा पारा चढ़ गया था। और मैंने थोड़ी सख्त आवाज में पूछा–

शाहीन! यह शाहिद क्या वही बेटा है, जिसे तलाक के वक्त तुम अपनी कोख में दो महीने का लेकर गई थीं?

नहीं! शाहीन की आवाज में सख्ती की जगह रूखापन ज्यादा था–नहीं! तुम्हारे उस, उसे तो मैंने गिरा दिया था, मेरे शौहर को वो मंजूर नहीं था!...यह शाहिद तो करांची के दंगों में मारे गए एक सिंधी हिन्दू का बेटा है, यह तब सिर्फ दो दिन का था, तभी मैं इसे अस्पताल के यतीमखाने से उठा लाई थी!–

मैं उसे एकटक देखता रह गया–अस्पताल के यतीमखाने से–एक सिंधी हिन्दू का बेटा–दो दिन का–सारा कमरा एकाएक चकरा के घूम गया। मैं शाहीन की बात पर यकीन नहीं करना चाहता था, कर नहीं पा रहा था। तु...तुम्हारे शौहर कर्नल जैदी ने मेरे बच्चे को मंजूर नहीं किया...और...और इस काफिर के बच्चे को...मेरा मतलब है इस यतीम बच्चे को मंजूर कर लिया!

नहीं, उन्होंने इसे मंजूर नहीं किया था...इसे लेकर हमारा उसी दिन और उसी वक्त तलाक हो गया था!

तुम...तुम मुझसे कुछ छुपा रही हो शाहीन...

जावेद! औरत के पास छुपाने के लिए बहुत कुछ होता है, माँ के पास कुछ भी नहीं...दो दिन का मासूम शाहिद ठुनका था तो मैंने उसके पतले-पतले ओंठ अपनी सूखी छाती से लगा लिए थे...मेरी छातियाँ बहुत उमड़ीं, पर दूध नहीं निकला...वो बेतरह रोने लगा। मैंने फ्रिज से दूध निकाला, रुई की बत्ती बनाई...उसने हौले-हौले थोड़ा-सा दूध पी लिया...वह सो गया था...पर उसने अपना नन्हा-सा हाथ मेरी छाती पर रख लिया था...और...तब...तब जावेद...उस आधी रात के बाद मेरे बदन में जगह-जगह दूध के सोते फूटने लगे थे...लगता था मेरा सारा खून दूध हो गया था...और मेरी दोनों छातियों से दूध के झरने फूट पड़े थे।

शाहीन तुम्हारे पास है? इंटरनल पर आपा की आवाज थी।

जी आपा...हम अभी आ रहे हैं!

अच्छा...! आपा का वह शक पक्का हो गया था, जो कल तक उन्हें नहीं था।

(नोएडा, 1991)

मानसरोवर के हंस

अन्ना,

अब शायद लिखने के लिए कुछ रह नहीं गया है। और अब उसका कुछ अर्थ भी नहीं है। मैं पत्र लिखता हूँ और उन्हें बम्बई के इस समुद्र में पोस्ट कर देता हूँ, पता नहीं वे अपने पतों तक पहुँचते हैं या नहीं। वैसे भी किसी पत्र का अर्थ क्या है, वह पहुँचे या न पहुँचे। पत्र लिखना और कहानियाँ लिखना लगभग एक-सी बात है। कहने के लिए तो सिर्फ एक ही बात है–कि हर व्यक्ति की यातना और दुःख अलग-अलग हो सकते हैं, पर उसकी मुक्ति का संघर्ष एक है, सबकी मुक्ति में हरेक की मुक्ति है और एक व्यक्ति की मुक्ति से भी हरेक की मुक्ति का रास्ता खुलता है!

अन्ना, मुझे नहीं मालूम कि तुम उन क्रान्तिधर्मी मीटिंगों में जाती हो या नहीं और तुम्हारे तपःपूत साथी अब कहाँ हैं। मुझे अखबार में छपे एक समाचार से मालूम हुआ था कि तुम्हारा एक साथी गिरफ्तार हो गया है, उसकी गिरफ्तारी से शायद सब कुछ बिखर गया है। पता नहीं तुम्हें कितनी चोट पहुँची है! पर एक ही विचार बार-बार कौंधता है कि और अधिक हासिल करने का अवसर कहाँ है...क्योंकि हासिल तो बहुत कुछ करना है, पर हमारे पास वक्त उतना नहीं है! आखिर परिवर्तन की कामना रखने वाले लोग कब तक और कहाँ तक थक-थक कर लौटते रहेंगे! थके और लौटे हुए लोगों को लेकर तो परिवर्तन का भी यह संघर्ष बहुत दूर तक नहीं चल सकता!

अन्ना, तुम याद करो। तुम्हीं ने अपने एक खत में लिखा था कि बरसात के धुँधलके में हर बात ज्यादा साफ होकर कौंधती है और यादों की बारिश में नहाकर दिल आजाद और हलका हो जाता है!

और वह भी एक बरसाती रात थी। मैं मैनपुरी में पुराने पुश्तैनी घर में था। धूल-भरा वह कस्बा। और अन्ना, बड़े शहरों और कस्बे की बारिश में हमेशा एक गहरा फर्क होता है, शहरों में बड़ी-बड़ी इमारतें बारिश को पी जाती हैं, पर कस्बे में बारिश सबको साथ-साथ भिगोती है।

अन्ना, क्या तुमने काली और पीली आँधियाँ कभी देखी हैं? हमारी इस बस्ती में बारिश आने से पहले यह आँधियाँ आती हैं। हर साल तो नहीं, पर दूसरे तीसरे साल टिड्डियों का तूफान यहाँ आता है। तब आसमान काला पड़ जाता है। खेत भय से काँपने लगते हैं...टिड्डियों के डर से।

अन्ना, मैं तुम्हें एक-बार जरूर अपने कस्बे के इस घर में ले जाऊँगा। मैं तुम्हें हर चीज दिखाना चाहूँगा। खासतौर से वह तकलीफ भरा माहौल, जब अकाल पड़ता है तो मनुष्यों के साथ-साथ जानवर भी मरते हैं...और तब मरे हुए जानवरों पर गिद्धों के झुंड उतरते हैं, अकाल कभी भी पड़े, जानवर कोई भी मरें पर उन पर उतरने वाला गिद्धों का झुण्ड हमेशा वही होता है। मैंने घंटों उन गिद्धों को देखा है।

तो, वह रात बरसाती थी जिसके बारे में मैं तुम्हें बता रहा था। उस रात की हर बात साफ-साफ याद है। वही पुराना घर। जलती हुई लालटेन और घनघोर बारिश। एकाएक देखा–एक भीगती हुई छाया खिड़की के सींखचों के पार खड़ी थी। उसने कुछ पूछा था। उसकी बात मैं नहीं समझ पाया था। मैंने दरवाज़ा खोला। उस छाया को देखा। वे एक बिलकुल बीते हुए वृद्ध व्यक्ति थे...संन्यासी से लगते, जैसे कोई जला हुआ राख का आदमी श्मशान से उठकर चला आया हो...

सुनो, बहुत बार मुझे ऐसी छायाओं का आभास हुआ है। उन साथियों को लेकर जो बन्दूक की गोलियों के बुरी तरह घायल हुए या मारे गए थे। बहुत बार वे अपनी चिताओं से उठकर मेरे पास आए हैं। लेकिन इन वृद्ध सज्जन को मैं नहीं पहचान पाया था। वे किसी जल्दी में नहीं थे। वैसे ही बारिश में भीगते हुए वे निष्काम भाव से खड़े थे। जैसे कि वे न खासतौर से कुछ जानना ही चाहते थे, न पूछना चाहते थे। बारिश में खड़े-खड़े वे पुरानी दीवारों को बस ताक रहे थे जैसे कि उनकी भीगी हुई यादें उन दीवारों में मौजूद हों।

कुछ देर बाद आखिर उन्होंने पूछा–यह जगदम्बे दादा का घर है?

तुम्हें ताज्जुब होगा, पर मैं सच बताता हूँ, अपने बाबूजी का नाम सुनने के बावजूद एक पल के लिए मैं यह भी याद नहीं कर पाया कि यही मेरे पिताजी

का नाम है। मेरे पास बाबूजी की यादें भी अब नहीं हैं। मैंने उन्हें उस छोटी उम्र में देखा होगा, जिस उम्र की यादें कहीं छूट जाती हैं। फिर जब कुछ पलों के बाद मुझे अपने बाबूजी का नाम याद आया, तब मैंने उन्हें बताया–हाँ, यह उन्हीं का घर है। आप कहाँ से आए हैं?

तिब्बत से! उनकी आवाज में कोई आसक्ति नहीं थी, उन्होंने कुछ इस तरह तिब्बत का नाम लिया था जैसे वह कोई दूर-देश नहीं, यहीं पास वाली किसी गली में कोई जगह हो। फिर उसी सपाट आवाज में उन्होंने पूछा था–तुम कौन हो?

यह सवाल मुझे अटपटा तो लगा पर उनके पूछने में कोई तुर्शी नहीं थी। उन्हें गहरी नजरों से देखते हुए तब मैंने बताया था–मैं...मैं उनका सबसे छोटा लड़का हूँ!

इस जानकारी के बाद भी उनमें कोई खास उत्सुकता नहीं जागी। उन्होंने वैसी ही सपाट आवाज में फिर पूछा–घर पर कोई है?

हाँ...अम्मा हैं!

उन्हें बुला सकते हो?

और अम्मा आईं तो हर बात एकाएक साफ हो गई–वे वृद्ध सज्जन मेरे चाचा थे–सेनापति चाचा! वे तिब्बत से तीस वर्षों के बाद लौटे थे। वे वहाँ जाकर बौद्ध हो गए थे। भारत में शरण लेने आए दलाईलामा के काफिले के साथ वे आए थे। सेनापति चाचा के साथ-साथ जैसे सैकड़ों स्मृतियाँ लौट आई थीं :

वे अनागरिक थे। वे न किसी देश के थे, न उनका कोई घर था। वे न कुछ लेने आए थे, न देने। वे शायद वह देखने आए थे जो बहुत पहले छोड़ गए थे। वे दार्शनिक की तरह बातें करते थे और सत्तर-पचहत्तर की उम्र हासिल करने के बावजूद किसी तरह की जल्दी में नहीं दिखाई दे रहे थे। वे हारे हुए नहीं, टूटे हुए योद्धा लग रहे थे।

मुझे मालूम है अन्ना, तुम और तुम्हारे साथी पराजित नहीं हैं। मैं और मेरे साथी भी पराजित नहीं हैं। हम अन्यायग्रस्त लोग हैं। वे गोलियाँ, गिरफ्तारियाँ और होने वाली ज्यादतियाँ...लगता है जैसे हमारी नींव में नमी समा गई है...हर घर में काली-कड़कती बिजलियों का अँधेरा भर गया है...यह अँधेरा तो बहुत भयानक है अन्ना...कैसे टूटेगा, इस अँधेरे का नागपाश। मुझे मालूम है, तुम कहाँ हो और कैसी हो...क्या तुम्हें कभी वे पल याद आते हैं, जब मैं तुम्हारे प्रति आसक्ति

के कारण कमजोर पड़ गया था। तब तुम्हीं ने कहा था–हाँ, इस प्यार के लिए भी जीने को मन करता है...लेकिन जब हम प्यार में लिप्त होते हैं तो सब कुछ कितना छिछला लगता है। मन उस प्यार में विभोर नहीं होता...शरीर को मुक्ति नहीं मिलती...जिस संघर्ष के लिए हमने खुद को समर्पित किया है, उसके बीच यह सब सुख नहीं देता...लगता रहता है कि हमें इसका अधिकार नहीं है

अन्ना....क्या हम लोग भी एक दिन अनागरिक की तरह मार डाले जाएँगे? क्या हम किसी के, कहीं के नहीं हो पाएँगे!

तुम सेनापति चाचा की कहानी सुनोगी तो स्तब्ध रह जाओगी। हालाँकि उनकी और हमारी कहानी में कोई समानता नहीं है। हमारे और उनके समय में भी कोई समानता नहीं है। लेकिन इसके बावजूद उनकी कहानी में कुछ ऐसा है जो गुस्से से भर देता है...जो हमारे मासूम विश्वास को ध्वस्त करता है...यही कि, वही छला जा सकता है जिसके पास विश्वास है।

शायद तुम्हें मालूम नहीं कि आजादी से पहले मेरा यह कस्बा एक छोटी-सी रियासत था। अँग्रेज गवर्नर इस पर कड़ी निगरानी रखता था। गवर्नर को शक था कि किसी भी दिन यह रियासत विद्रोह कर सकती है। क्रान्तिकारी गेंदालाल दीक्षित की शिवाजी समिति तब यहाँ सक्रिय थी। एक तरह से कहें तो यह मैनपुरी क्रान्तिकारियों की शरणस्थली बन गई थी। उस समय मातृवेदी और शिवाजी समिति के साथ वही करते थे जो तुम और तुम्हारे साथी आज कर रहे हो। या जो मेरे साथी कर रहे हैं: आखिर अँग्रेज बहादुर को भनक मिली। सोमनाथ मुखबिर ही नहीं बना बल्कि अँग्रेज बहादुर का गवाह भी बन गया। बहुत-सी गिरफ्तारियाँ हुईं....रामप्रसाद बिस्मिल भूमिगत होकर अन्तरधान हो गए। बचते-बचाते गेंदालाल दीक्षित कोटा की तरफ भाग गए–और तब इस रियासत पर अँग्रेजों की गाज गिरी थी।

उस समय सेनापति चाचा रियासत की फौज में हवलदार थे। बौद्ध तो वे बहुत बाद में बने, तिब्बत जाने के बाद।

अँग्रेजी फौज ने किले को घेर लिया था। तब लड़ाई छिड़ी थी। राजा साहब के पास ज्यादा फौज नहीं थी। आखिर में अपनी लड़खड़ाती-हारती फौज के साथ बनारस की तरफ पलायन करने को मजबूर हुए थे। मेरे बाबा राजा साहब की रक्षा करने वाली छोटी-सी टुकड़ी में थे। आखिर वे राजा साहब की रक्षा करते-करते

मारे गए। राजा साहब को अँग्रेजों ने गिरफ्तार कर लिया। रानी साहिबा ने हवा की चाल देखते हुए अँग्रेजों से समझौता कर लिया, यह समझौता करवाने वाले थे–मेरे यही चाचा...वे अँग्रेजों के साथ मिल गए थे।

अन्ना! वे काली आँधियों वाले दिन थे। किले में अँग्रेजों की शान और आवभगत में रोजाना पार्टियाँ होती थीं। रियासत की फौज के हथियार डलवा लिए गए थे। अँग्रेजों ने अपनी देख-रेख में रानी साहिबा को राज-काज चलाने की इजाजत दे दी थी। उनके सम्मान और किले की सुरक्षा के लिए सौ सैनिकों की एक टुकड़ी बना दी गई थी। मजाक में मैनपुरी के लोग इसे 'सलामी फौज' पुकारने लगे थे। इसी सलामी फौज के सेनापति मेरे चाचा बनाए गए थे। तभी से हमारे घर में उनका नाम सेनापति चाचा पड़ा था। सिर्फ एक बार वे अपनी तलवार सहित, वर्दी की छाती पर बहुत से मेडिल और रंगीन पट्टियाँ लगाकर घर आए थे। अँग्रेजों ने उन्हें जमींदारी दी थी। रानी साहिबा ने किले की बगल वाली हवेली। और तब सेनापति चाचा ने रानी-साहिबा का बिस्तर कन्नौज के इत्र से सराबोर कर दिया था।

यह भयानक समय था। सेनापति चाचा एक तरह से तब रियासत के 'बिन तिलक' के महाराजा हो गए थे। उसके बाद वे कभी घर नहीं आए। आखिर यह घर मेरे उन बाबा का था, जो राजा साहब की रक्षा करते हुए शहीद हुए थे।

मुझे अच्छी तरह याद है अन्ना–हमारे घर में सेनापति चाचा का जिक्र तक नहीं होता था। उनके प्रति हमारे परिवार में सिर्फ घृणा ही घृणा थी। यह सब मुझे अम्मा ने उसी रात बताया था जिस रात वे भीगते हुए बाहर खड़े थे...जिस रात उन्होंने पूछा था–जगदम्बे दादा का घर यही है?

वह रात मेरी स्मृति में आज भी कौंधती है। मैंने अम्मा को बुलाया था। अम्मा आकर खड़ी हुई तो चाचा ने पूछा था–मुझे पहचाना भाभी?

अम्मा के चेहरे पर तब मैंने घृणा और यातना–दोनों देखी थीं। बीते हुए वर्षों ने उन्हें बहुत क्षमाशील बना दिया था, लेकिन तब भी उन्होंने तीखी-सी बात पूछी थी–सेनापति! तुम्हारे वह मेडिल, वह तलवार कहाँ हैं...जो अँग्रेजों ने तुम्हें दी थी?

सेनापति चाचा ने तब अम्मा को बुझी-बुझी आँखों से देखा था और सिर झुकाकर बैठ गए थे।

अम्मा की अगली बात और भी तीखी थी–सेनापति! तुम्हें तो पता होगा, अँग्रेज यह देश छोड़कर जा चुके हैं। अब यहाँ तुम्हें पहचानने वाला कोई नहीं है! तुम्हारी जान-पहचान वाले जो हैं भी, वे अब दिल्ली और लखनऊ में राजकाज चला रहे हैं, तुम इतने बरसों तक लापता न रहते तो शायद तुम भी दिल्ली-लखनऊ में अपनी दुकान जमा लेते। तुम्हें तो वहीं जाना चाहिए। यहाँ क्या रखा है!

मैं क्षमाशील अम्मा का यह बर्ताव समझ ही नहीं पाया था। असल में तब तक मुझे सेनापति चाचा के लापता होने की कहानी मालूम ही नहीं थी।

सेनापति! यह तुम्हारा सबसे छोटा भतीजा है। इस परिवार की परंपराएँ अभी मरी नहीं हैं। यह भी बहुत साहसी है। अँग्रेजों के जाने के बाद भी राज ही तो बदला है...और क्या बदला है अभी...अपने राज में भी हम अब तक गुलाम हैं...अम्मा अपने जोश में बहुत कुछ कहती जा रही थीं। मेरी समझ में नहीं आ रहा था कि अम्मा जैसी भोलीभाली औरत के मन में यह सच्चाइयाँ कब जन्म ले चुकी थीं...उनके मन का सारा दर्द जैसे फूटा रहा था...मैंने उन्हें इतना बोलते कभी सुना ही नहीं था।

भाभी...काफी देर खामोश रहने का सेनापति चाचा बोले थे–जो भी तुम्हारे मन में आता है, कह लो...मैं सब सह लूँगा...मुझे सहना ही है...अगर मेरा मन अपने अतीत से इतना घबराया न होता, तो शायद मैं मानसरोवर से कभी लौटकर न आया होता।...भाभी ...मैंने बौद्ध धर्म क्यों अपनाया...अब क्या बताऊँ...और इतने बरसों बाद मैं महाबोधि दलाई लामा के साथ शरणार्थी बनकर क्यों लौटा, यह बता सकना भी कठिन है...भाभी, शायद जो अपनी और अपने समय के मनुष्य की मुक्ति चाहता है...उसे अनागरिक ही बनना पड़ता है...उसका न कोई घर होता है न देश–वह जहाँ कहीं भी होता है, अपने उद्देश्य के लिए जीवित रहता है...

इन तमाम अच्छी, सही और अन्तर्विरोधी बातों के बीच में उलझ-सा गया था। अन्ना, यह कैसी स्थिति थी! यह सब वो सेनापति चाचा कह रहे थे, जो अँग्रेजों के पिट्ठू थे। जो रानी साहिबा के अघोषित पति थे। जो शक्तिहीन सलामी फौज के सेनापति थे। वे रानी साहिबा की खातिर मानसरोवर गए थे और वहाँ से तिब्बत चले गए थे...तिब्बत पहुँचकर वे बौद्ध हो गए थे। और जब चीनी सत्ता ने तिब्बत को रौंदा था तो वे बोधिसत्व दलाई लामा की रक्षा करते हुए

उन्हीं के साथ भारत भाग आए थे! यह खतरा उससे कम तो नहीं था जो बाबा ने अँग्रेजों से अपने राजासाहब की रक्षा करते हुए उठाया था...शौर्य और स्वार्थ कहाँ गड्डमड् हो जाते हैं, यह पता ही नहीं चलता...

अन्ना! शायद जीवन की यही सच्चाई है...छल, स्वार्थ, सिद्धांत, सपने, चालाकी, चतुराई, त्याग, विश्वास, विश्वासघात, असीम अनुराग, विराग...ये हर दौर में दोहराए जाते हैं और हम इन मिले-जुले गुणों और अवगुणों की धुंध में छले जाते हैं।

एक तरह से कहूँ अन्ना...तो, हम सब मानसरोवर के हंसों की तरह हैं. ..जो सेनापति चाचा द्वारा छले गए थे...सेनापति चाचा की यह कहानी बहुत दारुण और त्रासद है।

बरसात की इस भीगती रात में अकेले बैठे और सोचते हुए मुझे लगता है कि हम और हमारे समय का मामूली आदमी मानसरोवर के उन हँसों की तरह ही है, जिन्हें सेनापति चाचा ने छला था! छलने के बाद कोई बौद्ध या संन्यासी भी हो जाए तो क्या फर्क पड़ता है?

यह उन दिनों की बात है जब रियासत के भूमिगत क्रान्तिकारी दुबारा सक्रिय हुए थे और जिन दिनों सेनापति चाचा रानी साहिबा के इत्र भीगे बिस्तर में डूबे हुए थे। कोई अँग्रेज कमिश्नर या कलक्टर आता तो वे अपनी पूरी वर्दी में, अपनी सलामी फौज के सौ सैनिकों के साथ उसे सलाम देते थे। अँग्रेजी अफसरों के हुक्म पर सेनापति चाचा ने क्रान्तिकारियों का जीना हराम कर दिया था। उन्हें घेर-घेर कर मारा था। जब रियासत की जनता इन क्रूरताओं को देखकर बिगड़ी थी तो सेनापति चाचा ने उसे भाषण दे-देकर बताया था कि इन क्रान्तिकारियों के कारण ही राज्य का विकास रुका हुआ है। यह खत्म हो जाएँगे तो अँग्रेज बहादुर हमें सब कुछ देगा और हमारी जिन्दगी मालामाल हो जाएगी...और इसी वादे से मेरी बस्ती के लोग छले गए थे...उसी तरह जैसे सेनापति चाचा ने मानसरोवर के हंसों को छला था!

अन्ना! हंसों के छले जाने की यह कहानी बहुत दारुण और भयानक है। आखिर हम लोग भी तो वैसे ही छले गए हैं!

हुआ यह था कि सेनापति चाचा रानी साहिबा के प्रेम में आकण्ठ डूबे हुए थे। लेकिन उम्र या इस दुनिया की व्याधियाँ अपनी करिश्मा दिखाती हैं। रानी साहिबा को घनघोर गठिया हो गया। वे उठने, चलने-फिरने से लाचार हो गईं।

बहुत तरह के इलाजों के साथ अँग्रेजी इलाज भी हुआ पर गठिया ने अपनी गिरफ्त नहीं छोड़ी। आखिर रियासत के राजवैद्य ने आखिरी उपचार बताया–

रानी साहिबा, यदि आप हंसों का माँस खा सकें तो आप गठिया रोग से मुक्त हो सकती हैं ! ...

हंस तो मानसरोवर में ही मिल सकते थे अन्ना ! इसलिए सेनापति चाचा अपने प्रेम का प्रतिदान देने के लिए छह सैनिकों के साथ मानसरोवर की ओर निकल पड़े। यात्रा लम्बी थी। बहुत दिनों बाद वे सात सैनिक मानसरोवर के तट तक पहुँचे...

मानसरोवर में सफेद हंस और बर्फ की शिलाएँ लगभग एकरूप होकर तैर रही थीं–सफेद हंस शिलाखण्डों की तरह लग रहे थे और शिलाखण्ड हँसों की तरह...

सातों सैनिकों के तट पर पहुँचते ही हँसों और शिलाखण्डों का अन्तर स्पष्ट हो गया। सैनिकों को देखते ही हंस घबराकर तटों से हटकर सरोवर के बीच में इकट्ठे हो गए।

गठियाग्रस्त रानी के लिए हंसों को मारने आए सैनिकों ने सरोवर की परिक्रमा की। हंसों को पुचकारा, फुसलाया और उन्हें अपनी तरफ बुलाया। पर आशंकित हंस झील के बीच में एक-दूसरे से सटकर एकाकार हो गए...

तब एक सैनिक ने सेनापति से कहा–सर ! गोली चलाकर इन हंसों को मार लेते हैं ...झील में जाकर तब इन मरे हुए हंसों को हम उठा लाएँगे !

वह तो ठीक है। तुम्हारी गोली के हंस मर जाएँगे–पर मानसरोवर इस मौत से भी ज्यादा ठण्डे पानी में जो उन्हें उठाने जाएगा, वह वापस जीवित नहीं लौट पाएगा ! सेनापति चाचा ने उन सैनिकों को बताया था।

तब ?

तब हम आज वापस चलते हैं। यह हंस बहुत चालाक हैं, जो हमें देखते ही तट से हटकर बीच झील में चले गए हैं–सेनापति ने बताया था।

लेकिन ऐसा क्यों है...वे हमें देखकर तट से हटकर बीच झील में क्यों चले गए ? एक सैनिक ने पूछा था।

देखते हैं–कल यह रहस्य भी शायद मालूम हो जाएगा–आओ, आज वापस चलते हैं ! सेनापति ने उन्हें हुक्म दिया था और सातों सैनिक लौट गए थे।

दूसरे, तीसरे और चौथे दिन भी वैसा ही हुआ। जब भी सैनिक आते, मानसरोवर के हंस तट से हटकर सरोवर के बीच में चले जाते और वहीं से अपनी मासूम पर भयग्रस्त आँखों से उन सैनिकों को देखते रहते।

आखिर पाँचवें दिन सेनापति चाचा ने एक नई युक्ति सोची। वे उसी युक्ति के अनुसार झील पर आए। दूर से उनकी छायाएँ देखते ही मानसरोवर के हंस तटों से हटकर फिर बीच झील में चले गए थे।

सातों लोग तट पर चुपचाप खड़े हो गए। उन्होंने हंसों को देखा। हंसों ने उन्हें। और तब एक विचित्र विश्वास का दृश्य उदित हुआ। जो हंस इन सैनिकों को देखकर बार-बार तट से मध्य झील में लौट जाते थे, वे मध्य झील से लौटकर आज तट की तरफ लौट आए थे।

तट के पास लौटकर हंस बड़े विश्वास से अपना पंख फड़फड़ाने लगे–उन्हें बड़े प्यार से देखकर अपनी रेशमी गर्दनें बढ़ा-बढ़ाकर उनका स्वागत करने लगे।

और तभी उन सातों ने हंसों को पकड़ा और उनकी गर्दनें मरोड़ कर उन्हें मार और अपने बोरों में बन्द कर लिया। सेनापति चाचा को अपनी रानी साहिबा के लिए हंसों का माँस मिल गया था।

लेकिन हंस क्यों छले गए थे, यह खुद सेनापति चाचा ने अम्मा को बताया था।

पाँचवें दिन हंसों ने तुम पर विश्वास कैसे कर लिया था? वे बीच सरोवर से कभी नहीं लौटते थे...उस दिन क्या बात थी कि वे तुम पर विश्वास करते हुए तट तक लौट आए थे? अम्मा ने जानना चाहा था।

भाभी! एक विश्वास ही है जो किसी को कहीं भी लौटा लाता है....मैंने जान लिया कि हमारे फौजी वेश को देखकर हंस तट से बीच झील में लौट जाते थे। वे हमारे हिंसक वेश को पहचानते थे...इसलिए पाँचवें दिन हम पोशाकें बदल कर गए थे...सेनापति चाचा ने बताया था।

पोशाकें बदल कर!

हाँ...हमने सैनिकों की वर्दी उतार कर साधुओं के वल्कल पहन लिए थे। दूर से हमारी छायाएँ देखकर हंस तट से लौट गए थे, पर जब साधुओं के वेष में तट पर जाकर खड़े हुए थे, मानसरोवर के वे हंस हम पर विश्वास करके तटों की ओर लौट आए थे! और तब...

तब तुमने उन्हें पकड़कर उनकी गर्दनें मरोड़ ली थीं और उन्हें अपने बोरों में बन्द कर लिया था...यही न...यानी तुमने साधुओं का वेश धारण करके हंसों को छला था...अम्मा ने बहुत ही ज्यादा तुर्शी से कहा था।

हाँ भाभी...और मैं क्या करता...पर उसके बाद मैं बहुत व्याकुल हो गया था। मेरी आत्मा मुझे धिक्कारने लगी थी। मैंने अपना रूप बदलकर मासूम हंसों के विश्वास को छला था...इसी कपट ने मेरी आत्मा को प्रताड़ा था। मैं मानसरोवर के उस पावन तट से लापता हो गया था। और तिब्बत पहुँचकर जब मैंने बौद्ध धर्म स्वीकार किया था, तब मेरे मन को कुछ चैन मिला था...पर इस दुनिया में चैन कहाँ है...आखिर मैं भी तिब्बत में उन्हीं हंसों की तरह छला गया था...वहाँ चीनी लोग नहीं, चीनी सैनिक सांस्कृतिक क्रान्ति की वर्दी पहनकर आए थे और हम उन्हें पहचान नहीं पाए थे...जब पहचाना तब हम बोधिसत्व दलाई लामा के साथ भारत की ओर भागे थे। भारत पहुँचकर मुझे अपने इस घर की याद आई थी, जो मानसरोवर की तरह है...भाभी, आज मैं अपना प्रायश्चित करने यहाँ लौटा हूँ...सेनापति चाचा धाराप्रवाह बोलते जा रहे थे। वे अपनी जिन्दगी और अपने आचरण की सफाई दे रहे थे...क्योंकि हर दौर राग-विराग, आसक्ति, अन्याय, किंचित न्याय, पश्चात्ताप, त्याग और स्वार्थों का दौर रहा है...

और हर दौर में मानसरोवर में हंस छले जाते रहे हैं!

अन्ना! कहानी तो और आगे भी है–लेकिन वह एक अलग कहानी है–आगे की कहानी कोई और सुनाएगा।

(दिल्ली, 1975)

□□□